ELIZABETH WALKER

Née en Angleterre, Elizabeth Walker est l'auteur d'une dizaine de romans, qui sont tous des best-sellers. Ses héroïnes, rayonnantes dans *Le labyrinthe des cœurs* et *Au risque de la vie*, ont conquis un public mondial.

LES FRUITS SAUVAGES DE LA PASSION

DU MÊME AUTEUR
CHEZ POCKET

AU RISQUE DE LA VIE

L'AUBE DE LA FORTUNE

LE LABYRINTHE DES CŒURS

LA FILLE DE L'OMBRE

ELIZABETH WALKER

LES FRUITS SAUVAGES DE LA PASSION

Traduit de l'anglais
par Valérie Rosier

BELFOND

Titre original :
DARK SUNRISE
publié par Judy Piatkus (Publishers) Limited, Londres.

Tous les personnages de cet ouvrage sont fictifs et toute ressemblance avec des personnes réelles, vivantes ou mortes, serait pure coïncidence.

ISBN 2-266-12436-6

1

Le ciel était bleu, la journée prometteuse. Une fine brume perlait la pelouse, les ramures des arbres résonnaient du chant clair et joyeux des oiseaux. Sarah observait d'un œil mélancolique une abeille trop matinale qui s'efforçait de butiner des fleurs encore toutes humides de rosée. Elle crut même l'entendre bourdonner de consternation.

— Ne te plains pas, toi au moins, tu as quelque chose à faire, lui lança-t-elle.

Mais de quoi Sarah pouvait-elle bien se plaindre ? D'avoir enfin du temps à elle ? Un ou deux mois auparavant, elle aurait tout donné pour jouir d'une pareille matinée. Une maison propre, le jardin bien tenu, Emma à l'école, Joanne à la crèche. Le temps de faire ce qui lui plaisait, et de ne savoir qu'en faire, de ce temps, lui souffla une petite voix moqueuse.

Oui, comment osait-elle être aussi nostalgique par un si beau jour ? La brume se dissipait, les fleurs ouvraient leurs corolles au soleil, des hirondelles trempaient le bec dans l'eau de la piscine. Quelle chance elle avait d'avoir son jardin ! Douglas aurait préféré quelque chose de plus petit et de plus central, mais Sarah aimait Wimbledon. Elle avait l'impression d'être à la campagne et cela lui rappelait son enfance, une époque bénie qui évoquait pour elle une cour de ferme, des poulets, des petits pieds qui pataugeaient dans la boue. En ville, elle s'était sentie à des années-lumière du moindre brin d'herbe.

Avec cette maison, elle et Douglas avaient trouvé un compromis entre ville et campagne. Il avait insisté pour qu'ils engagent un jardinier et une femme de ménage afin d'aider Sarah à tenir la maison. D'un certain côté, c'était dommage : sans eux, elle aurait eu de quoi s'occuper. Pourtant, passer sa vie à faire le ménage et à entretenir le jardin n'était pas un sort enviable ; elle n'était pas une abeille, après tout... Mais qu'était-elle, au juste ? Sarah Hamilton, une épouse et mère dévouée. Qui s'ennuyait ferme.

Elle avait bien quelques courses à effectuer... Porter le costume bleu de Douglas au pressing, par exemple. Elle pourrait en profiter pour faire un saut à la bibliothèque. Oui, ce serait le mieux. Demain, c'était son jour de tournée-repas [1] ; et vendredi, pour fêter son anniversaire, elle et Douglas iraient en ville dîner en tête à tête.

Résolue à chasser son vague à l'âme, Sarah rentra et monta s'habiller. Elle libéra ses cheveux retenus par un ruban, et ils vinrent mousser autour de son visage en un doux nuage d'un brun foncé. Depuis son mariage, elle n'avait pas pris une ride et, en mûrissant, elle avait acquis un certain style. Les autres femmes lui demandaient souvent où elle achetait ses vêtements, et Sarah le leur disait toujours ; mais, sur elles, les mêmes articles produisaient un effet différent. Avant de se marier, elle avait songé à travailler dans la mode, toutefois, après avoir rencontré Douglas, la question ne s'était plus posée. Douglas était un amour, il s'occupait si bien d'elle.

L'aspirateur commença à vrombir dans le hall...

---

1. *Meals-on-wheels,* repas livrés à domicile aux personnes âgées ou handicapées. (*N.d.T.*)

Mme Burton, la femme de ménage, monterait bientôt à l'étage. Ouvrant en grand sa penderie, Sarah y prit le jean délavé que Douglas détestait et enfila un T-shirt rouge. Aujourd'hui, Sarah Melling était de sortie, et non la distinguée Mme Hamilton. La Sarah d'autrefois, qui confectionnait ses propres robes, peignait, ou plutôt barbouillait, et mangeait des glaces dans la rue.

Pas moyen de se garer, comme d'habitude. Après avoir cherché une place pendant dix minutes, Sarah emboîta la Rover dans un espace qui aurait mieux convenu à une Mini. En la voyant descendre de la voiture, un cantonnier émit un sifflement strident, et tous les passants se retournèrent. Sarah fit mine de ne pas avoir entendu et s'éloigna d'un pas nonchalant en s'efforçant de balancer les hanches le moins possible. Tout de même, cela avait du bon, d'avoir une maison, un mari et la sécurité. Un homme pouvait la siffler dans la rue sans qu'elle se croie menacée pour autant. Ce n'était pas toujours drôle, à l'époque où elle était célibataire. Les hommes avaient souvent exigé d'elle plus qu'elle n'était prête à donner. La vie était intimidante, et la jeune Sarah avait dû l'affronter sans savoir comment s'y prendre ni par où commencer. Quel soulagement lui avait apporté le mariage ! La perte de son indépendance était un prix qu'elle avait payé de bon gré.

Zut ! Elle avait oublié le costume de Douglas. Heureusement, elle devrait revenir en ville mercredi pour accompagner les filles à leur cours de danse ; elle sortirait le costume de la penderie de son mari pour le mettre dans la sienne, et il ne se douterait de rien. Douglas estimait qu'il n'avait pas à lui demander deux fois la même chose, et quoiqu'il fît preuve de magnanimité lorsqu'il s'apercevait d'une omission, c'était avec une telle condescendance... On aurait dit Dieu le Père confronté aux errements de ces pauvres et faillibles mortels. Aux premiers temps de leur vie commune, elle le rabrouait quand il se mettait à la sermonner, mais à quoi bon ? C'était peine perdue. Il était sûr d'avoir raison et, au bout d'un moment, toute discussion semblait vaine et devenait assommante. Il en était résulté un compromis satisfaisant. D'ailleurs, n'était-ce pas la base de la plupart des mariages réussis ? Il était persuadé qu'elle suivait à la lettre ses moindres recommandations, et elle l'entretenait savamment dans cette illusion.

Aujourd'hui le soleil était si ardent, comment croire que l'été toucherait bientôt à sa fin ? Elle arpenta la rue commerçante en cherchant vaguement des T-shirts pour les filles, mais il n'y avait que des pulls et des collants en laine. De toute façon, c'était superflu ; les filles avaient déjà plus de vêtements qu'il ne leur en fallait. Pour des enfants gâtées, elles étaient adorables, songea Sarah – deux petites têtes bouclées, rieuses, à la peau veloutée, avec des manières douces et polies qui étaient le reflet fidèle des siennes, même si Sarah ne s'en rendait pas compte. Oui, elle avait beaucoup, beaucoup de chance.

Après les rues à l'asphalte brûlant, la bibliothèque paraissait sombre et fraîche. Ces rayonnages qu'elle connaissait si bien excitaient encore sa curiosité. Qui sait quels livres étaient rentrés depuis sa dernière visite ? Sarah lisait trop, Douglas le lui disait souvent. Lui-même ne lisait pas grand-chose. Comme lectures de chevet, il n'avait que le *Financial Times* et l'*Economist,* alors qu'elle dévorait tout et n'importe quoi, des romans de quatre sous aux biographies historiques les plus fournies. Mais aujourd'hui aucun livre ne retenait son attention. Une sorte de lassitude la saisissait par instants, elle en avait assez de se réfugier dans la fiction et aurait voulu qu'il se passe enfin quelque chose dans sa vie, quelque chose de réel. Elle finit par emprunter un livre sur les plantes d'intérieur et deux recueils de contes pour enfants. Il ne lui restait plus qu'à retourner à la maison et à prendre un bain de soleil dans le jardin. Ces derniers temps, elle avait négligé sa peinture ; peut-être pourrait-elle entamer une nouvelle étude de la piscine ? Si elle peignait dehors, il n'y aurait pas d'odeur de térébenthine dans la maison. Douglas en avait horreur. Cela lui irritait les sinus et il s'en plaignait beaucoup.

Alors qu'elle gagnait la sortie, Sarah aperçut une affiche où une silhouette de dos était campée devant un chevalet. « Vous aimez peindre ? y demandait-on. Amateurs, semi-amateurs ou professionnels, voici le stage qu'il vous faut. Découvrez votre mode d'expression, approfondissez votre talent, développez vos aptitudes grâce aux conseils éclairés d'artistes reconnus, lors d'un week-end à la campagne. Pour plus d'informations, se renseigner à l'accueil. »

Un frisson d'enthousiasme parcourut la jeune femme. L'affiche semblait s'adresser tout spécialement à elle. Où en était-elle, dans ce domaine comme dans sa vie en général ? Elle n'en avait aucune idée. Dans le passé, avant son mariage, elle avait voulu faire les beaux-arts, mais ce projet avait horrifié sa mère. Des hippies dépravés chaussés d'espadrilles, le cheveu gras, voilà comment sa mère voyait les étudiants en beaux-arts, et il était hors de question qu'une de ses filles se mette à en fréquenter.

Le père de Sarah était mort quelques mois plus tôt. La timide et rêveuse Sarah n'avait pas voulu ajouter encore à la détresse de sa mère et, pour finir, elle s'était laissé convaincre d'épouser Douglas.

Munie de son précieux dépliant et flottant sur un petit nuage, Sarah s'empressa de regagner sa maison.

Elle passerait juste deux nuits en dehors de chez elle et rentrerait le dimanche soir. Si sa mère acceptait de venir garder les enfants, cela ne poserait aucun problème. Elle pourrait même préparer les repas à l'avance et les mettre au congélateur, par exemple des lasagnes pour Douglas et sa mère, du steak haché pour les enfants, plus une salade et un rôti à manger froid. Rien de plus simple. Elle ferait du pain d'épice, des sablés, et Mme Burton passerait le dimanche matin pour donner un petit coup de main. Personne n'aurait à se plaindre de son absence.

Quand elle téléphona au centre où se déroulait le stage, une voix féminine la renseigna avec beaucoup d'amabilité.

— Je vous confirmerai mon inscription dès que je me serai organisée pour faire garder les enfants, lui assura Sarah. Mais je suis sûre de pouvoir m'arranger. Merci. Je vous recontacterai. Au revoir.

Le premier pas était franchi. Ensuite, Sarah appela chez sa mère, mais personne ne répondit. Elle se mit à cuisiner avec frénésie et remplit le congélateur de réserves qui auraient permis de nourrir toute la famille pendant quinze jours. Pourquoi n'avait-elle encore jamais envisagé ce genre d'activités ? Comme dans la parabole des talents, elle gagnerait sa vie en se servant de ses dons. Et dire qu'elle aurait pu continuer à se morfondre, à se consoler tant bien que mal alors que la solution était à portée de main ! Elle pourrait même faire carrière, modestement bien sûr, en travaillant chez elle. Ces diverses perspectives lui donnaient le vertige. Puis un doute affreux la saisit, et son esprit stoppa net sa course effrénée. Et si ses dons n'avaient rien d'extraordinaire, tout compte fait ? Si elle n'était capable de produire que des marines de troisième ordre, trop moches pour être accrochées même dans les toilettes, et qui iraient moisir dans les greniers de ses parents et amis ?

L'image d'un professeur regardant son travail d'un œil apitoyé s'imposa soudain. Consterné, il n'osait même pas lui parler franchement et se réfugiait dans des platitudes lénifiantes. Quelle épreuve ! Paniquée, elle déserta ses fourneaux et alla fouiller dans le grenier pour en sortir des tableaux qu'elle pensait avoir oubliés. En les revoyant, elle se souvint des différentes phases de leur élaboration : l'ébauche, la construction, le moment final où elle s'était estimée à peu près satisfaite. Se trompait-elle, ou étaient-ils plutôt bons ? Douglas les jugeait trop vifs, trop colorés, et il avait peut-être raison. Ils avaient quelque chose de flamboyant, d'exotique ; mais le dessin manquait de fermeté et elle ne maîtrisait pas bien la perspective. Les intervenants du stage comprendraient-ils l'aide qu'elle recherchait ? Forcément. Transportée d'enthousiasme, elle redescendit vite l'escalier pour aller chercher les filles à l'école.

Emma était tombée dans la cour et s'était égratigné le genou.

— Ça m'a fait mal et j'ai pleuré, déclara-t-elle d'un air lugubre. Et Mlle Mills n'arrivait pas à trouver de pansement.

— On y mettra un peu de pommade cicatrisante avant d'aller au lit, lui assura sa mère en avançant tant bien que mal dans les embouteillages de l'après-midi.

— Et moi, Alexandre m'a mordue, lui confia Joanne en lui montrant un bras potelé où l'empreinte de dents se dessinait encore.

— N'en parle pas à papa, l'avertit Sarah.

Elle savait ce que ce genre de révélations provoquerait immanquablement chez Douglas. Mieux valait que leurs filles passent au moins une partie de leur enfance ailleurs que dans un ghetto de la classe moyenne, ils en convenaient tous les deux ; mais si Douglas découvrait le moindre signe d'agression sur sa petite fille chérie, Joanne se retrouverait dans une école religieuse avant d'avoir eu le temps de dire ouf. Or, au goût de Sarah, ces établissements étaient bien trop portés sur la discipline ; elle ne voyait pas pourquoi des enfants de trois ans devaient passer une demi-heure par jour à apprendre à compter alors qu'à cinq ans cela leur viendrait naturellement et sans effort. Comme Douglas ne serait sûrement pas du même avis, elle préférait éviter l'affrontement. Par chance, les filles se prêtaient au jeu et cachaient certains faits à leur père. Parfois, Sarah se reprochait de mal les éduquer, mais le choix était simple : leur faire promettre de ne pas en parler, ou devoir leur interdire tout un tas de choses amusantes, comme manger des sucettes dans la voiture, faire de la barque, escalader la cage à poules, aller manger des hamburgers les soirs où papa n'était pas là. Et puis Sarah était convaincue que l'image de leur père n'en souffrait pas, car les petites comprenaient qu'au fond il ne souhaitait que leur bonheur.

Ses pensées retournèrent à son stage de peinture.

— Bientôt, maman va s'absenter pendant deux jours, leur annonça-t-elle avec entrain. C'est mamie qui s'occupera de vous. Avec papa, bien sûr.

— Mais tu ne peux pas faire ça ! s'indigna Emma. On a besoin de toi.

— Pas tout le temps, chérie. Parfois, c'est agréable pour les mamans de changer un peu d'air. Mamie vous fera de bons petits plats et je vous rapporterai un cadeau à chacune.

— Moi, je veux un tracteur, lança Joanne joyeusement, sans s'inquiéter une seconde, avec l'assurance des enfants choyés.

— Bien sûr, tu auras un tracteur, ma chérie, promit

Sarah, même si Douglas détestait que les filles s'amusent avec des jouets de garçon.

— Papa ne te laissera pas y aller, affirma Emma en se tournant pour regarder par la vitre. Tu ne nous rapporteras rien, parce que papa ne voudra pas que tu partes.

— Ne sois pas bête, ma chérie. Ce n'est pas la question, j'ai tout arrangé. Et puis, je suis une grande personne, je n'ai pas besoin de sa permission.

Douglas ne trouverait rien à redire, quand il verrait qu'elle avait tout organisé.

— Il ne te laissera pas y aller, répéta Emma, et Sarah eut envie de la gifler.

Plutôt infantile, comme réaction, se dit-elle.

Après s'être changées, les filles retournèrent jouer dehors et Sarah rappela sa mère.

— Maman ? C'est moi.

— Ma chérie ! Je suis si contente de t'entendre. Je commençais à croire que tu m'avais oubliée.

— J'ai appelé hier.

— Oui, chérie, mais tu étais tellement pressée. C'est comme ça quand on est jeune : on n'a jamais le temps. À mon âge bien sûr, c'est différent, personne n'a plus besoin de vous, et comme on est seul...

— Justement, j'ai besoin de toi, l'interrompit Sarah, refusant d'entrer dans le jeu habituel des reproches voilés et des justifications apaisantes.

Sa mère était contrariée qu'on ne l'ait pas invitée au déjeuner du dimanche depuis deux semaines, mais c'était entièrement sa faute. Une fois veuve, elle avait pris goût à la vie citadine avec un enthousiasme surprenant, que Sarah était loin de partager. Mme Melling faisait les boutiques, jouait au bridge, prenait des billets troisième âge pour le théâtre, donnait des cocktails pour ses amies distinguées. Tout cela était bien au-dessus de ses moyens et, lorsque la banque tiquait, elle faisait appel à Douglas, qui réglait la note sans broncher. Mais cela exaspérait Sarah de voir sa mère traiter Douglas comme une sorte de pompe à fric. Cette fois, elle pouvait leur rendre service.

— Je voudrais que tu viennes garder la maison. Juste pour le week-end, de vendredi à dimanche.

— Quoi ? Vous partez en week-end, toi et Douglas ? Quelle bonne idée ! Je serai ravie de m'occuper des enfants...

— Non, je serai seule à m'absenter. C'est pour un stage de dessin. J'ai déjà réservé.

Ébahie, sa mère se tut un instant, puis demanda :

— Tu en as parlé à Douglas ?

— Euh... non, pas encore. Je me suis d'abord occupée de tout organiser. Ce n'est qu'un week-end, après tout. Un stage dans une maison à la campagne, avec de vrais artistes. Je me fais une telle joie d'y participer ! Ils évaluent les capacités de chacun pour voir si on peut espérer en faire son métier. Enfin, je n'en suis pas là, mais j'ai envie de savoir si je suis douée ou non.

— À mon avis, ça ne va pas lui plaire, Sarah. Tu sais ce qu'il pense des artistes. D'ailleurs, moi aussi je m'en méfie comme de la peste : ils n'ont aucune morale, aucune hygiène. Quitte à peindre, autant faire ça chez toi, avec l'aide d'un manuel sérieux. Et puis, il y a ce programme à la télé ; tu devrais le regarder, il te donnerait sûrement des idées...

Sarah retint un soupir d'exaspération. Sa mère la prenait toujours pour une incapable... À quoi bon essayer, tu ne feras que gaspiller ton temps et ton argent ; voilà ce que signifiait sa réaction.

— Maman, tu es ridicule. Tout ce que je te demande, c'est de garder la maison. Les repas sont déjà prêts. Mme Burton viendra t'aider, ce sera facile... S'il te plaît, maman.

Il y eut un soupir et un silence.

— Tu peux compter sur moi, Sarah. Mais je doute que ce soit une idée judicieuse. Tu n'ignores pas combien Douglas est méfiant – cela se comprend, par les temps qui courent. C'est un homme plein de bon sens. Je ne crois pas qu'il te laissera y aller.

— Pour l'amour de Dieu, tout le monde me traite comme si j'étais un petit chien d'appartement ! Je suis une femme, une adulte, libre de faire ce qu'il me plaît, du moment que personne n'en souffre. J'ai tout arrangé, je voudrais juste avoir deux jours à moi, rien qu'à moi, et faire ce dont j'ai envie, pour une fois. Est-ce trop demander ? s'écria Sarah.

— Ma chérie, ne te mets pas dans cet état... Eh bien, vas-y, parle-lui-en. Mais je t'aurai prévenue.

Sarah raccrocha d'un geste violent. Sa mère la considérait toujours comme une enfant ayant constamment besoin d'être sous la coupe de son mari. Susie avait fait le bon choix, en s'embarquant pour l'Afrique sitôt qu'on lui avait mis la bague au doigt : elle avait laissé à sa pauvre sœur la charge de s'occuper d'une veuve frivole et maladroite, qui refusait de voir que ses filles avaient grandi. De mauvaise humeur, Sarah regagna la cuisine pour préparer le dîner. Vivement que Douglas rentre, qu'elle puisse le mettre au courant !

Douglas arriva tard ce soir-là. Les enfants étaient déjà couchés et le jardin plongé dans le crépuscule quand Sarah entendit son pas dans le couloir. C'était un homme trapu qui portait des lunettes, avec un visage carré, résolu, et des cheveux noirs striés de gris. Il semblait passablement énervé.

— Je suis resté coincé dans ce train pendant plus

d'une heure ! s'exclama-t-il avec rage en jetant sa serviette dans un coin.

Sarah la récupéra et la posa sur une chaise.

— Allons dans le jardin, chéri. Je me doutais que tu rentrerais fatigué et j'ai préparé des cocktails... Ou préfères-tu d'abord monter te changer ? Tu as l'air tout en sueur.

— Oui, je vais aller me changer... Ces trains, on ne peut jamais compter dessus. Quand ce n'est pas la neige, c'est la pluie. Aujourd'hui, les voies ont dû fondre à cause de la chaleur, je présume. Et il faut toujours que les gens se suicident sur la ligne régionale...

Sarah le suivit en le laissant ronchonner tout son soûl ; elle lui tendit une paire de chaussettes propres, une chemise bien repassée, et ramassa son linge sale à mesure qu'il se déshabillait. Enfin, lorsqu'ils se retrouvèrent assis sur la terrasse dans la pénombre, Douglas lui sourit. Son visage massif se dérida et une pointe d'humour éclaira son regard.

— Je suis assommant, hein ? constata-t-il soudain.

— Oui, mais ça ne fait rien. Tu as eu une dure journée ?

— La pire qui soit. Selon la dernière estimation, on a largement dépassé le budget initial et personne ne sait pourquoi... Le marché financier joue au yo-yo et un de nos fournisseurs de Hambourg vient d'avoir une attaque : il s'est gouré de virgule, et il a cru qu'il avait perdu un demi-million... Oui, une journée comme ça, je m'en passerais bien.

Sarah sourit obligeamment et se pencha pour lui servir à boire. Pour elle, les crises pétrolières se succédaient et la seule constante dans ce domaine, c'était le gros salaire de Douglas qui continuait de tomber tous les mois. Elle mit une cerise confite dans le verre de son mari et se renversa dans son fauteuil en se demandant si c'était le moment de lui parler de son projet. Elle s'était habillée avec soin, d'une jupe en lin qui lui arrivait au genou et d'un corsage de soie bleu pâle. Des vêtements doux et féminins comme Douglas les aimait.

— La femme d'Harry Rogers est venue aujourd'hui, dit-il brusquement.

— C'est bien elle qui tient une boutique de vêtements très chic ?

— Oui, c'est elle. Je me demande comment fait Harry. Sa femme est l'une des plus dominatrices que j'aie jamais vues, et elle n'est pratiquement jamais chez elle. Ils ont deux enfants, tous deux en pension, bien sûr. Elle n'a pas de temps à leur consacrer, pas plus qu'à Harry, d'ailleurs. Parfois, je remercie ma bonne étoile de t'avoir, Sarah.

Il s'approcha d'elle et lui prit la main.

Oui, c'était le moment ou jamais, se dit Sarah, la gorge nouée. Elle entrelaça ses longs doigts fins à ceux de Douglas, avec un léger mouvement du torse qui tendit la soie du corsage sur le galbe de ses seins.

— Toi aussi, tu me prends pour une écervelée, chéri ? lança-t-elle en faisant la petite fille, d'un air légèrement provocant.

Il lui caressa le poignet.

— Toi ? Tu es ma douce colombe, mon grillon du foyer, voilà ce que tu es.

— Maman me voit comme une ravissante idiote, incapable de se débrouiller toute seule. Elle est persuadée que tu ne me laisseras jamais m'éloigner d'un pas.

Elle allongea une jambe et se renversa en arrière, consciente qu'elle usait de ses charmes pour parvenir à ses fins.

— Où veux-tu en venir, petite coquine ?

— Me permettras-tu de te quitter le temps d'un week-end ? Je te revaudrai ça, promis.

— Un week-end ? s'exclama Douglas en se redressant et en lui lâchant la main. Sarah, qu'est-ce que tu mijotes ?

— Du vendredi soir au dimanche après-midi, c'est tout. Il s'agit d'un stage de dessin, et j'ai tellement envie d'y participer... Tu ne peux pas savoir combien j'ai tourné en rond ces derniers temps. C'est exactement ce qu'il me faut : les intervenants évaluent les capacités des participants et conseillent chacun sur les orientations à prendre... Tiens, voilà le dépliant.

En le lui tendant, elle remarqua que ses mains tremblaient. Douglas le parcourut rapidement.

— Et tu es tombée dans le panneau ! Vraiment, Sarah ! Ils vont te trouver merveilleusement douée, bien sûr, pourvu que tu rempiles pour dix autres week-ends. Je te croyais plus avisée. Et d'où te vient cette soudaine lubie artistique, si je puis me permettre ?

Elle sentit ses yeux la piquer et refoula ses larmes avec rage.

— Ce n'est pas une lubie, tu sais que j'ai toujours été douée pour le dessin. J'aime ça. Et maintenant que les filles vont à l'école, je me suis dit que... j'ai tellement envie d'y aller, Douglas ! J'ai tout arrangé. Il y a des plats préparés dans le congélateur, maman veut bien venir et Mme Burton pourra faire un saut dimanche...

— Chérie, voyons, dit Douglas en l'attirant à lui. Ne te mets pas dans cet état. J'ai du mal à comprendre qu'au lieu de rester avec ton mari et tes enfants, tu préfères fréquenter une bande de hippies dont la moitié doit fumer du hasch.

— Ce n'est pas la question. Il ne s'agit que de deux jours, Douglas, et je veux y aller !

— Ma pauvre chérie ! J'aurais dû m'en rendre compte... Depuis que Joanne va à la crèche, tu te sens seule et désœuvrée. Et si on prenait des vacances, mon trésor ? On pourrait retourner à Gênes, dans la villa de John, ou bien...

— Je n'ai pas envie de prendre des vacances. Je veux suivre ce stage ! s'écria Sarah en s'écartant de Douglas, qui eut l'air surpris par sa véhémence. Il ne dure que deux jours et, qui sait ? je pourrai peut-être en tirer quelque chose, si je suis bien conseillée, insista-t-elle d'une voix que ses sanglots étouffés faisaient trembler.

— Tu veux dire que tu envisages de gagner ta vie avec ça ? Sarah, voyons, je ne vais pas te rationner, même si ta mère abuse un peu de ma générosité.

— Mais ce n'est pas une question d'argent !

Elle comprit soudain le côté dérisoire de cette discussion. Jamais elle ne parviendrait à lui expliquer ses motivations, ses envies. Découragée, elle s'effondra dans le fauteuil.

— Tu ne me permettras pas d'y aller, n'est-ce pas ?

Douglas parut perplexe.

— Mais... pourquoi irais-tu ? Il n'y a aucune raison... Oh, c'est ma faute, je t'ai trop protégée des misères et des laideurs de ce monde, ma chérie. Une femme comme toi, belle, innocente, est une proie facile pour les hommes. Cela risquerait de te perturber. Crois-moi, Sarah, j'ai raison.

Elle se raccrocha désespérément à un semblant d'espoir.

— Si tu voulais seulement venir voir l'endroit où se déroule le stage. La dame qui m'a renseignée au téléphone semblait si gentille...

— Je n'en doute pas une seconde. Le responsable aussi sera charmant et ils t'emberlificoteront si bien que tu ne sauras plus comment te sortir de ce guêpier.

— Douglas, je ne suis plus une enfant !

— C'est bien pour cela que je ne peux pas te laisser y aller, ma chérie.

Il y eut un silence pesant. Puis Sarah s'exclama d'une voix aiguë :

— Alors, je n'aurai jamais le droit de sortir sans un chaperon, c'est ça ?

— Ne fais pas l'idiote. Bien sûr que oui, en cas de nécessité – si Susan était malade, par exemple. Mais pas pour ce genre de choses... Sarah, reviens. S'il te plaît, Sarah, si tu prenais simplement le temps de réfléchir...

La porte-fenêtre claqua, toutes les vitres en tremblèrent. D'un air accablé, Douglas se servit un autre verre.

Ce soir-là, dans le lit, Sarah se tint à distance, raide comme un piquet. Quant à Douglas, d'humeur badine, il sifflotait, fredonnait... Exaspérée, elle fut sur le point de l'assommer avec la lampe de chevet. Avec l'instinct que donnent de longues années de vie conjugale, elle savait qu'il avait envie d'elle ; mais lorsqu'il chercha comme d'habitude à lui caresser les seins, elle resta de marbre. Cela ne refroidit pas Douglas, qui ouvrit le décolleté de sa chemise de nuit et y fourra le nez.

— Tu me chatouilles, dit-elle sèchement.

Il se montrait toujours si doux, si caressant, que parfois elle en avait la chair de poule. Il glissa une main inquisitrice entre ses cuisses, et elle recula au contact de ses doigts. Mais, certain qu'il arriverait à l'exciter, son mari insista, si longtemps qu'elle faillit hurler. Mieux valait faire semblant : Douglas ne renoncerait pas. Elle allongea les jambes, gémit un peu, et l'entendit grogner de satisfaction tandis qu'il se couchait sur elle en l'écrasant de tout son poids. Alors Sarah laissa vagabonder son esprit. Mais pendant que Douglas poussait en ahanant, elle repensa soudain à son stage et à l'humiliation qu'elle subirait le lendemain, quand elle devrait annuler son inscription et avouer à sa mère, à ses filles que, comme prévu, maman n'avait pas eu la permission. Prise de sanglots, elle enfouit son visage dans l'épaule de Douglas.

— Ça t'a plu, n'est-ce pas, ma chérie ? lui dit-il, tout miel.

— Oui, oui, ça m'a plu. J'ai sommeil, Douglas, laisse-moi dormir.

— Tu sais, j'ai raison. Je tiens tellement à toi, Sarah ! Si tu savais à quel point, tu n'aurais pas envie de me quitter un seul instant.

— Je sais, je sais. Laisse-moi dormir.

— Essaie seulement de voir les choses de mon point de vue...

— Pour l'amour du ciel, Douglas, ferme-la et laisse-moi dormir !

Reculant comme si son gentil chien-chien l'avait mordu par mégarde, il poussa un profond soupir et lui tourna le dos en se blottissant contre son oreiller en satin.

Il y avait une drôle d'ambiance au petit déjeuner. Les fillettes le sentaient et restaient la tête penchée sur leurs bols.

— C'est ton jour de tournée-repas, n'est-ce pas, chérie ? s'enquit Douglas.

— Oui, comme tous les jeudis.

— Pourquoi ne pas prendre un jour de plus par semaine ? C'est une activité utile, tu dis souvent que les personnes âgées l'apprécient beaucoup.

Sarah eut un rire sarcastique.

— Si tu veux savoir, elles trouvent la bouffe infecte, nous reprochent d'arriver en retard et réclament de la bière. Sans parler des remarques suggestives que se permettent la moitié de ces messieurs. Et tu te figures que c'est une occupation convenable !

— Sarah, pas devant les enfants, s'il te plaît, la tança Douglas en se plongeant résolument dans son journal.

En partant, il posa quand même un baiser sur son front buté.

Pendant le trajet jusqu'à l'école, les filles gardèrent le silence. Joanne essaya de détacher sa ceinture de sécurité pendant qu'Emma effilochait son ourlet en tirant sur un fil qui pendait. Mais Sarah l'aperçut dans le rétroviseur et la gronda.

— Arrête, Emma, tu auras l'air d'une mendigote en arrivant à l'école.

Elle vit que sa cadette accusait le coup. Dans une famille qui ne se disputait pratiquement jamais, une querelle comme celle du matin était traumatisante. Au moment de les quitter, Sarah étreignit ses filles plus fort que d'habitude.

— Je m'excuse de m'être mise en colère. Ce soir, je serai de meilleure humeur, promis.

Les enfants se serrèrent contre elle avec une fougue qui l'émut jusqu'aux larmes. Elle s'éloigna en pressant le pas, la gorge nouée.

En entrant dans la maison, elle entendit sonner le téléphone. C'était sa mère.

— Chérie, il est arrivé quelque chose de terrible.

— Oui ? répondit-elle avec flegme, soupçonnant quelque banal incident domestique que sa mère dramatisait à plaisir.

— Sarah, c'est de ta sœur qu'il s'agit. C'est tout l'effet que ça te fait ? Il y a eu une révolution !

— Où, au Zimbabwe ? Maman, tu en es sûre ?

Sarah chercha le journal du regard. Une révolution

dans une ancienne colonie, voilà qui devait faire les gros titres.

— Évidemment, j'en suis sûre. Enfin, pas à Harare, mais au Mandoto, juste à côté. Ils en ont parlé à la radio.

— Eh bien, cela va provoquer un afflux massif de réfugiés... Mais en quoi cela concerne-t-il Susie ?

— C'est tout près ! Dieu sait ce qui peut arriver – blocus, bombardements, et Susie qui se retrouve enceinte, seule, au beau milieu de tout ça. Jamais je n'ai été aussi inquiète, conclut Mme Melling en sanglotant.

— Allons, maman, tranquillise-toi, il n'y a rien d'alarmant, la rassura Sarah en se retrouvant dans un rôle qui lui fit penser à Douglas. L'Afrique est bien plus vaste que tu ne l'imagines. Susan est avec Jerry, ils habitent une grande ville et je suis certaine que la compagnie minière les rapatriera, s'il y a le moindre danger.

— Avec Douglas pour te protéger, tu ne risques rien, mais je n'ai aucune confiance en Jerry. Pour commencer, il n'aurait jamais dû l'emmener là-bas ; le bébé doit naître dans onze semaines, et les gens bien sont les premiers à trinquer dans ce genre d'émeute populaire... J'ai essayé de téléphoner à l'ambassade, mais la ligne est occupée et tu n'ignores pas comme Susie est difficile à joindre. Je ne sais plus que faire.

— Écoute, je vais m'en occuper, déclara posément Sarah. Va déjeuner avec Madge à la terrasse d'un bon petit restaurant et j'essaierai de joindre Susie. Je vais trouver un moyen.

— Eh bien, c'est très gentil à toi, ma chérie, mais j'aimerais que tu en touches un mot à Douglas. Il sait comment gérer ce genre de situation et, quand c'est lui qui appelle, les gens se mettent en quatre pour le satisfaire. S'il te plaît, parles-en à Douglas, ma chérie.

Sarah promit et raccrocha. Au moins, elle avait échappé à l'épreuve qu'elle redoutait : elle n'avait pas eu besoin de parler du stage. Elle trouvait vexant que sa mère dédaigne ainsi l'aide qu'elle lui offrait, mais elle en avait l'habitude. Aux yeux de sa mère, seul Douglas pourrait faire quelque chose. En l'occurrence, la jolie Sarah n'était d'aucune utilité.

La pièce sentait les roses et l'encaustique. Machinalement, Sarah tira sur les franges du tapis et retapa deux coussins. Ses yeux se promenèrent sur la douceur des voilages, le poli du parquet, l'élégance du petit bureau en bois de rose sur lequel était posée, dans un cadre d'argent, une photographie d'elle et de ses filles ; Emma l'air modeste, dans une robe en dentelle, et Joanne qui n'était encore qu'un bébé. Une image si paisible. Si parfaitement anglaise. Et Susie qui était si loin.

Sarah était en retard, mais sa tournée de repas pouvait attendre. Pour une fois, Douglas, tout déconfit, avait oublié d'emporter le *Telegraph* avec lui. Sarah le parcourut en cherchant un article sur le Mandoto. En première page, il n'y avait qu'un entrefilet, mais à l'intérieur, un article de fond décrivait la situation en détail. On avait accordé son indépendance au Mandoto trois ans plus tôt, et tout avait semblé tranquille jusqu'aux derniers mois. Une vieille querelle tribale mal résolue couvait sous la cendre et quand le Premier ministre, qui appartenait à l'une des tribus, avait renvoyé des membres de son cabinet appartenant à l'autre, son geste avait mis le feu aux poudres. Un général de l'armée s'était emparé du pouvoir, en assassinant le président ainsi que la moitié du gouvernement, et il tentait actuellement de prendre le contrôle des villes de province, restées fidèles à l'ancien régime. Des combats avaient éclaté dans tout le pays.

Inquiète malgré elle, Sarah se mordilla un doigt. Dans leur jeunesse, quoique très différentes, Susan et elle avaient été très proches. Sue la vive, la brillante, changeait de petit ami aussi vite qu'un caméléon change de couleur, et sans plus de regret. Sarah, elle, ne pouvait se le permettre, car elle avait toujours affaire à des amoureux transis. Lorsque, enfin, elle trouvait le courage de rompre, c'était un véritable supplice pour elle comme pour eux. Pourquoi inspirait-elle tant de dévotion ? Mystère.

— Tu es trop gentille, trop timide, prétendait Susan. Tu leur donnes envie de te protéger.

— Je n'ai pas besoin qu'on me protège, objectait Sarah, mais elle n'en était pas si sûre.

Douglas avait eu beau jeu avec son expérience, son charme, sa carte American Express : il l'avait cueillie comme une fleur. Et voilà que Susan la délurée, qui lui avait tenu la main la veille de son mariage en lui assurant qu'elle avait fait le bon choix, se retrouvait seule, enceinte et en danger...

Sarah s'empara du téléphone et s'attela à sa tâche. Ce serait long et fastidieux : avec les décalages horaires, les éléphants qui endommageaient la ligne et le reste, c'était toujours difficile, mais aujourd'hui l'opératrice n'arrivait à rien. « Essayez de rappeler plus tard, s'il vous plaît », répétait-elle comme une litanie. Sarah finit par s'y résoudre et raccrocha. Il ne lui restait plus qu'à commencer sa tournée de repas. Mieux vaut tard que jamais.

Comme par un fait exprès, chaque fois qu'elle était en retard, les vieilles personnes à qui elle rendait visite s'obstinaient à la retenir. Mme Tinson voulait qu'elle l'aide à son tricot, et la révolution mandotane avait ravivé chez le vieux M. Braithwaite les souvenirs de la guerre sud-africaine. Il avait ressorti des photographies du temps où il était officier de cavalerie – un homme mince, méconnaissable, coiffé du casque colonial et posant près d'un cheval à l'air mélancolique.

— Pour les Noirs, la vie ne compte pas. Ils ont vite fait de vous trancher la gorge, lui glissa-t-il d'un air complice. Non, je n'aimerais pas être là-bas en ce moment, avec cette révolution... Il suffit d'une étincelle, et c'est parti.

— Ma sœur est en Afrique, dit Sarah.

— Si j'étais vous, je lui conseillerais de rentrer avant qu'il ne soit trop tard, la prévint-il avec un sourire lugubre.

Quand enfin elle se retrouva à la maison, Sarah s'affala dans un fauteuil, épuisée. Puis elle se força à se lever, décidée à faire avancer les choses avant que Douglas ne s'en mêle. Mais impossible d'obtenir une communication et, d'après l'opératrice, ce n'était pas près de s'arranger. Par ailleurs, aucune des ambassades ne répondait. Était-ce bon ou mauvais signe ? se demanda Sarah en s'activant machinalement dans la cuisine. Avec tous les plats qu'elle avait préparés la veille, elle était tranquille pour un bout de temps, et Mme Benson avait nettoyé le réfrigérateur, une tâche que Sarah s'était réservée pour l'après-midi. Elle rempota une plante verte qui avait triste mine et tourna dans la maison en attendant que la radio diffuse les actualités. Il n'y avait rien de neuf. Elle tenta de nouveau d'appeler, sans succès. Plus tard, elle alla chercher les filles à l'école, puis revint à son poste. Ce fut avec un certain soulagement qu'elle vit arriver son mari.

— Douglas, tu es au courant ? Au Mandoto, c'est la révolution. J'ai essayé de joindre Susie toute la journée, en vain. Maman est complètement paniquée et la radio dit qu'il y a des combats près de la frontière... Douglas, que peut-on faire ?

— Je n'ai pas les moyens de réprimer une révolution, ma chérie, déclara Douglas avec froideur.

— Tu m'en veux toujours pour ce matin ? Ne sois pas mesquin. C'est important.

— L'harmonie familiale me paraît aussi très importante, répliqua-t-il avant de monter se changer.

Sarah le suivit. Soudain, le stage de dessin et tout ce qu'il représentait lui sembla bien dérisoire en comparaison de ce qui pourrait arriver à Susie. Plus tôt elle ferait la paix avec Douglas, mieux cela vaudrait. Elle ramassa son veston et en épousseta le col avant de le mettre sur un cintre.

— Je m'excuse pour ce matin, chéri... J'étais fatiguée. C'est sans doute le temps : il fait si lourd. Je n'ai pas bien dormi cette nuit.

— Tu sais que je déteste qu'on se dispute devant les filles, Sarah.

— Oui, Douglas, je sais. Je m'excuse.

Il lui sourit chaleureusement et la prit par les épaules.

— Bon, maintenant, voyons ce qu'on peut faire au sujet de Susie, hein ?

Il appela l'une de ses connaissances, un collègue qui travaillait aussi dans le commerce du pétrole et vivait à Harare, anciennement Salisbury. Assise à côté de lui, Sarah attendait, tendue. Parce qu'une bande de guérilleros mandotans avait traversé la frontière pour fuir les militaires, les troubles avaient gagné tout le pays et rendaient les communications difficiles. Mais son collègue assura à Douglas qu'il essaierait d'entrer en contact et les tiendrait au courant s'il y avait du nouveau. Douglas le remercia et raccrocha.

— Il faut que j'appelle maman, dit Sarah, préoccupée.

— Demande-lui de venir dormir ici vendredi pour

garder les enfants. C'est ton anniversaire, tu te rappelles ?

— C'est vrai... Je ne suis pas tellement d'humeur à faire la fête...

Douglas lui caressa les cheveux.

— Ne t'inquiète pas. On va avoir des nouvelles, tu verras.

— Voici la carte des vins, monsieur. Puis-je vous recommander le bordeaux ? Il est excellent.

Douglas fit la moue d'un air sceptique.

— Ce n'est pas une de mes années préférées. J'aurais aimé du champagne, mais je crains d'être déçu.

Sarah soupira et s'exhorta à la patience. Par principe, Douglas dépréciait les cartes des vins de tous les restaurants où ils se rendaient et elle l'avait déjà vu débattre longuement avec le serveur pour finir par commander du Perrier.

C'était un endroit très chic où elle n'était encore jamais allée, les murs étaient tapissés de suède brun et un pianiste jouait en sourdine près d'une minuscule piste de danse. La grande majorité des convives avait plus de cinquante ans.

— J'ai bien envie de boire un peu de ce vin rouge italien qui pétille, dit-elle soudain. Du lambrusco.

— Mon Dieu, Sarah, tu parles sérieusement ? s'étonna Douglas d'un air choqué. D'ailleurs, je suis sûr qu'ils n'en ont pas.

— Du lambrusco ? Mais bien sûr, monsieur.

— Ah. Alors, va pour une bouteille de lambrusco.

Il attendit que le serveur ait disparu, puis s'enquit :

— Où as-tu bu du lambrusco ?

— Au restaurant italien. J'y suis allée avec Mary. Ne t'en fais pas, chéri, tu pourras te pincer le nez en le buvant, ça m'est égal. Mais si tu te permets un seul commentaire, tu auras droit à un gage. C'est mon anniversaire, tu te rappelles ?

— Bien sûr. Et je ne t'ai pas encore donné ton cadeau.

Il sortit de sa poche un petit paquet discret et le posa sur la nappe blanche. Sarah le prit avec un délicieux frisson d'impatience.

— D'après la forme de la boîte, ce doit être une montre, dit-elle en se battant avec le papier vert et or qui portait la marque d'un bijoutier.

Douglas lui retira des mains la boîte.

— À quoi bon l'ouvrir, si tu sais ce qu'elle contient... ?

— Ne sois pas méchant, chéri, donne-la-moi.

Elle se leva à moitié pour la récupérer, mais il la garda juste assez longtemps pour que les autres clients puissent jouir de la scène. Douglas Hamilton fêtant quelque occasion avec sa jolie femme, elle éblouissante dans une robe en crêpe de Chine d'un bleu profond dont le décolleté laissait deviner la naissance de ses seins, lui impeccable dans son costume bien coupé de cadre supérieur.

Sarah s'empara du coffret de velours, et il s'ouvrit sur une exquise montre miniature, au cadran serti de diamants.

— Mon Dieu, Douglas... ce qu'elle est belle !

— Bien moins belle que toi, ma douce. Tu sais que cette robe est assortie à tes yeux ?

Bien sûr qu'elle le savait, c'est pour cela qu'elle l'avait choisie, mais elle le remercia du compliment avec un sourire.

— Tu n'aurais pas dû acheter quelque chose d'aussi précieux. Je n'oserai jamais la porter.

— Au contraire, j'aimerais que tu la portes tout le temps. Elle est assurée.

Sarah ne dit rien. Elle aimait bien sa grosse montre,

celle qu'elle avait chaque jour à son poignet, la fidèle compagne de son quotidien. Celle-ci aurait mieux convenu à une vieille douairière n'ayant aucun scrupule à mettre des diamants dès neuf heures du matin.

— Cela paraîtrait un peu tape-à-l'œil si je la portais pour faire les courses. Je la mettrai pour les grandes occasions... Merci, chéri, je suis comblée.

Voilà, le problème était réglé. Elle se sentait pleine d'assurance, ses pensées allaient en ligne droite, sans faire de nœuds ni s'emmêler. Aujourd'hui, ils avaient eu des nouvelles de Susie, en sécurité à Harare où Jerry l'avait envoyée dès que les troubles avaient éclaté. Sarah avait expédié à sa sœur un télégramme, la priant de les appeler dès qu'elle le pourrait, mais cela prendrait sans doute du temps. Les liaisons téléphoniques étaient très perturbées, sans que personne ne sache bien pourquoi.

Après le dîner, ils dansèrent un peu, puis, gagnés par une douce somnolence, prirent le chemin du retour. Mais quand ils s'engouffrèrent dans l'allée, ils virent que les lumières du rez-de-chaussée étaient toujours allumées.

— Bon sang, j'espérais que ta mère serait couchée et que nous aurions la maison pour nous tout seuls ! J'ai bien envie d'un cognac et d'un câlin, déclara Douglas en mettant la main sur le genou de sa femme.

— Il est tard, c'est étrange qu'elle soit encore debout. Je me demande s'il y a du nouveau.

Sarah sortit de la voiture et courut jusqu'à la maison.

— Elle a appelé ! Susie a appelé ! s'exclama Mme Melling, tout excitée, dès qu'elle vit sa fille. On a parlé longtemps, ça va lui coûter une fortune !

— Et elle va bien ? Que se passe-t-il ? demanda Sarah, irritée malgré elle que les nouvelles lui parviennent après coup – comme si toute participation active lui était refusée, même quand la situation la touchait d'aussi près.

Douglas entra et posa les mains sur ses épaules. Elle eut envie de se dégager, mais le laissa faire.

— Elle est à l'hôpital, expliqua Mme Melling, essoufflée. Rien de grave, d'après elle, mais comment savoir, avec Susie ? Tu te souviens comme elle a traîné avant d'aller chez le médecin, la fois où elle s'est cassé le poignet...

Douglas s'approcha du bar et leur servit deux verres de cognac.

— Résumez-nous les faits, Margaret, dit-il en lançant un regard complice à Sarah, qui n'en tint pas compte.

— Il s'agit du bébé, poursuivit Mme Melling en agitant ses mains manucurées et couvertes de bagues. Susie a trop de tension. Rien d'étonnant, vu les circonstances... Jerry aurait pu prendre quelques précautions, non ? Je ne me suis pas gênée pour le lui dire.

— Quel genre de précautions ? s'enquit Sarah. Se poster sur le toit avec une mitrailleuse ?

— Je ne sais pas. En tout cas, il a laissé Susie toute seule à l'hôpital et il est reparti. Il va finir par se faire tuer par un de ces sauvages... Je trouve qu'il aurait pu rester avec elle à Harare. Quand Susie a suggéré que tu la rejoignes, je lui ai dit ce que j'en pensais. C'est déjà assez dur pour moi de savoir l'une de mes filles en danger de mort. Je ne suis pas près d'envoyer l'autre la rejoindre !

— Encore une des idées farfelues de Jerry, je parie, renchérit Douglas en tendant un verre de cognac à Sarah, qui le saisit machinalement.

— J'ai conseillé à Susie de rentrer au plus vite, ajouta Mme Melling. Mais elle ne veut pas en entendre parler, elle prétend que l'hôpital ne le permettrait pas et elle n'a pas envie de quitter Jerry. Je me demande ce qu'elle peut bien lui trouver. Il est si débraillé...

— J'ai comme l'impression que Jerry a dramatisé la situation, commenta Douglas.

Soudain, Sarah se dit que Douglas aurait dû épouser sa mère ; ils auraient été parfaitement assortis. Elle sirota son cognac en savourant le feu qu'il laissait sur sa langue. Aux dames, Douglas servait toujours des liqueurs et elle avait mis des années à le convaincre que le cognac ne la rendait pas malade.

— Susie avait envie que je la rejoigne pour lui tenir compagnie une semaine ou deux, c'est ça ? s'enquit-elle.

— Eh bien... oui, chérie, mais je lui ai assuré que tu ne pourrais pas, que Douglas ne te laisserait jamais partir.

Sarah se tourna vers son mari.

— Mais si, n'est-ce pas chéri ? C'est bien ce que tu as dit l'autre jour : que tu me laisserais partir si Susie était malade et avait besoin de moi ? C'était prophétique. Maman pourra venir ici pour garder les enfants et Mme Burton tiendra la maison. J'aimerais bien passer une quinzaine de jours avec Susie.

— Ne sois pas ridicule, rétorqua Douglas. Tu ne vas pas aller en Afrique pour te retrouver en plein milieu d'une révolution. Vraiment, Sarah, tu as de drôles d'idées, ces temps-ci !

— Harare est un endroit sûr, tu l'as affirmé ce soir même. Je t'en prie, Douglas, ne sois pas buté. Susie a besoin de moi et j'ai envie d'y aller.

— Moi, buté ? J'en ai assez, Sarah. Qu'est-ce qui t'arrive ? Tu as tout ce qu'une femme peut désirer, et tu ne songes qu'à partir à l'autre bout du monde sans une pensée pour ta famille... Je me demande si tu ne devrais pas consulter un médecin, ma fille : d'abord ce stage à la noix, et maintenant ça ! Non c'est non, un point c'est tout.

Il avait l'air furieux. Quant à elle, son estomac commençait à se nouer, comme toujours lorsqu'elle se heurtait à son mari. Elle but une gorgée de cognac.

— Mais je veux y aller, que cela te plaise ou non, mon chéri, et ce n'est pas à toi d'en décider. Tu n'as pas le droit de me l'interdire, il me semble.

Elle agrippa son verre pour cacher le tremblement de ses mains.

— Sarah, c'est ton mari, intervint Mme Melling. Bien sûr qu'il en a le droit.

— Je ne suis pas son petit chien-chien ! s'écria Sarah. Je veux y aller et j'irai.

— Ne compte pas sur moi pour payer ton billet, rétorqua froidement Douglas.

Les yeux agrandis, elle fixa son visage congestionné par la colère.

— Je vois : tout plein de gâteries pourvu que je fasse exactement ce qu'on me dit. C'est drôle, je ne m'en étais encore jamais rendu compte, articula-t-elle lentement. Pour toi, je suis un toutou docile qu'on rabroue quand il ne sait pas se tenir... Eh bien, même un chien a des droits. Où veux-tu dormir ce soir, dans le dressing ou dans la chambre ?

— Ne fais pas l'idiote ! éclata Douglas.

Il paraissait inquiet, comme si la situation lui échappait. Comment se pouvait-il que Sarah, sa Sarah, se montre si entêtée ?

— Tu montes sur tes grands chevaux, ajouta-t-il. Et demain, lorsque tu seras calmée, tu vas encore t'excuser. À présent, allons nous coucher et attendons d'avoir la tête froide pour en discuter.

— Très bien, repartit Sarah avec douceur, même si elle bouillait au-dedans.

Elle voyait bien que Douglas accusait le coup, et

soudain elle eut l'impression de danser sur une corde raide, au bord d'un précipice. Un faux pas, et elle tomberait, tomberait toujours plus bas, jusqu'au fond de l'abîme. Mais au moins, durant sa chute, elle aurait la sensation de voler.

Une fois en haut, elle se déshabilla comme si de rien n'était. Cependant, tandis que Douglas était dans la salle de bains, elle prit des draps et des couvertures, et se fit un lit sur le divan du dressing. Ce ne serait guère confortable, mais sa mère occupait la chambre d'amis. Quand Douglas réapparut, il la regarda avec l'air de ne pas en croire ses yeux.

— Ne compte pas sur moi pour dormir sur ce truc, dit-il enfin d'une voix criarde. On va aller se coucher et oublier toutes ces bêtises. Je suis désolé de te voir si perturbée, Sarah, mais cela doit cesser. Immédiatement.

— Alors, c'est moi qui m'installerai là, répliqua Sarah.

Elle se glissa dans les draps du divan, enfouit son visage dans l'oreiller et ferma les yeux.

Douglas resta un long moment sans bouger. Puis elle l'entendit qui s'éloignait à pas lourds vers la chambre. Ils mirent longtemps à s'endormir.

Au matin, Mme Melling avait l'air éteinte et Douglas arborait une mine revêche ; Sarah, en revanche, était tout sourires. Après le petit déjeuner, elle sortit la voiture et se rendit à l'agence de voyages pour se renseigner sur les billets d'avion. Au retour, elle s'arrêta chez un pâtissier et acheta à Douglas son gâteau préféré. C'était un geste d'apaisement, même si elle était décidée à résister par principe, malgré une forte envie de laisser tomber.

— Bonjour tout le monde, lança-t-elle à son retour.

Ils se trouvaient tous dans le jardin. Douglas était affalé sur une chaise longue, entouré de journaux comme d'un cercle de feu, et les filles se tenaient prudemment à distance. Elles avaient dû faire les frais de sa mauvaise humeur.

— Tu en as mis, du temps, ma chérie, constata Mme Melling d'une voix tendue.

— J'ai dû me renseigner sur les billets pour Harare... Tiens, je t'ai rapporté une petite douceur, mon chéri, ton gâteau préféré.

— Si tu crois pouvoir m'acheter, n'y compte pas, Sarah, affirma Douglas avec raideur.

— Je n'y compte pas, rétorqua-t-elle en se penchant pour l'embrasser sur la joue, laissant son sein le frôler au passage, mais reculant aussitôt. Pas avec un gâteau, en tout cas... Bon, il faut que j'aille préparer le déjeuner, ajouta-t-elle avec légèreté en se dirigeant vers la maison.

Après le repas, Mme Melling annonça qu'elle avait envie de rentrer chez elle.

— Vous avez besoin d'une petite discussion, tous les deux.

— Nous l'avons déjà eue hier soir, il me semble, déclara Sarah. Douglas connaît mon opinion.

— Tu l'as clairement exprimée, repartit Douglas sur un ton belliqueux.

Sarah rougit et évita de croiser son regard. C'était un tel effort pour elle de conserver cette attitude posée et chaleureuse, il aurait été tellement plus facile de s'excuser pour que tout retourne à la normale ! Ses yeux s'emplirent de larmes.

— Susie a besoin de moi, dit-elle en reniflant. Dieu sait que je n'ai pas envie de te laisser, Douglas, mais je ne comprends pas pourquoi tu t'opposes à mon départ. Susie n'est pas bien, tu as toi-même admis qu'il n'y avait pas de danger et maman peut garder la maison. Pourquoi ne pourrais-je pas rejoindre ma sœur ?

— Parce que... parce qu'elle n'a pas besoin de toi. Moi si. Elle est dans un hôpital de luxe, à la veille d'une expérience capitale dans la vie d'une femme, et...

— Justement, l'interrompit Sarah, elle est seule, complètement seule. Elle ne connaît personne là-bas et elle a envie d'avoir ses proches à ses côtés. C'est naturel... Si je ne peux pas y aller, alors il faudra que ce soit maman.

Elle lança un regard plein d'espoir à sa mère, qui s'effondra aussitôt sur une chaise, comme assommée.

— Mon Dieu... J'irais volontiers, Sarah, tu le sais, mais je supporte si mal de voyager ! D'ailleurs, c'est toi que Susie a réclamée sans ambiguïté.

— Je croyais que vous vous apprêtiez à rentrer chez vous, Margaret ! lança Douglas avec hargne.

— Je vais te raccompagner, maman, déclara Sarah en se levant. Venez avec nous, les filles, j'ai l'impression que papa a envie d'être tranquille.

Au moment du coucher, Sarah se prélassa longuement dans son bain et se glissa dans le dressing-room vêtue de son seul négligé, un souffle de dentelle blanche. Douglas s'y trouvait déjà.

— Viens te coucher, Sarah.

— Je ne demande que ça, Douglas.

Elle se tenait devant lui, tête baissée. Ses cheveux nimbaient son visage, ses yeux d'un bleu profond luisaient comme deux petits étangs sous la lune. Elle semblait si fragile que Douglas avança la main pour la toucher, mais elle s'écarta.

— Je m'excuse pour hier soir, déclara-t-il soudain. Je ne pensais pas ce que j'ai dit.

— Je le sais, grand bête. Nous nous sommes

emportés tous les deux. Mais je trouve vraiment que je devrais y aller, Douglas. Susie a besoin de moi.

— Et moi ! s'écria-t-il, en proie à un douloureux désir qu'il croyait calmé depuis longtemps.

À travers la dentelle, il apercevait le rose tendre de ses mamelons et, plus bas, l'ombre de son pubis, gardien du refuge sombre et secret qui lui était réservé.

— S'il te plaît, Douglas, je t'en prie ! l'implora-t-elle en lui faisant face, et en laissant à dessein le négligé s'écarter.

Comme il hésitait, en proie à un véritable supplice, elle s'écarta de lui.

— D'accord ! lâcha-t-il d'une voix rauque.

— Tu veux dire... que je peux partir ? lança Sarah, étonnée.

— Oui. Oui. Tu peux partir ! Quinze jours, pas un de plus.

L'instant d'après, elle était dans ses bras, toute chaude et souriante. Il la prit sur le divan. La chose fut vite conclue, et Douglas resta vautré sur elle en haletant comme un poisson hors de l'eau.

— Douglas chéri, murmura Sarah.

Mais ce petit jeu l'avait excitée et elle demeurait insatisfaite. Quand ils furent couchés côte à côte dans le lit, Douglas sombra rapidement dans un sommeil paisible ; elle, en revanche, demeura longtemps à se tourner de tous côtés. Néanmoins, elle avait gagné la partie !

Il fut décidé qu'elle partirait dix jours plus tard. À mesure que la date approchait, l'impatience de Sarah se mua en une panique qu'elle dissimula avec peine. Depuis son mariage, elle n'était jamais allée plus loin que Brighton toute seule, et c'était pour voir une ancienne camarade d'école qui était venue la chercher à la gare. Qu'est-ce qui lui avait pris de s'embarquer dans une telle aventure ? Que ferait-elle si on lui volait son passeport ; si elle perdait ses bagages, son argent, son billet ? Et les filles, comment supporteraient-elles son absence ? Deux semaines, c'est long quand on est si jeune. Les doutes l'assaillaient, elle avait envie d'en parler à Douglas, mais elle se retenait toujours à temps. Si jamais il devinait ses angoisses, il annulerait aussitôt le vol.

Sa visite chez le médecin ne fit qu'empirer les choses, elle se retrouva le bras couvert de marques de piqûre, la tête pleine de recommandations, avec un sac bourré de médicaments. Elle ne devait prendre aucun bain, sauf dans les piscines ; il fallait faire attention à l'eau, à la nourriture, aux mouches ; consulter un médecin dès qu'elle ne se sentirait pas bien... La liste n'en finissait pas.

— Je vais à Harare, murmura-t-elle. Je suis sûre que c'est une ville tout ce qu'il y a de civilisé.

— Il y a beaucoup de maladies sous les tropiques, lui répondit le médecin avec une certaine complaisance. Venez me voir, à votre retour.

Sa mère était tout aussi optimiste.

— Ça ne me plaît pas du tout, Sarah. Ce n'est pas bien, de contrarier Douglas comme ça. Tu finiras par le regretter, crois-moi.

— Mais puisque je te dis que Douglas est d'accord... Tu devrais être soulagée de savoir que Susie aura de la compagnie. Seule dans une ville étrangère et sur le point d'accoucher, ce doit être atroce.

— Oui. Pauvre Susie ! s'exclama sa mère en soupirant. Il faut que je lui achète un joli cadeau. Tu as une idée ?

— Rien de cher, en tout cas.

Ce n'était pas le moment de présenter une facture salée à Douglas.

— Vraiment, Sarah ! Je t'ai acheté un joli pull en

cachemire pour ton anniversaire. Et je refuse de faire des préférences entre mes filles.

Sarah s'obligea à garder son calme.

— Ce n'est pas la question, je ne veux pas que tu embêtes Douglas avec des problèmes d'argent pendant mon absence. Tu comprends ?

Mme Melling passa de la surprise à l'indignation.

— Je n'ai jamais abusé de sa générosité, il me semble ! Mais si mon beau-fils veut que je vivote misérablement de ma maigre retraite, je m'y résoudrai. J'aurai l'air d'une mendiante et vivrai de croûtons pendant que tu te prélasseras dans ton immense demeure en te faisant servir par une armée de domestiques...

— D'accord, maman, l'interrompit Sarah en soupirant à son tour – la tête lui tournait et elle avait des élancements dans le bras. On ne te demande pas de mourir de faim, mais tu devrais être capable de te débrouiller... En tout cas, attends mon retour pour en parler à Douglas.

Sarah consacra les derniers jours à s'acheter des vêtements. En ce début de septembre, les boutiques regorgeaient de lainages et de manteaux, et le prix des rares articles d'été était exorbitant ; sans doute partait-on du principe qu'il fallait être riche pour aller dans les pays chauds en cette saison. Sarah s'efforça à l'économie, afin de compenser un vague sentiment de culpabilité. Pour voyager, elle fit l'acquisition d'un tailleur en lin bleu pâle et d'un corsage blanc, qu'elle échangerait contre un débardeur bleu marine juste avant l'atterrissage. Une tenue sport, fraîche, avec une petite touche de sophistication. Pour le reste, sa garde-robe d'été ferait l'affaire, et elle achèterait sur place, au Zimbabwe, tout ce qui lui manquerait. À part ses visites à Susie, elle serait très désœuvrée ; faire les boutiques l'aiderait à passer le temps. Elle emporta aussi une robe du soir, un fourreau de soie blanche qui mettait en valeur ses cheveux brun cendré et ses yeux bleu foncé. C'était sans doute superflu, mais qui sait ? Un frisson d'excitation la parcourut, le premier, et elle boucla sa valise en murmurant :

— Ah, ce que j'ai hâte de partir !

Emma apparut sur le pas de la porte et ses yeux s'emplirent de larmes quand elle découvrit la valise, puis le visage empourpré de sa mère.

— Tu ne reviendras pas, gémit-elle.

Sarah courut à elle, en proie à un terrible sentiment de culpabilité. C'était donc mal de vouloir partir ? La maternité impliquait-elle qu'on ne doive jamais quitter ses enfants, pas même pour une journée ? Seuls les sanglots d'Emma lui répondirent. Éperdument, Sarah tenta de la consoler en lui promettant des montagnes de cadeaux.

Afin de rétablir son autorité, Douglas prit en main les préparatifs du voyage, tout flatté de jouer l'homme d'affaires expérimenté protégeant sa jeune femme timide et innocente. Il submergea Sarah de guides, d'adresses, d'itinéraires et de certificats d'assurance, sans compter les indispensables passeport et billets. Si elle l'avait laissé faire, il l'aurait confiée aux bons soins de l'hôtesse de l'air, pensa Sarah. Mais, au fond, elle était soulagée qu'il se fût occupé de toutes ces démarches compliquées. Elle se sentait l'esprit si confus !

Ils emmenèrent les filles avec eux à l'aéroport et bavardèrent avec entrain pendant tout le trajet. L'avion partait peu avant six heures, et il arriverait à Harare aux premières heures de la matinée.

— Ils n'ont que deux heures d'avance sur nous, tu ne seras pas trop fatiguée par le décalage horaire, déclara Douglas avec assurance.

Sarah se contenta de hocher la tête, tant elle se trouvait novice comparée à son grand voyageur de mari.

À l'aéroport, Douglas l'aida encore à passer les diverses formalités. Elle se sentait comme une invalide sur le point d'être privée de son infirmier. Soudain, la panique l'envahit.

— Je ne crois pas que ce soit une très bonne idée, tout compte fait, gémit-elle en agrippant Douglas par le revers de son veston avec des doigts tremblants.

— Ne sois pas bête, ma chérie, répliqua-t-il avec fermeté. On annonce ton vol, vas-y, c'est le moment.

— Mais je n'ai pas envie ! Oh, Douglas, ne me laisse pas partir seule...

— Allons, ma chérie, tout ira bien. Passe un bon séjour. Souviens-toi... je t'aime. Prends soin de toi.

— Moi aussi, je t'aime. Au revoir, mes trésors. Donnez-moi un baiser. Je reviendrai vite, promis. Je vous aime...

Elle se souviendrait longtemps de cette image : un homme trapu, brun, portant lunettes, encadré de deux fillettes qui agitèrent frénétiquement les mains pour lui dire au revoir, jusqu'à ce qu'elle ait disparu de leur champ de vision.

2

Sarah se scruta dans le petit miroir. Elle était pâle, avait l'air nerveuse et se sentait les intestins en compote. Si elle retournait s'asseoir à sa place, cet ignoble individu à moitié soûl ne se gênerait pas ; il recommencerait à frotter sa jambe contre la sienne en lui murmurant des insanités. Il lui faisait horreur, mais elle était incapable de se défendre. Bien sûr, elle pourrait se cloîtrer dans les toilettes, mais les autres passagers risqueraient de ne pas apprécier. Non, il fallait y retourner et lui river son clou une bonne fois. Soudain, elle eut honte de sa lâcheté ; elle reprit le couloir d'un pas martial et regagna sa place en obligeant son voisin à se renfoncer dans son fauteuil.

— Content de vous retrouver, murmura-t-il en pressant sa jambe contre la sienne dès qu'elle fut assise.

— Arrêtez ça, je vous prie, dit Sarah à haute voix, sinon je me plaindrai à l'équipage.

Le type cligna des yeux, pâlit et se recroquevilla au fond de son siège en s'écartant d'elle du mieux qu'il put. Quant à Sarah, elle saisit un magazine et entreprit de le feuilleter d'un air posé.

Pour la première fois, la tension qui l'habitait depuis qu'elle avait quitté la maison se relâcha un peu. Ces problèmes étaient dérisoires, et si elle y parait à mesure, elle réussirait à atteindre Harare sans encombre. Ce qu'il fallait éviter, c'était de laisser son imagination galoper en tous sens sans rien faire pour aplanir les difficultés qu'elle rencontrait. Cet homme ne l'aurait pas impressionnée une minute si elle l'avait remis à sa place dès le début. Dans un moment d'égarement, elle envisagea de s'excuser, puis elle se ravisa et commanda à boire. Qu'y pouvait-elle, si ce type était un obsédé ? Un autre verre, et elle commença à se détendre. Quand les rideaux furent tirés et les lumières baissées, elle finit par somnoler.

L'annonce les prit tous au dépourvu. Encore engourdie par le sommeil, Sarah n'en saisit pas bien le sens et faillit même questionner son voisin. Mais la radio recommença à crépiter.

« Ici le commandant. On vient de m'informer qu'en raison de circonstances indépendantes de notre volonté nous ne sommes pas en mesure de rejoindre Harare directement. Par conséquent, nous atterrirons à Nairobi dans une trentaine de minutes. Nous vous informerons alors des dispositions qui vous permettront de terminer votre voyage. Par avance, nous nous excusons des désagréments que cet imprévu est susceptible de vous causer. »

Des clameurs s'élevèrent aussitôt, Sarah regarda autour d'elle d'un air ébahi et rencontra les yeux de son voisin.

— Qu'est-ce que ça veut dire ? s'écria-t-elle. Pourquoi ne pouvons-nous pas continuer comme prévu ?

Il la toisa d'un air froid et distant.

— Démerdez-vous, ma petite dame.

— J'y compte bien, rétorqua Sarah en relevant le menton avec défi, et elle rassembla ses affaires.

En dessous, les lumières de l'aéroport apparurent. L'idée effleura Sarah que l'appareil avait une avarie ; peut-être l'un de ses réacteurs l'avait-il lâché ? En ce cas, elle ne pouvait rien y faire et, au bout du compte, cela résoudrait bien des problèmes si l'avion s'écrasait. Survivre semblait infiniment plus compliqué. Mais l'avion vira sur l'aile et se posa majestueusement sur la piste avec un doux rebond. Quand elle se leva pour sortir, son voisin lui emboîta le pas.

Il ne faisait pas aussi chaud qu'elle l'aurait cru. La fraîcheur de la nuit la fit même frissonner. Mais c'est surtout l'odeur qui la frappa, des effluves de fleurs et d'arbres mêlés à l'odeur de l'essence, un petit avant-goût de l'Afrique avant de s'engouffrer dans le bus qui l'emmena jusqu'au décor anonyme d'un salon d'aéroport. Des baies vitrées donnaient sur une nuit épaisse où des lumières clignotaient, alors qu'à l'intérieur régnait la seule lueur crue des néons, qui accusait la fatigue sur chaque visage et leur donnait à tous un air misérable. Personne ne souriait. Dans la salle bondée, un enfant pleurnichait, et les pensées de Sarah allèrent aussitôt aux siens. Ah, comme elle aurait aimé être avec eux ! À peine partie, elle avait déjà envie de rentrer. Un type en uniforme se mit à parler, et tous se tournèrent vers lui pour l'écouter.

« Nous sommes désolés d'avoir dû interrompre votre vol, commença-t-il. Vous le savez sans doute, des troubles ont éclaté dernièrement au Mandoto et, par suite d'un incident survenu dans l'espace aérien de ce pays il y a quelques heures, il a été décidé de suspendre les vols dans l'immédiat. Nous espérons pouvoir vous donner plus d'informations demain, dans la matinée, mais pour l'instant je me vois dans l'obligation de vous demander de vous installer ici le plus confortablement possible pour y passer le reste de la nuit. Nous regrettons toute la gêne que cela pourra vous occasionner. Je puis vous assurer que nous faisons de notre mieux pour vous permettre de terminer votre voyage. »

Un concert de protestations, de plaintes, de récriminations ponctua la fin de son discours. L'homme fut englouti par la foule et on l'entendit qui tentait vainement de calmer les esprits. Sarah saisit son sac de voyage et alla s'asseoir sur un banc en plastique moulé, apparemment conçu pour faire tomber l'usager dès qu'il tentait de s'y détendre. Ses yeux la piquaient tant elle était fatiguée. Que faisait-elle là ? Ce devait être un rêve, du genre de ceux qu'on fait juste avant de se réveiller. Des petits groupes de gens se formaient ici et là pour discuter de la situation, mais elle se sentait étrangement calme. À quoi bon s'agiter ? Au matin, elle chercherait à s'informer, mais pour le moment, autant se reposer. Elle prit son sac en guise d'oreiller, y appuya la tête, allongea les jambes et tenta de s'endormir.

À six heures et demie, jugeant que son mal de dos devenait insupportable, elle se leva, regroupa ses affaires et alla faire un brin de toilette. Les passagers s'étaient enfin installés en se couchant où ils le pouvaient ; seules une ou deux silhouettes s'agitaient encore. Sarah se fraya un chemin jusqu'aux toilettes en enjambant les corps. Au-dehors, le soleil était déjà haut, la piste s'étendait à perte de vue dans une clarté blanche. À l'intérieur, la température était réglée par la climatisation, mais Sarah enleva quand même son soutien-gorge et enfila un débardeur moulant. Puis elle se lava les dents, un geste qui la laissait toujours régénérée. Peut-être parce qu'il supposait une certaine confiance en l'avenir. Rafraîchie, elle partit en quête d'un officiel.

Un petit bonhomme débraillé vêtu d'un uniforme kaki sale traînait près de la zone de livraison des bagages.

— Excusez-moi, dit Sarah.

Avec un air de bête traquée, l'homme tenta de

s'esquiver par une porte. Mais Sarah lui coupa prestement le passage et lui sourit. Après une seconde d'hésitation, il la jaugea du regard et répondit à son sourire d'un air avantageux.

— Je me demandais si vous pourriez me conseiller, déclara-t-elle doucement.

Il se redressa de toute sa hauteur, tira sur sa veste et se lissa les cheveux en faisant l'important.

— Quel est votre problème ?

— J'ai une sœur malade à Harare. Il faut absolument que je la rejoigne, mais que faire ? N'y a-t-il pas d'autre avion ?

— Pas un. Ils tirent sur tout ce qui bouge. Mal, mais quand même, c'est trop risqué. Pour le moment, seuls les avions-cargos ont le droit de décoller. Si vous voulez, je peux m'occuper de vous chercher un hôtel...

— Des avions-cargos ? Et vous croyez qu'il pourrait y avoir une petite place pour moi et ma valise – si j'arrive à la retrouver... ?

— Elle doit être par là, dit-il en désignant les bagages de toutes sortes qui s'entassaient pêle-mêle, formant une montagne que Sarah contempla d'un air dubitatif.

Alors elle aperçut sa valise, posée en plein milieu. C'était de bon augure.

— La voici, claironna-t-elle.

Elle attendit qu'il la tire du tas en provoquant une mini-avalanche et la place devant elle, ce qu'il fit à contrecœur. Manifestement, il n'avait aucune envie de perturber son petit train-train pour elle, même s'il semblait sensible à ses charmes. Devant le regard qui la détaillait, Sarah sourit ingénument.

— Alors, où sont-ils, ces avions-cargos ?

À la fin, ce fut grâce à l'argent qu'il se laissa convaincre, vingt livres pour trouver un zinc, comme il disait, et vingt de plus si le pilote acceptait de la prendre à son bord. Après quoi, il saisit sa valise et ils sortirent dans le soleil. Même à cette heure matinale, l'air était délicieusement tiède et de petits oiseaux voletaient de-ci de-là en picorant d'invisibles insectes. Malgré son sac qui venait cogner contre ses jambes, Sarah s'efforça de tenir l'allure. À leur gauche se trouvaient d'énormes avions de ligne, mais son guide s'en éloigna pour avancer résolument vers des appareils beaucoup plus modestes, regroupés dans le coin le plus éloigné du terrain. Quand ils les atteignirent, Sarah dégoulinait de sueur, tandis qu'une grosse tache de transpiration maculait le dos de son guide. Elle avait sûrement la même entre les épaules. Quelle fournaise ce devait être, en plein midi...

— On va essayer Cottar, dit l'employé. Il ne résiste pas aux jolies filles, sauf votre respect...

Sarah espéra qu'elle trouverait grâce à ses yeux, malgré ses cheveux poisseux et son tailleur tout froissé. Ils s'arrêtèrent à côté d'un petit avion pratiquement dépourvu de hublots. Il avait à chaque aile une hélice dont les bords étaient comme rongés par les dents d'une souris. Sarah n'aurait pas été surprise d'apercevoir un panneau indiquant qu'il s'agissait d'une relique de la dernière guerre, mais trois hommes s'affairaient sous le capot du moteur. Deux Noirs et un Blanc.

— Monsieur Cottar ? lança le petit employé.

— Qui le demande ? riposta l'homme blanc en relevant la tête, avec un fort accent afrikaans.

Cottar était râblé et puissant, avec un cou de taureau et un visage carré, hâlé et plein d'humour, qui inspira confiance à Sarah.

— Moi, dit-elle. Je m'appelle Sarah Hamilton et il faut absolument que j'aille à Harare. J'espère que vous pourrez m'y conduire. Moyennant une certaine somme, bien sûr.

Cottar posa sa clef à écrous, s'essuya les mains avec un chiffon graisseux et prit le temps de la détailler. Une femme grande, élégante, avec une peau de blonde déjà empourprée par le soleil, des boucles brunes tout emmêlées, mais cela lui allait bien, des sandales fines couvertes de poussière.

— Sans mentir, vous êtes un vrai régal pour les yeux.

— Il faut que j'aille à Harare, répéta Sarah. Ma sœur est malade, je ne peux pas traîner ici.

— Il y a de méchants petits Noirs qui tirent sur les avions, vous n'êtes pas au courant ? demanda Cottar.

— De bien mauvais tireurs, paraît-il. Et puis, je suppose que vous n'avez pas plus envie que moi de vous faire tuer, monsieur Cottar.

Il se mit à rire.

— Très juste. Parlons du prix. J'espère que vous avez de gros moyens ?

— Juste un mari à Wimbledon, en Angleterre, répliqua Sarah avec une légère moue.

Elle le rejoignit sous l'ombre de l'aile, et ils se mirent à marchander sérieusement. Cela leur prit un temps infini, car Cottar se plaisait à la regarder et Sarah n'était pas rompue à ce jeu. Par moments, elle pensait à Douglas et à ce qu'il dirait s'il était présent, ce qui lui faisait perdre le fil, mais à la fin ils tombèrent d'accord et chacun s'estima satisfait – Sarah pour avoir payé dix livres de moins qu'elle ne s'y attendait et Cottar pour avoir gagné dix livres de plus que ce qu'il escomptait.

— Alors, quand partons-nous ? s'enquit-elle.

— Dans deux ou trois heures. Vous avez pris votre petit déjeuner ? Non ? Eh bien, il y a le restaurant de l'aéroport, mais vous pouvez aussi fouiller dans ce sac, là-bas. Vous y trouverez de quoi grignoter.

Il lui désigna un fourre-tout en toile taché de graisse, posé à l'entrée du cargo. Sarah contempla l'étendue brûlante qui la séparait de l'aérogare et se décida pour le sac. Elle prit place dans l'avion, et mangea des sandwiches au fromage peu appétissants qu'elle fit descendre avec du Coca-Cola tiède.

Cottar retourna à son moteur. D'autres pilotes ou mécaniciens passaient discuter avec lui et en profitaient pour se rincer l'œil. Les ignorant, Sarah s'installa dans l'ouverture de l'avion avec un livre, les jambes pendantes.

— Hé, Cottar !

Le cri la fit sursauter, et l'une de ses sandales tomba à terre. Une haute silhouette couverte de poussière marchait vers l'avion, un homme vêtu d'un pantalon kaki chiffonné et d'une saharienne douteuse qui avait jadis dû être verte. Il avait un sac à dos jeté sur l'épaule et un long fusil noir en bandoulière. Sarah se redressa.

Cottar contourna l'aile et réapparut.

— Hé, Joe ! Content de te revoir, mec ! On m'avait dit que tu étais à Okavango, pour la chasse, déclara-t-il en serrant vigoureusement la main de l'inconnu.

— J'y suis resté un temps. Et puis j'en ai eu marre de faire le couillon pour ces fichus touristes. À ce rythme, il n'y aura plus rien à tirer d'ici un an ou deux.

— C'est toujours la même histoire. Tu veux profiter du voyage ?

— Bien sûr. Qu'est-ce que tu transportes ? demanda l'homme en s'appuyant nonchalamment contre le flanc de l'avion.

— À ton avis ? lui lança Cottar en se grattant le nez. Mais tu devras partager une caisse avec

Mme Hamilton, si tu en as le courage. Madame Hamilton, Joe Langeveldt.

Les yeux bleus de Sarah croisèrent le regard fauve de Langeveldt. Aucun d'eux ne sourit. Elle prit soudain conscience de son pied nu et croisa lentement ses longues jambes.

— Enchantée, monsieur Langeveldt, déclara-t-elle d'un air guindé. Vous m'avez fait peur, et j'en ai perdu ma chaussure. Pourriez-vous avoir la gentillesse de... ?

Les yeux de Langeveldt allèrent de la chaussure à son visage.

— Ramassez-la vous-même, répliqua-t-il platement.

Sarah en resta bouche bée, mais elle n'eut le temps de rien dire. Cottar tâtonnait déjà dans la poussière pour ramasser sa sandale.

— Nous emmenons Mme Hamilton à Harare, Joe, s'empressa-t-il d'expliquer. Elle a une sœur malade, tu sais comment c'est...

— Oh oui. Ces fichus touristes sont partout. Je leur ai assez servi de nounou, et Dieu sait qu'ils ont besoin d'être maternés.

— Je ne suis pas une touriste, intervint Sarah d'une voix un peu aiguë.

— Tiens donc ! La dame n'est pas une touriste, répliqua Langeveldt en balançant son sac dans l'avion.

Le sac passa à deux doigts de Sarah, qui tressaillit malgré elle.

— Elle est de Wimbledon, en Angleterre, expliqua Cottar en essayant d'enfiler le pied docile de Sarah dans la sandale.

— Ah... Je parie qu'elle a un dessin de panda collé sur sa voiture. Elle vient nous dire qu'il faut être gentil avec les indigènes et ne pas faire bobo aux animaux.

— Voyons, Joe. Mme Hamilton ne fait rien de mal... Tu veux une bière ? On partira dans une heure.

— Bonne idée.

Avec nonchalance, Langeveldt suivit Cottar qui retournait à son moteur. Sarah entendit le bruit de canettes qu'on décapsulait et le murmure de voix ponctué par de gros éclats de rire. Elle espéra qu'ils n'étaient pas à ses dépens.

Le temps s'écoula lentement. L'heure dont Cottar avait parlé vint et s'enfuit. Il faisait de plus en plus chaud. Dès que Sarah cessait de s'éventer avec la main, les mouches s'agglutinaient autour de sa bouche et de ses narines. Elle finit par aller trouver Cottar.

— Alors, madame Hamilton, on s'impatiente ?

Il était assis par terre, à l'ombre de caisses d'emballage, et le sol était jonché de canettes de bière vides.

Sarah le regarda en soupirant.

— J'avais espéré partir aujourd'hui, dit-elle doucement.

Un long corps émergea de dessous un amas de tôles et de pièces mécaniques. Langeveldt.

— Tu sais bien que les touristes tiennent à respecter leur emploi du temps, Éric, maugréa-t-il.

Sarah songea à l'itinéraire que lui avait composé Douglas et en éprouva quelque honte. Elle fixa le sol tout en jetant des regards en coin à cet homme si peu aimable. Il n'était pas beau à proprement parler, sauf si l'on considère comme beau tout ce qui respire la force et la santé. Ses cheveux couleur de sable étaient presque blancs par endroits, le soleil avait aussi tanné sa peau en creusant des rides autour de ses étranges yeux fauves. Mais ce qui ressortait le plus dans son visage, c'était son nez, qui saillait comme un bec. Oui, à tous points de vue, il ressemble à un faucon, pensa Sarah. Agressif et dangereux. Il la mettait terriblement mal à l'aise.

— Vous voulez ma photo ? l'interpella Langeveldt.

Sarah devint écarlate.

— Je veux seulement aller à Harare, répondit-elle avec un trémolo dans la voix.

— Il faut qu'on y aille, Joe, déclara Cottar avec un air de s'excuser.

Langeveldt finit par se lever. Maintenant qu'il était debout, elle se sentait encore plus menacée, car il la dominait nettement ; la tête de Sarah lui arrivait à peine à l'épaule. Il se dirigea vers l'appareil en l'obligeant à s'écarter. Et dire que je vais passer des heures avec lui dans cet avion, pensa-t-elle, la gorge nouée. Oh, Douglas, c'est toi qui avais raison !

Au dernier moment, ils faillirent partir sans elle. La peur lui inspira un besoin pressant, et elle dut se traîner jusqu'à une petite cabane puante, perdue au loin dans la brume de chaleur. Les moteurs démarrèrent, et il lui fallut traverser la piste à fond de train pour arriver haletante et trempée de sueur au moment où ils s'apprêtaient à fermer la porte...

— Monsieur Cottar ! s'exclama-t-elle d'un ton accusateur.

Il prit un air navré, mais ne dit rien, et elle comprit que c'était un coup de Langeveldt. Elle s'effondra dans un coin, aussi loin de lui que possible, et ouvrit une canette. Elle détestait la bière, mais le Coca-Cola était terminé.

Il n'y avait que deux sièges, celui de Cottar et un autre juste à côté, que Langeveldt s'appropria d'office. Il ne lui restait plus qu'à se caser au fond de l'avion, entre une caisse et un baril d'essence. Tout le corps de l'avion trépidait. Sarah songea avec angoisse à la rouille qui cernait chacun des rivets le long du fuselage. Mais il était un peu tard pour se laisser aller à ce genre de phobie. Le rugissement des moteurs devint assourdissant, et Sarah remarqua que les jointures de ses doigts étaient blanches, tellement elle s'agrippait des deux mains aux nervures du plancher métallique. Au moins, si elle survivait, elle aurait des choses à raconter à son retour. L'avion avança avec d'inquiétantes embardées, quitta le sol, puis y retomba, pour enfin s'élever. Sarah prit une autre canette de bière. Peut-être Cottar réussissait-il mieux ses atterrissages.

À présent que les moteurs faisaient un doux ronron, Sarah s'ennuyait ferme et commençait à avoir sommeil. Langeveldt devait en être au même point, car il quitta son siège, écarta quelques caisses et s'allongea en posant la tête sur son sac à dos, son fusil couché le long de son flanc. Sarah alla s'asseoir près de Cottar. Le bruit des moteurs couvrait sa voix.

— Ce type, Langeveldt, demanda-t-elle. Qui est-ce ?

— Ah, vous n'avez pas dû entendre parler de lui, à Wimbledon, répondit Cottar en grimaçant un sourire. Il a tout fait : chasseur professionnel et guide de safari, pendant un temps. Il était sacrément bon, les clients remportaient leurs trophées et aucun ne s'est fait tuer. Mais Joe est terrible, il dit toujours ce qu'il pense. Si les mecs tirent comme des pieds, ou s'ils ont la gueule de bois et qu'ils prétendent avoir la fièvre, Joe ne marche pas dans la combine ; il leur balance leurs quatre vérités. Ce qui l'a grillé pour finir, c'est la fois où un gars a tué un rhino alors qu'il n'aurait pas dû. C'est une espèce protégée, vous savez. Joe a failli étrangler cet imbécile, heureusement que ses boys étaient là pour le retenir. Ça leur arrive à tous... ils finissent par préférer les animaux aux clients.

» Ensuite, il a été gardien dans une réserve, chargé de la protection des animaux. Il buvait trop, baisait trop... tout ça n'est pas bien grave, mais, surtout, qu'est-ce qu'il mettait aux braconniers ! Le dernier, il l'a ligoté dans un piège à girafes et il l'a laissé là, comme ça, je vous demande un peu ! Ça n'a guère favorisé le rapprochement des peuples, croyez-moi.

L'avion vacilla dans l'air chaud. Cottar manœuvra pour rétablir l'équilibre.

— Ensuite, ce fut l'abattage des éléphants, reprit-il. Un boulot épouvantable... Ne soyez pas choquée. Quand vous verrez ce qu'un troupeau d'éléphants peut faire, vous comprendrez. Ils transforment une contrée en un désert où il ne reste plus rien, aucune vie. Lorsqu'ils deviennent trop nombreux, il faut les abattre. Deux hommes armés de fusil s'avancent à pied. Et les éléphants n'apprécient pas, je peux vous le dire. J'y ai assisté une fois : les éléphants qui chargent en hurlant, les antilopes qui bondissent en tous sens, l'odeur du sang, de la cordite, de la merde d'éléphant. Tellement de poussière qu'on n'y voit goutte. Et puis plus rien, le silence. Des masses grises échouées çà et là. Et Joe. Il en sortait comme un damné de l'enfer. Ensuite, il se cuitait pendant des jours. Même un homme de sa trempe ne peut supporter ça longtemps.

— Alors, pourquoi le faisait-il ?

— Est-ce que je sais..., répondit Cottar en haussant les épaules. Ce sont des choses qui arrivent. Ça payait bien. Mais sans la tante Daisy, il serait mort depuis longtemps, si vous voulez mon avis.

— La tante Daisy ?

— Elle n'est plus de ce monde, la pauvre. Elle a été renversée par un camion, et le plus soûl des deux n'était pas le chauffeur, je peux vous le dire. Mais elle veillait sur Joe, à sa façon. Moi, je la trouvais drôle, avec ses grands chapeaux fleuris, qu'elle portait même à la saison des pluies. Elle avait deux idées fixes : le gin et la régulation des naissances. À toutes ses servantes, elle apprenait une chanson sur Durex, qu'elle leur faisait chanter tous les dimanches. C'était une vraie religion pour elle. Les filles qui tombaient enceintes avaient intérêt à dire que c'était à la suite d'une crevaison.

— Eh bien, c'était une terrible, apparemment, commenta Sarah en riant. Mais elle l'a envoyé à l'école, je présume ?

— Oui, par intermittence. Même elle avait du mal à l'y forcer. Quant à son oncle Bob, n'en parlons pas, il ne lui était d'aucun secours... Un drôle de gars, ce Joe. Parfois, on croirait qu'il déteste les gens.

— Ah oui ? Vous m'étonnez, répliqua Sarah d'un air sardonique.

Cottar ne releva pas.

— Mieux vaut ne pas le contrarier, quand on tient à la vie. Il n'est heureux que lorsqu'il se retrouve seul dans la brousse ; mais l'Afrique rétrécit, il ne reste plus beaucoup d'endroits où un homme puisse être seul. Je suppose qu'il finira comme ce vieux timbré de Bob, et ce sera fichtrement dommage.

— Qu'est-il arrivé à Bob ? demanda Sarah, avec une certaine réticence.

— Il s'est cuité à mort avec de la bière locale, il est allé roupiller sur sa véranda et il s'est fait bouffer par un lion. Bourré ou non, il a quand même dû le sentir passer.

— Vous plaisantez ! s'exclama Sarah en regardant Cottar avec effroi.

— Ne le dites pas aux touristes, répliqua-t-il en ricanant. Mais il arrive que les lions en attrapent un ou deux, certaines nuits sans lune. Surtout maintenant qu'on les prend pour de gentils minous qui ronronnent au coin du feu. Mais ne vous inquiétez pas, madame Hamilton, vous serez en sécurité à Harare.

Dans l'avion, il faisait chaud comme dans un four, sous le soleil de fin d'après-midi. Sarah ôta sa veste et s'aperçut alors que son haut était trempé de sueur ;

elle était comme nue tant on devinait ses seins sous le fin tissu. Elle s'empressa de remettre sa veste en espérant que Langeveldt dormait toujours. Mais il était bien réveillé.

— Pourquoi jouer la pudique, alors que vous faites tout pour qu'on vous remarque ? lança-t-il, allongé parmi les caisses et appuyé sur un coude.

Écarlate, Sarah le foudroya du regard.

— Si j'avais su que vous seriez dans les parages, j'aurais mis une cotte de mailles, riposta-t-elle d'un ton léger en se forçant à afficher une parfaite assurance. Mais je n'ai pas l'habitude qu'on m'attaque sans raison.

— Presque toutes les créatures attaquent lorsqu'elles ont faim, rétorqua Langeveldt.

Elle ne saisit pas immédiatement l'allusion, mais l'attitude désinvolte de Langeveldt et la façon dont il se léchait les lèvres en la regardant avec insistance ne laissèrent plus place au doute...

Sarah rougit encore et, avec un soupir étranglé, lui tourna le dos pour regarder fixement par le hublot. Langeveldt se mit à rire, à rire – c'était comme si des singes hurleurs avaient envahi la carlingue. Sarah sentit des larmes brûlantes lui piquer les yeux et, à sa grande honte, une ou deux tombèrent sur ses poings serrés. Cottar s'en aperçut.

— Laisse-la tranquille, Joe, déclara-t-il. Tu la fais pleurer...

— Elle pleure, maintenant ? Bientôt, la pauvre aura des vapeurs. Bon Dieu, ce que je déteste ces petits êtres fragiles ! Ce qu'il lui faudrait, c'est un bon...

Sarah lança à toute volée sa canette de bière, qui heurta le flanc de l'avion et explosa en un geyser de mousse ; Cottar abandonna les manettes pour aller voir ce qui se passait. L'avion traversa un trou d'air, eut une brusque secousse, une grosse caisse bascula,

Langeveldt poussa un horrible juron, et Sarah tomba comme une masse sur le fusil qui roulait sur le sol. Des doigts d'acier la saisirent par les épaules et la firent valser sur le côté.

— Satanée touriste ! beugla Langeveldt. Vous avez failli fracasser mon fusil !

— J'aurais bien aimé, espèce de brute épaisse ! s'écria Sarah d'une voix stridente.

— Ça suffit ! rugit Cottar. Laissez-moi piloter cet avion ! Madame Hamilton, venez vous asseoir près de la fenêtre et regardez le paysage. Joe, si tu tiens à la vie, boucle-la ; assieds-toi sur cette caisse et tape-toi une rasade de whisky. C'est bien la dernière fois que je trimballe des passagers.

— La vache, elle a faussé le viseur, constata Langeveldt en vérifiant son fusil sous toutes les coutures.

— Hourra ! jubila Sarah.

— Vos gueules !

Une paix relative s'installa. Langeveldt entreprit de faire un sort à la bouteille de whisky et, comme ils volaient assez bas, Sarah put contempler la terre en dessous, une terre brûlée par le soleil, poussiéreuse, aride, avec çà et là des arbres rabougris et des broussailles d'un brun grisâtre. Aucune vie, à part quelques oiseaux. Sarah trouvait cela bizarre, elle qui avait imaginé l'Afrique comme un immense zoo peuplé de lions et d'éléphants. Ce coin désert semblait avoir fermé boutique.

Soudain, la jeune femme fut éblouie par le reflet du soleil sur du métal. Intriguée, elle scruta le sol et aperçut un camion autour duquel s'agitaient de minuscules silhouettes.

Elle allait en avertir Cottar quand soudain la queue de l'appareil fut comme happée par la main d'un géant malfaisant, et l'avion tomba à une vitesse terrifiante.

Sarah fut plaquée au sol, elle rebondit contre les caisses et les parois telle une balle de ping-pong jusqu'à ce que ses doigts réussissent enfin à agripper quelque chose. Malgré sa terreur, elle s'aperçut que c'était le pied de Langeveldt et en fut contrariée. Une bouteille cassée, l'odeur du whisky. Le rictus de panique sur le visage de Cottar, qui retroussait les lèvres sans émettre aucun son. Douglas, mes enfants, pardon, pensa Sarah, affolée, si vous saviez comme je regrette ! L'avion percuta le sol, mais, miraculeusement, il eut un sursaut, cahota et tint bon.

Puis ce fut le silence. C'est fini ? se demanda Sarah en entendant avec un certain agacement quelqu'un pleurnicher. C'était elle. Impossible de s'arrêter.

— Bon sang, vous allez me lâcher le pied ?

Non sans mal, Sarah desserra son étreinte. Il y avait l'empreinte bien marquée de ses ongles sur le cuir de la botte, peut-être même dans la chair en dessous. Elle tenta de se redresser, mais ses muscles l'abandonnèrent et elle resta prostrée pendant de longues minutes, tremblant de tous ses membres.

Langeveldt, au contraire, s'agitait comme un beau diable. Un gros trou perforait le flanc de l'avion. Il sortit prudemment la tête par l'ouverture pour regarder alentour.

— Debout, dit-il à Sarah. Il faut qu'on se tire au plus vite.

— Je ne peux pas... je ne peux pas...

Il la saisit par la ceinture de son pantalon et la força à se lever.

— Magnez-vous. Et trouvez une autre tenue.

— Quoi ? Où est M. Cottar ? demanda-t-elle, hagarde.

Langeveldt ne prit pas la peine de lui répondre.

Il tira la valise de Sarah, l'ouvrit, fouilla dedans et en sortit la robe de soirée.

— C'est de la soie ?

Voyant Sarah acquiescer, il roula la robe en boule et la jeta dans son sac à dos. Puis il se remit à fouiller, et finit par ôter de la valise quelques vêtements qu'il envoya à la jeune femme. Un corsage crème, un pantalon marron, une paire de chaussures en toile et une veste brun foncé.

— Vous pourrez porter le chapeau de Cottar, dit-il d'une voix égale.

— Mais... je n'ai pas envie de me changer. Et où est donc M. Cottar ? Il est peut-être blessé.

Pour la première fois depuis que l'avion s'était écrasé, Sarah prit une initiative et franchit l'amas de ferraille tordue qui séparait la carlingue de la cabine. Cottar était affalé sur son siège, le sang suintait de son nez et de ses oreilles.

— Laissez-le tranquille, dit posément Langeveldt.

— Mais il n'est pas mort ! Regardez, il a les yeux ouverts.

Comme elle se penchait sur lui, Cottar tenta de remuer les lèvres. Elle lança un regard d'espoir à Langeveldt.

— Vite, aidez-moi, il vit !

— Il a le dos brisé. Allez vous changer et tirons-nous d'ici. L'avion peut exploser à tout moment.

— Alors, on doit l'en sortir. Je sais, c'est risqué si la colonne est atteinte, mais on ne peut pas le laisser là, les secours mettront peut-être des jours à arriver. Venez, aidez-moi à le soulever.

Elle passa les bras sous les épaules de Cottar et le hissa. Il bougea à peine d'un ou deux centimètres. Elle réessaya de toutes ses forces, et un grognement s'échappa des lèvres bleues de Cottar.

— Je vous en prie, Langeveldt, aidez-moi. C'est votre ami !

Mais Langeveldt restait là, impassible, à la fixer de ses yeux fauves.

— Laissez-le mourir en paix, répondit-il d'un air détaché. C'est tout ce qu'on peut faire. Je vous ai dit de vous changer.

Il l'attrapa par le bras et la traîna vers l'arrière de l'avion. En état de choc, Sarah résista à peine et se laissa faire comme un enfant quand il commença à la déshabiller.

— On ne peut pas le laisser, murmura-t-elle. Il faut qu'on attende les secours.

Langeveldt lui ôta son débardeur.

— Maintenant, mettez quelque chose qui ne se voit pas dans la brousse, et allons-y avant que ceux qui nous ont descendus viennent voir ce qu'ils ont récolté. Avec un peu de chance, ils ne se douteront même pas qu'on était à bord... Sinon, ils seront ravis de profiter de vos charmes, ajouta-t-il en lui pinçant le bout du sein.

Sarah cria et se recula. Il lui lança le corsage beige. Tandis qu'elle l'enfilait, Langeveldt rassembla ce qu'il voulait emporter et le mit dans le sac. Ce fut vite fait – les quelques canettes de bière et le peu de nourriture qui restaient, un petit bidon d'eau, deux gobelets. Sarah récupéra les trois photos de Douglas et des enfants, et les glissa dans le sac – Langeveldt se contentant de hausser les épaules.

La jeune femme retourna voir Cottar. On n'apercevait plus qu'une mince fente de bleu sous ses paupières et le filet de sang qui coulait de son oreille avait séché.

— S'il vous plaît, Langeveldt, plaida Sarah. Ne pourrions-nous pas au moins le sortir de l'avion ?

Peut-être qu'ils lui porteront secours, vous n'en savez rien. Tout le monde n'est pas comme vous.

— Si on le change de place, ils devineront notre existence.

Langeveldt se pencha sur le corps recroquevillé de Cottar et fouilla dans ses poches. Il prit son couteau, son portefeuille, son paquet de cigarettes et sa montre.

— Vous n'allez pas le voler ! s'indigna Sarah.

— Je pense que sa famille appréciera qu'on les lui rapporte, vous n'êtes pas de mon avis ? Maintenant, descendez de cet avion, vous commencez à me taper sur le système.

Sarah se laissa tomber sur les touffes d'herbe brune. Cottar avait fait du bon boulot : il manquait la moitié de la queue de l'appareil, et pourtant il avait réussi à amortir la violence du choc en se dirigeant entre les arbres et les fourmilières avant d'atterrir. Au dernier moment, le nez de l'avion s'était fiché dans une petite ravine, et c'était sans doute là que le pilote s'était brisé le dos.

Langeveldt sauta à terre, puis tira son sac à dos et son fusil. Il les tendit à Sarah en lui désignant un arbre cinquante mètres plus loin.

— Filez là-bas, commanda-t-il d'un air sombre.

Elle faillit le questionner, puis y renonça et avança vers l'arbre. Jamais ils ne pourraient transporter une telle charge plus d'un kilomètre, il leur faudrait abandonner quelque chose. Elle se retourna, et vit Langeveldt jeter un brandon de papier enflammé dans le flanc ouvert de l'avion avant de s'éloigner en courant à toute vitesse. Pendant quelques longues secondes, il ne se passa rien ; ensuite, l'appareil explosa dans un énorme grondement. De longues flammes et une fumée grasse montèrent dans l'air brûlant.

— Non ! non ! non ! hurla Sarah en se cachant les yeux.

Même Langeveldt n'avait pu faire une chose pareille. Cottar était son ami !

— Avancez, lui ordonna Langeveldt en lui fichant sur la tête le chapeau crasseux du pilote.

Il ramassa le sac et le fusil, et la poussa devant lui.

Ils marchèrent, marchèrent encore et encore, sans rien pour guider Sarah que la main impatiente de Langeveldt sur sa nuque. La soif. La fatigue. Lorsqu'elle trébuchait et tombait, il l'agrippait par le col de son chemisier, la hissait sur ses pieds et la faisait avancer à coups de pied dans le derrière.

— Brute ! Espèce de brute épaisse ! lui crachait-elle.

Elle aurait voulu se venger, mais elle avait tout juste la force de mettre un pied devant l'autre. Les mouches grouillaient autour de leurs têtes, et quand elles se posaient sur son visage, près de ses yeux, de sa bouche, Sarah était trop lasse pour les chasser de la main. Il faisait si chaud. Avec une soudaineté étonnante, le soleil se coucha et la nuit tomba ; mais la chaleur ne sembla pas baisser pour autant.

— Je ne peux plus avancer, dit-elle. Je n'y vois rien.

— Moi oui, riposta-t-il en la poussant de nouveau.

L'imagination de Sarah commença à lui jouer des tours. Était-ce une sorcière, là, dans la pénombre ? Il n'y a pas de sorcières en Afrique, juste des lions, des lions qui ne font de vous qu'une bouchée, que cela vous plaise ou non. Elle ne se ferait pas dévorer par un lion. Douglas ne le permettrait pas. Mais où était Douglas ? Ah oui, là, juste derrière...

— Douglas ?

Elle se retourna et rencontra le regard impassible de Langeveldt.

— En avant.

Elle cheminait tant bien que mal, trébuchait dans des ornières ; les buissons d'épineux lacéraient cruellement sa peau nue. Mais elle ne sentait plus rien et, bientôt, elle ne pensa même plus. Quand Langeveldt lui dit de s'arrêter, elle l'entendit à peine ; cependant, dès qu'il la saisit par les épaules, elle s'écroula comme un pantin désarticulé. À la lueur de la lune, presque pleine, il dressa un petit campement sous le couvert des buissons. Il étendit sa veste sur les branches et tira Sarah en dessous. Puis il but une demi-tasse d'eau et fit boire à la jeune femme une autre demi-tasse. Enfin, il vérifia son fusil, le garda près de lui, se colla contre le dos de Sarah et s'endormit aussitôt comme une masse.

Elle fut réveillée par la chaleur. Langeveldt avait disparu. Prise de panique, elle se glissa à découvert.

— Langeveldt ! Langeveldt !

La gorge sèche, elle ne réussissait même pas à crier. Elle se tourna de tous côtés pour scruter l'horizon. Personne. Des touffes d'herbe brune poussant autour des tertres que formaient les fourmilières géantes, un pauvre arbre desséché. La même désolation s'étendait à l'infini. S'était-il perdu ? L'avait-il abandonnée ? Le sac était toujours là, mais pas le fusil. Mon Dieu, faites qu'il revienne !

— Langeveldt !

Cette fois, ce fut un cri aigu qui perça la brume de chaleur. Une bande de petits oiseaux s'envola des buissons, et elle sut qu'elle aurait mieux fait de garder le silence. Si Langeveldt l'entendait, d'autres aussi pourraient l'entendre. Elle se remit à couvert et chercha le coutelas à manche de cuir de Cottar, guettant le moindre bruit. Pourtant, la haute silhouette qui se dressa soudain devant elle la prit par surprise. Elle étouffa un cri. Dieu merci, c'était Langeveldt.

— Vous n'auriez pas pu la fermer ?

— J'ai eu peur. J'ai cru que vous étiez parti pour de bon.

— En vous laissant pour que vous leur révéliez mon existence ? Ce serait malin.

— Mais quels sont ces hommes dont vous parlez ? Et d'abord, où sommes-nous ?

— Chère madame Hamilton, mille excuses. Je vais essayer de vous résumer la situation en termes simples. Nous sommes en plein milieu du Mandoto, région inhospitalière s'il en est, et il nous faudrait parcourir dans les sept cents kilomètres pour arriver à des contrées plus amicales. Je ne sais pas précisément qui sont nos poursuivants, mais ces derniers temps des tas de types en uniforme s'ingénient à massacrer tout ce qui bouge, les Blancs en particulier. Évidemment, on pourrait les attendre tranquillement et leur souhaiter la bienvenue, mais personnellement je doute que cela nous soit profitable. L'arme avec laquelle ils ont abattu l'avion était loin d'être rudimentaire.

Elle le regarda d'un air pensif.

— D'accord, je veux bien le croire. Ça recoupe ce que j'ai entendu par ailleurs. Alors, pourquoi restons-nous plantés là ? Il est presque midi.

Langeveldt s'assit par terre à côté d'elle et haussa le sourcil en découvrant le couteau qu'elle avait à la main. Puis il ouvrit une canette de bière et versa dans chaque tasse une dose parfaitement égale. Sarah s'efforça de boire le plus lentement possible, mais elle arriva vite au fond de la tasse. La bière la laissa encore plus assoiffée.

— Nous sommes à deux doigts d'une mort certaine, déclara Langeveldt. Nous avons très peu d'eau, pratiquement pas de nourriture. Vous avez remarqué comme il n'y a guère de vie alentour ? Depuis des années, à cause de la sécheresse, bêtes et gens ont disparu. C'est un vrai désert. Notre seule chance, c'est d'arriver à en sortir. Pour cela, il faut choisir la bonne direction, celle qui nous conduira droit à l'eau, et donc à la nourriture, tout en évitant les mauvaises rencontres. Nous devrons parcourir dans les cent cinquante kilomètres, en marchant de la fin d'après-midi jusqu'à l'aube. De jour, c'est la mort assurée. Nous dormirons la journée. Et peut-être qu'on s'en sortira. Va savoir...

Bizarrement, son franc-parler était réconfortant. Sarah avait craint qu'il n'y ait plus aucun espoir.

— Avez-vous décidé de la direction à prendre ? s'enquit-elle en léchant la dernière goutte de bière.

Langeveldt lui lança un regard surpris.

— Oui, je pense, dit-il lentement. On va aller vers l'ouest, ce qui nous oblige à nous enfoncer plus avant en territoire mandotan, mais là-bas il y a pas mal de cours d'eau, des marécages, des mouches, et pas âme qui vive. Puis on ira vers le sud... en faisant très attention, et on tentera de franchir la frontière.

Elle se recoucha à l'ombre maigre des buissons et ferma les yeux pour s'abriter du soleil.

— Pourquoi avoir fait ça à Cottar ? demanda-t-elle soudain.

Langeveldt poussa un soupir las.

— Il le fallait. Je n'allais pas laisser un avion bourré de pièces d'artillerie pour qu'ils mettent le grappin dessus.

— Mais Cottar vivait toujours !

Détournant les yeux, il fixa la terre aride.

— Non, dit-il posément. Je m'en étais assuré.

Sarah resta silencieuse. Mais son cœur se souleva, et une nausée sèche la fit hoqueter. Langeveldt l'ignora.

Enfin, elle sombra dans un pauvre sommeil agité. Quand il essaya de la réveiller, elle grogna et chercha à se blottir encore plus profond dans la terre chaude. Il la saisit par les cheveux et lui releva la tête.

Sarah geignit, et, lorsqu'il vit qu'elle était bien réveillée, il la relâcha.

— Pourquoi me faites-vous ça ? questionna-t-elle d'une voix tremblante.

Langeveldt la regarda comme un entomologiste étudie une race à part de scarabée.

— J'ai attendu tant que j'ai pu... Il faut bien vous préciser les choses. À partir de maintenant, vous ferez ce que je dis, et sans traîner. Pas de questions, pas de jérémiades, obéissez, un point c'est tout.

— Allez au diable.

Son geste fut si vif qu'elle n'eut même pas le temps de tressaillir ni de protester. Il la tirait encore par les cheveux en la forçant à le regarder.

— Je me passerais bien de votre présence, lui déclara-t-il avec une rage contenue, lorsque son visage fut à trois centimètres du sien. Ça m'irait tout à fait de vous planter là après vous avoir tranché la gorge. Mais je suppose que vous désirez vivre pour retrouver un jour le monde civilisé et votre gentil petit mari. Alors, obéissez-moi au doigt et à l'œil. Vous voulez discuter ?

— Non, murmura-t-elle d'une voix rauque.

Langeveldt la libéra. Tremblante, elle se frotta la tête, et s'étonna qu'il ne lui manquât pas une poignée de cheveux. Mon Dieu, comment s'y prendre avec un pareil individu ?

— Pourquoi êtes-vous si cruel ? demanda-t-elle.

Il la considéra avec un morne détachement.

— Vous ne connaissez rien à la cruauté, déclara-t-il. Et vous n'êtes pas près de comprendre. À présent, mangez ça.

Il avait disposé un peu de nourriture à son intention. Un sandwich au fromage, la moitié d'une orange et deux biscuits au gingembre. Sarah ouvrit la bouche pour parler, mais elle croisa son regard et se ravisa.

— Je ne vous le dirai pas deux fois, la prévint-il.

Soumise, elle se mit à manger. La première bouchée passa mal, mais soudain sa faim se réveilla et le sandwich desséché lui parut exquis. Elle engloutit le tout et, quand il ne resta plus rien, mangea même la peau de l'orange. Comme d'habitude, Langeveldt l'observait.

— Le vernis fragile de la civilisation, murmura-t-il.

Prise d'une envie soudaine, Sarah se leva avec gêne et marcha vers un autre buisson. À son retour, elle s'attendait à une remarque triviale, mais non. Au lieu de ça, Langeveldt déroula une longue corde faite d'herbes tressées.

— Pour quoi faire ?

— Pour vous.

Avant qu'elle ait pu bouger, il la lui passa autour de la taille.

— Je ne comptais pas m'enfuir !

— Ce serait trop beau. C'est moi qui mènerai et vous qui suivrez. Comme ça, je n'aurai plus besoin de vous avoir à l'œil pour que vous ne tombiez pas dans un trou.

— Si cela m'arrivait, je vous avertirais...

— Chère madame, le temps viendra où vous n'aurez même pas la force de cligner de l'œil, encore moins celle de parler.

Il glissa la corde dans sa grosse ceinture de cuir, puis commença à avancer, sac et fusil sur l'épaule. Sarah se mit en marche derrière lui.

— Vous allez trop vite, protesta-t-elle une centaine de mètres plus loin. Je suis obligée de courir.

Il ralentit un peu le pas. Elle dut néanmoins forcer l'allure, mais n'osa pas se plaindre. Il lui faudrait s'y habituer.

Le chapeau de Cottar était trop grand, il lui tombait sur les yeux ; elle en remonta le bord pour mieux regarder autour d'elle. Un monde désespérément vide, au ciel implacable. Ils cheminaient sur la plaine desséchée comme des fourmis sous une soucoupe. De la terre poussiéreuse aux arbres dénudés, tout était dans des tons de brun. Rien ne venait distraire l'œil de cette austérité brûlante. Combien leur restait-il à parcourir ? Mieux valait ne pas y songer. Sarah rabaissa son chapeau et fixa d'un air maussade le dos de Langeveldt, dont les jambes interminables se balançaient imperturbablement à un rythme soutenu. On avait l'impression qu'il pourrait tenir éternellement. Ses muscles longs et fuselés se devinaient sous le tissu ; son corps n'avait pas une once de graisse. Oui, c'était un vrai dur, un coriace. Ce qu'il avait fait à ce pauvre Cottar... À l'image de Langeveldt penché sur cet homme blessé et sans défense, le cœur de Sarah se souleva, et elle se força à déglutir. Pense à autre chose, vite, se dit-elle.

La maison. Son jardin. Vert comme cet endroit ne le serait jamais, aussi tendre que cette terre était dure. Pourquoi l'avait-elle quitté ? Ils devaient tous la croire morte. Forcément. Et qui sait ? ils auraient peut-être bientôt raison.

Le bref crépuscule des tropiques se fondit en une nuit qui resta noire comme de l'encre jusqu'à ce que la lune se lève. Langeveldt maintenait la même allure, et Sarah bénit la corde qui les unissait. La silhouette à peine visible qui la devançait était son seul bouclier contre un désastre annoncé, et elle avançait en titubant avec la hantise qu'il l'abandonne. Elle avait toujours eu peur du noir. Quand Langeveldt trébucha et tomba, son cœur s'arrêta de battre, et le soulagement qui l'envahit en le voyant se relever ne manqua pas de l'étonner. C'est drôle comme on peut changer de point de vue selon les circonstances.

Langeveldt semblait s'orienter d'après les étoiles. Régulièrement, il s'arrêtait pour fixer la nuit constellée, et Sarah s'affalait par terre, secouée d'un souffle rauque. Il allait trop vite, jamais elle n'arriverait à tenir le rythme, mais elle n'osait pas le lui dire. Sans elle, il pourrait progresser bien davantage. À maintes reprises, elle se sentit près de s'effondrer : ses jambes étaient en plomb, son cœur s'affolait, elle avait la gorge en feu ; mais, chaque fois, elle s'obligea à avancer encore en titubant, à demi inconsciente, pour s'apercevoir avec étonnement que son malaise s'atténuait momentanément.

Enfin, il s'arrêta pour la faire boire. Il lui soutint la tête comme à un enfant et porta un peu d'eau à ses lèvres – une eau tiède et brunâtre, qui était leur survie même. Sarah s'effondra, il s'accroupit à côté d'elle.

— Dix minutes, et on continue. Il fera jour dans deux heures.

À travers ses paupières mi-closes, elle le regarda. Impossible de dire s'il était fatigué, son visage restait aussi lisse et calme que celui d'une icône, comme s'il n'était jamais traversé par aucune émotion ni douleur. Sans réfléchir, Sarah posa la main sur son bras.

— Merci, murmura-t-elle dans un souffle, entre ses lèvres desséchées.

Pourquoi ce merci ? Peut-être parce que c'était un homme rude, qui pourtant prenait soin d'elle. Sans doute parce qu'elle devait à sa famille de survivre à tout prix. Et très certainement à cause de sa grande solitude. Un bref instant, leurs yeux se rencontrèrent, puis il se redressa.

— Allons-y, lâcha-t-il brusquement en lui tournant le dos pour se mettre aussitôt en marche.

Sarah le suivit d'un pas chancelant en se maudissant. Si elle ne s'était pas bêtement attendrie, ils se seraient reposés cinq minutes de plus.

3

À l'aube, ils se réfugièrent à l'ombre d'épais taillis, mais le sommeil fut long à venir. Même alors qu'ils étaient immobiles, des crampes tenaillaient leurs muscles épuisés. Sarah observait à travers les feuilles le bleu du ciel qui s'intensifiait. Soudain, elle se redressa.

— Regardez, des nuages ! Il va pleuvoir !

D'énormes nuages orageux bouillonnaient au loin, d'un violet ourlé de blanc.

Langeveldt remua à peine.

— Il ne pleuvra pas, lâcha-t-il.

— Avec ces gros nuages, il pleuvra forcément. Vous ne comprenez pas, nous sommes sauvés !

Dans un élan d'enthousiasme, elle lui saisit le bras et le secoua joyeusement. Il se dégagea comme si son contact le brûlait.

— Au nom du ciel, calmez-vous. Il s'écoulera des semaines avant que les pluies ne commencent, et ici il ne tombera peut-être pas une goutte d'eau. Cela fait des années qu'il n'a pas plu. Bien sûr qu'il y a des nuages, c'est chose courante, mais on ne peut rien en attendre. Il ne pleuvra pas.

Elle le fixa, et la lueur dans ses yeux s'éteignit. Elle se détourna, secouée de gros sanglots qu'elle ne put contenir, malgré tous ses efforts.

— Arrêtez de pleurnicher ! s'écria soudain

Langeveldt. Puisque je suis forcé de vous supporter, vous pourriez au moins m'épargner ça.

Sarah, les poings serrés, lutta pour refouler ses larmes, mais elles reprirent de plus belle. Langeveldt la saisit par les cheveux.

— Pourquoi pleurez-vous, femme ? s'enquit-il d'un air inquiet.

— Parce que je ne veux pas mourir ! J'ai peur, j'ai soif, j'ai faim, et je veux Douglas et mes enfants. Pas vous.

— Il faut vous en contenter, ma douce.

— C'est bien pour ça que je pleure.

Mais ses larmes s'étaient soudain taries. Les mots avaient chassé son chagrin. Elle se frotta les yeux et se rallongea.

— La mort ne vous fait pas peur ? lui demanda-t-elle.

Il parut saisi par son brusque changement d'humeur.

— Je ne sais pas au juste. Non, je ne crois pas.

— Mais tout le monde a peur de la mort, à moins de mener une existence vraiment misérable.

— Pas forcément. On m'a élevé dans l'idée que c'est le destin qui décide. Chacun fait de son mieux, mais à la fin, si la mort doit vous prendre, elle vous prend. Inutile de se lamenter. Oncle Bob était un dingue de la réincarnation, il jurait que son copain Harry était revenu sous la forme d'une hyène. Une nuit, comme il chassait le crocodile, la barque de Harry est rentrée dans un hippo, et il a basculé. On a juste retrouvé son chapeau et quelques planches de bois. Or, Harry n'avait que deux doigts à une main. Un soir, Bob a aperçu une hyène qui le regardait fixement alors qu'il s'envoyait sa bouteille de scotch quotidienne. Quand il a remarqué qu'elle avait seulement deux doigts à une patte, il a su que c'était Harry.

Tous les soirs, il mettait de la viande dehors pour elle ; mais un jour cette idiote est tombée dans la fosse d'aisances et elle s'est noyée. Pour Bob, c'était la preuve par neuf qu'il s'agissait bien de son pote, car Harry non plus n'était pas une lumière. Je l'ai aidé à enterrer le cadavre de la hyène. On a même planté du mimosa sur la tombe, conclut Langeveldt en grimaçant un sourire que Sarah trouva macabre à souhait.

— Vous ne serez pas si désinvolte quand votre tour viendra, lui lança-t-elle. Vous lutterez comme n'importe qui pour rester en vie.

— Sans doute, reconnut-il. Mais quelle différence si je meurs demain ? Le monde changera-t-il pour autant, sera-t-il plus joyeux ou plus triste ? Non, évidemment. Et pour vous, c'est pareil, même si vous êtes trop sentimentale pour l'admettre.

— Mon mari serait très triste, dit Sarah. Et mes petites filles se retrouveraient sans mère. J'ai horreur de penser à ce qu'ils ressentent, en ce moment même. Pour eux, je suis déjà morte.

Elle posa le menton sur ses genoux pliés avant de se tourner vers lui.

— Et vous, est-ce que quelqu'un vous regrettera, Langeveldt ?

— Personne ne remarquera même ma disparition.

— Pauvre, pauvre Langeveldt.

Il y eut un petit silence poignant, puis il explosa.

— Cessez de vous apitoyer sur mon sort, bon sang ! C'est la vie que j'ai choisie, elle me plaît telle qu'elle est. Je ne suis pas une pauvre âme perdue et vous n'êtes pas la mère nourricière, alors laissez-moi être comme je suis !

— De toute évidence, j'ai touché un point sensible, repartit Sarah. Je ne m'étonne pas que vous ayez du mal à nouer des relations, vous êtes bien trop agressif.

— Elle va me psychanalyser, maintenant ! J'ai su

que vous m'apporteriez des ennuis à l'instant où je vous ai vue. Si je croyais en Dieu, je penserais qu'il nous a fait une farce. Pourquoi est-ce moi qui me retrouve coincé dans la brousse avec vous, au lieu d'un autre gogo ? Neuf sur dix se croiraient au paradis.

Il soupira, rabattit son chapeau sur ses yeux et feignit de dormir. Sarah ne s'y trompa pas.

— Pas vous ?

— Fermez-la, j'essaie de dormir.

— Mais non, je le vois bien à la façon dont vous serrez les dents. Vous n'aimez pas les femmes, Langeveldt ?

Il souleva le bord du chapeau, la fixa et se mit à rire.

— Mon Dieu, elle me prend pour un pédé ! Cette bonne femme me prend pour une tapette... Écoutez bien, madame Hamilton, que je vous explique. J'aime l'Afrique. J'en aime la paix, la beauté, et même la brutalité. Je suis chez moi ici, j'appartiens à ce monde, et je m'y sens bien. Si je meurs, ce sera comme il se doit, dans la brousse, et pas dans un de ces fichus hôpitaux, avec des tuyaux sortant par tous les bouts. Amenez une femme ici, qu'advient-il ? Ça discute à longueur de temps, ça pleurniche, ça veut tout comprendre. J'ai essayé, et je suis fixé. Au lit, les femmes sont un cadeau du ciel ; ailleurs, une vraie calamité – et vous, madame Hamilton, ne faites pas exception à la règle.

— Alors, vous n'êtes pas homosexuel...

— Non, hélas.

Il rabaissa son chapeau et se tut.

Le jour passa. Il restait très peu d'eau, et ils se rationnèrent à deux gorgées toutes les deux heures. Toujours allongée, Sarah pensait à ces deux gorgées d'eau, et à rien d'autre. Il lui vint bien à l'esprit de récapituler une vie qui semblait si proche de sa fin ; mais, malgré ses efforts, les seules images qui s'imposaient à elle étaient liquides. Bouteilles de limonade, cruches débordant de cidre mousseux. Peut-être que Langeveldt avait raison : elle ne valait pas grand-chose.

Il rampa hors de leur refuge ombreux – pour chercher de la nourriture, annonça-t-il, le fusil sur l'épaule, mais Sarah ne le crut pas. Allait-il l'abandonner ? Paniquée, elle sortit de son trou et se mit à lui courir après. Il observa sa progression chancelante d'un air sardonique.

— Eh bien ?

— Je ne veux pas que vous partiez, déclara-t-elle, la tête baissée, lui jetant au travers de ses longs cils un regard implorant.

— Est-ce censé m'attendrir ?

Sarah redressa la tête comme s'il l'avait giflée.

— Que voulez-vous dire ?

— Vous le savez très bien. Retournez à l'abri. Si je voulais vous abandonner, j'aurais emporté l'eau.

Sarah retourna sur ses pas avec autant de dignité qu'elle le put. C'était un triste sire, une brute, un monstre d'égoïsme. Et pas facile à manier, avec ça, se dit-elle en souriant soudain. Oh, elle avait bien fait d'essayer.

Il rapporta tout un assortiment d'horreurs : des racines fibreuses, blanches, charnues, quelques baies desséchées, et ce qui ressemblait fort à un rat mort.

— Mon Dieu, murmura-t-elle avec un soupir.

— Un coup de pot du tonnerre ! s'exclama-t-il. Je suis presque tombé dessus, et je l'ai frappé avec un bâton. Ça devrait passer, une fois rôti.

— Et s'il était malade ? demanda Sarah avec crainte. Vous l'avez attrapé si facilement... Peut-être qu'on ne devrait pas...

— Allons, madame Hamilton, il me semble sentir chez vous une certaine réticence. Si vous préférez manger les racines, libre à vous. Les Bochimans s'en nourrissent bien.

Il entreprit de dépecer l'animal avec son grand coutelas.

Sarah prit l'une des racines et se mit à mastiquer. C'était infect. Elle y renonça.

— Eh bien, constata-t-elle en soupirant, au moins je pourrai faire une conférence au Women's Institute [1] sur l'art et la manière d'accommoder le rat. J'espère que vous avez des allumettes.

Ils firent du feu dans un creux sableux et entourèrent le foyer de pierres. Le rat fut empalé sur une pique et suspendu au-dessus des flammes. Sarah se chargea de le tourner de temps en temps.

— Sans la tête et les pattes, il a meilleure allure, déclara-t-elle. On peut imaginer que c'est une autre bête. De toute façon, je m'en fiche, j'ai surtout soif. Je boirais n'importe quoi.

— N'y comptez pas. Manger devrait nous réhydrater un peu. D'ailleurs, ça a l'air cuit.

Au grand étonnement de Sarah, après la première bouchée, héroïque, toute sa répugnance disparut. C'était chaud, dégoulinant de jus. Elle se mit même à sucer les petits os friables. Quant à Langeveldt, il avait déjà fini et se léchait les doigts. Sarah contempla sa longue carcasse anguleuse. Un demi-rat ne suffirait pas à le rassasier.

Il fallut repartir. Rassemblant leurs maigres biens, ils firent cap vers l'horizon nuageux. Sarah se sentait presque joyeuse. Ils étaient reposés, ils avaient mangé, si l'on peut dire, et même s'il leur restait très peu

1. En Grande-Bretagne, association de femmes de tendance traditionaliste. (*N.d.T.*)

d'eau, ces nuages paraissaient prometteurs, quelle que soit l'opinion de Langeveldt. Ils y arriveraient.

Moins de deux heures plus tard, en plein désespoir, elle trébuchait à chaque pas et ne faisait pas cinquante mètres sans tomber, à bout de souffle. Langeveldt finit par la prendre par la taille pour la soutenir.

— Je suis désolée, murmurait-elle. Je m'excuse...

Ils durent s'arrêter encore et encore pour se reposer.

— Ça ne va pas, Langeveldt, finit-elle par déclarer dans un râle. Continuez sans moi.

Il resta silencieux un long moment.

— Vous voulez dire... que je vous abandonne ?

Sarah hocha la tête.

— Vous vous en sortirez, et vous le savez. Prévenez juste ma famille. Dites-leur que... enfin, je vous fais confiance.

— Non, pas question, grogna-t-il. Vous me voyez annoncer à Douglas : « Bonjour, comment allez-vous ? Je suis juste venu vous annoncer que j'ai abandonné votre épouse dans la brousse. Elle m'a chargé de vous transmettre tout son amour. »

Il ouvrit le bidon d'eau au-dessus d'une tasse. Quand elle fut pleine à ras bord, il la tendit à Sarah.

— Buvez. C'est seulement la déshydratation. Vous vous sentirez bien, une fois que vous aurez bu. Maintenant, dépêchez-vous, il faut qu'on continue.

— Mais c'est toute l'eau qui nous reste...

— Peut-être qu'il va pleuvoir, finalement. Allons, femme, faites ce que je vous dis.

Docilement, Sarah but. Lorsqu'ils se remirent à marcher, la tête lui tournait encore, ses jambes étaient de plomb, mais elle ne tombait plus.

L'aube. Cette fois, leur abri fut un gros épineux planté dans du schiste argileux. Ils gisaient là, comme morts. D'ailleurs, deux vautours s'abattirent lourdement à cinquante mètres d'eux.

— Vous ne pouvez pas leur tirer dessus ? marmonna-t-elle.

Il secoua la tête. Cela faisait si longtemps qu'il n'avait pas bu d'eau qu'il pouvait à peine parler. Pour tromper leur soif, ils avaient bien sucé des cailloux, mais cela ne leur apportait plus aucun soulagement.

Personne n'aurait pu les reconnaître. La poussière recouvrait les vêtements, les cheveux, la peau. Seuls leurs yeux montraient une étincelle de vie, et il leur arrivait encore de passer une langue rêche sur des lèvres craquelées et boursouflées. Sarah s'était résignée au fait que les nuages qui approchaient n'étaient qu'un faux espoir. Qu'attendre du ciel, sur cette terre sans merci où ne vivaient que des êtres rampants ? Et maintenant, ils rampaient eux aussi. C'était le diable lui-même qui les avait précipités du haut de leur fierté au cœur de cet enfer. Ils mourraient tous les deux. À bout de forces, Sarah n'éprouvait rien d'autre qu'un vague regret.

Ils étaient toujours là à la tombée de la nuit. Il a fini par renoncer, songeait Sarah. Mais, alors même qu'elle se résignait à mourir, il se hissa sur ses pieds. Exténuée, Sarah se força à faire de même. Il fallait continuer.

Ils avancèrent à l'aveuglette dans des buissons d'épineux. Des nuages couraient dans le ciel, masquant la lune, et un vent brûlant chargé de sable leur cinglait le visage. Sarah oublia pourquoi ils marchaient ; elle se souvenait seulement qu'il fallait continuer et avançait comme dans un rêve dont on ne se réveille pas. Langeveldt tomba, mais au lieu de se relever il resta à terre.

— Levez-vous, Langeveldt, gémit Sarah. Je vous en supplie.

Il ne remua pas. Elle s'agenouilla dans le sable près de lui, dégagea ses bras du sac à dos, lui prit la tête et la posa sur ses genoux. Ils n'avaient pas bougé lorsque la pluie commença à tomber, juste avant l'aube.

Sarah n'avait jamais rien vu de pareil. Ce furent d'abord quelques gouttes d'une fraîcheur bénie sur sa peau desséchée, puis des gouttes plus grosses, plus lourdes, et soudain l'eau s'abattit en masse, avec une violence qui lui donna l'impression d'être sous une cascade. Des éclairs zébrèrent le ciel, avec des coups de tonnerre dignes du Jugement dernier. Langeveldt demeurait effroyablement immobile, dans son lit d'argile transformé en mer de boue. Sarah le hissa, le tira, le poussa en tous sens pour le faire se retourner. La pluie creusa de petites rigoles sur son visage couvert de poussière. Il remua en grognant, et Sarah sentit son cœur se gonfler de gratitude quand elle vit s'ouvrir enfin ses yeux fauves.

Elle se mit à rire en le secouant pour le sortir de sa torpeur.

— Vous n'allez pas mourir maintenant, il pleut.

Elle s'allongea dans la boue pour recevoir cette eau providentielle dans sa bouche grande ouverte.

À l'agonie quelques instants plus tôt, Langeveldt fourrageait à présent dans le sac. Il en retira une feuille de plastique pliée.

— Vite, aidez-moi, la pressa-t-il.

Docilement, elle prit un coin de la feuille de plastique. Langeveldt la déplia entre les buissons d'épines, posa une pierre au milieu pour lui donner de la pente, perça un trou et glissa le réservoir d'eau en dessous. Quelques minutes plus tard, ils purent boire l'eau dans les tasses.

— Buvez autant que vous le pourrez, recommanda

Langeveldt. On ne pourra pas en transporter beaucoup et il ne pleuvra pas longtemps comme ça.

Sarah se sentit bientôt aussi gonflée qu'une outre. Pourtant, il la pressa de boire encore.

— Je ne peux pas. Je ne peux pas, c'est tout, finit-elle par avouer, elle qui avait eu si soif.

Par-dessus le rugissement du vent et le tambour de la pluie, ils devaient presque crier pour se faire entendre.

Il haussa les épaules, lui tourna le dos et commença à se déshabiller. Sarah le regarda, stupéfaite. Une fois nu, il jeta sa chemise et son pantalon par-dessus un buisson et, debout, se mit à se frotter sans gêne aucune pour se décrasser.

— Vous devriez faire pareil, lui lança-t-il en lui faisant face de nouveau.

L'eau scintillait sur le duvet brun qui courait sur sa poitrine, ses cuisses. Sarah ne pouvait en détacher les yeux. Tous ces jours où ils étaient presque morts de faim et de soif, il s'était décharné : ne subsistaient plus sur les os que des muscles dont les tendons faisaient saillir la peau. Immense, luisant dans le clair-obscur, c'était un homme dans toute sa splendeur. Sarah sentit sa bouche devenir sèche. Avec un cri étouffé, elle bondit sur ses pieds et s'enfuit dans les broussailles. Lorsqu'elle fut certaine qu'il ne pouvait la voir, elle s'arrêta. Son cœur battait violemment, elle tremblait de tous ses membres, elle avait froid. Un instant, elle craignit même de s'évanouir, mais peu à peu son malaise s'estompa.

Sous le couvert des buissons, elle ôta ses vêtements et se lava. Elle aussi avait maigri, elle avait le ventre plat, les hanches étroites comme celles d'un jeune garçon. Les contours de son visage n'étaient plus ronds comme avant, mais creux et émaciés. Je dois ressembler à une sorcière, se dit-elle. Mais ses seins avaient changé en mieux. Ils étaient aussi hauts et fermes qu'avant ses deux grossesses. Elle recueillit de l'eau dans ses mains et se frotta le corps, puis tordit la masse emmêlée de ses cheveux.

L'orage cessa aussi soudainement qu'il avait éclaté. Le soleil du matin brilla sur une mer de boue ponctuée de flaques d'eau. À regret, Sarah remit sa chemise et son pantalon trempés, puis voulut rejoindre Langeveldt. Mais où était-il ? Par où était-elle arrivée ?

— Langeveldt ! cria-t-elle. Langeveldt, où êtes-vous ?

Elle se mit à courir en tous sens, saisie d'une peur aussi froide que ses vêtements. Quand des mains se posèrent sur ses épaules, elle hurla.

— Du calme, ce n'est que moi, dit-il. Où alliez-vous ? C'est de là que nous sommes venus.

— Je ne vous retrouvais plus. Je me suis perdue, répondit-elle en sanglotant presque.

— C'est impossible, voyons, vous n'avez fait que vingt mètres. En vous enfuyant comme une nonne entrée par mégarde dans des toilettes pour hommes.

Maintenant qu'ils étaient tous deux rhabillés, Sarah se trouva bête.

— Je n'ai jamais eu le sens de l'orientation, bredouilla-t-elle. Douglas ne me laisse plus conduire la voiture, je faisais toujours fausse route... Mon Dieu, je ne me sens pas bien, ajouta-t-elle en se laissant tomber sur un tas de bois mort.

Langeveldt la fit se relever aussitôt.

— Pas là !

— Mais... pourquoi ?

— Les serpents. Ils raffolent de ce genre d'endroits. Un jour, un gars que je connaissais, un Massaï, s'est assis sur un tas comme celui-ci. Il est mort devant mes yeux. Regardez.

S'emparant d'une longue tige, Langeveldt en piqua

le tas de branches et le retourna doucement. Avec un mouvement presque imperceptible, un serpent fila à la vitesse de l'éclair dans les broussailles – un petit serpent dont la peau couverte de losanges réguliers rappelait du tissu Jacquard.

— Une vipère heurtante, commenta Langeveldt, laconique. C'est la saison. À partir de maintenant, il faudra faire gaffe.

— Maintenant, je me sens vraiment mal, murmura Sarah en se pressant les joues.

Elle était blanche comme un linge.

— Vous êtes pire qu'un bébé, constata Langeveldt avec un soupir. Vous vous excitez trop et ensuite vous avez une réaction, c'est normal, surtout quand on a le ventre vide. Remettez-vous, on va marcher aujourd'hui.

— Bien sûr que je me suis excitée, marmonna Sarah. On vient juste d'échapper à la mort, tout de même !

Mais il n'écoutait plus. Il lui lança le chapeau de Cottar, tout crotté à présent, et se prépara à se mettre en route.

Durant les deux jours qu'il leur fallut pour atteindre la rivière, Sarah vit le pays d'un autre œil. Là où tout était d'un noir brûlé, il y avait du vert maintenant, les arbres se couvraient de feuilles, des fleurs voluptueuses poussaient sur les buissons qui semblaient morts. Des oiseaux traversaient la plaine en nuées chatoyantes, puis disparaissaient.

Les rongeurs de toutes sortes abondaient, et Sarah savait désormais les rôtir pour qu'ils soient juste à point, croustillants et juteux. C'était très instructif de voir comment Langeveldt les attrapait : il observait un tas de broussailles pendant un long moment, et bondissait soudain comme une sauterelle géante, un gourdin à la main. Quand il ratait son coup et devait poursuivre le petit animal en battant l'air de ses longs bras, Sarah cédait à une hilarité irrépressible.

— Je suis content que Madame trouve ça amusant, s'offusqua un jour Langeveldt en revenant avec son trophée, trois petites souris.

Sarah s'obligea à reprendre son sérieux. Il était devenu très susceptible, ces derniers temps. La faim, sans doute. Une telle carcasse devait mal se satisfaire de souris.

Même si le ciel était parfois nuageux, il n'y eut plus de pluie. C'était comme si Dieu avait délibérément envoyé l'orage pour les sauver, pensait Sarah, sa foi en le Tout-Puissant miraculeusement restaurée.

Ils commencèrent à voir des animaux bouger au loin, des antilopes qui, à distance, semblaient ne faire qu'une créature étrange, munie de pattes et de cornes, dont la sombre silhouette se détachait sur une mer d'herbe mauve. Et la nuit, dans le noir, ils entendirent rugir des lions, de quoi glacer le cœur du plus courageux. Au matin, Langeveldt nettoya son fusil avec un petit morceau de soie arraché à la robe de Sarah.

— Vous ne pouvez pas faire ça ! protesta-t-elle, furieuse. Cette robe a coûté une fortune. Et surtout, je l'aime beaucoup.

— Moi aussi : elle est parfaite pour nettoyer un fusil.

Elle se sentait ridicule, mais ne put s'empêcher de poursuivre sur le même ton.

— Vous auriez pu déchirer l'un de vos vêtements. C'est tout vous, Langeveldt : vous prenez ce que vous voulez, et tant pis pour les autres. Je plains la femme qui vous a épousé, sincèrement.

— Qu'est-ce que vous racontez ? Ce n'est qu'une fichue robe de soirée et vous n'êtes pas près d'être invitée à des réceptions. En revanche, nous avons besoin d'un fusil en parfait état de marche.

Il déchira une autre bande de tissu pour la passer à travers le canon.

— Ce n'est pas la question ! s'écria Sarah, de plus en plus furieuse.

Sans prévenir, la botte de Langeveldt partit et l'atteignit au creux du dos. Elle s'étala de tout son long, face contre terre, et resta étendue dans la poussière.

— Vous allez vous taire, maintenant ! dit-il d'une voix calme. Et ne prenez pas vos grands airs. Vous l'avez bien cherché.

Elle demeurait complètement immobile. Il attendit, guettant le moindre de ses mouvements. Rien. Prudemment, il se leva et s'approcha d'elle, craignant à tout moment qu'elle le frappe. Mais, à ses yeux clos et son visage livide, il vit qu'elle s'était vraiment évanouie.

Quand elle revint à elle, Sarah frissonna en larmoyant.

— Je ne sais pas ce qui m'arrive, s'excusa-t-elle, sans paraître se souvenir du coup de pied que Langeveldt lui avait lancé. Je me sens mal.

— Encore une demi-journée, et nous atteindrons la rivière, dit Langeveldt. Alors, arrêtez de gémir ; debout et en avant.

Trop faible pour se rebeller, Sarah obéit. Elle marcha devant et lui derrière, comme ils l'avaient fait juste après l'accident.

Sans s'en rendre compte, elle se mit à babiller, s'adressant à Douglas, à ses filles, à sa mère, et même au vieux M. Braithwaite. Des images floues de mains la tenant, la guidant, lui donnant de l'eau, flottaient au bord de son esprit, mais elles semblaient bien moins réelles que le problème de l'éraflure sur le capot de la voiture. Quelqu'un lui répétait qu'elle pouvait s'allonger maintenant, et dormir, mais elle discutait : Non, il fallait absolument qu'elle aille au garage ; alors une voix lui dit de ne pas s'en faire, qu'il irait à sa place. Pourtant, c'est avec une vague inquiétude qu'elle finit par lâcher prise, et elle sombra enfin dans le sommeil.

De la soupe au goût de viande. Chaude, délicieuse. Quel dommage qu'il n'y ait pas de pain. Sarah ouvrit les yeux pour la première fois depuis trente-six heures, et découvrit Langeveldt... penché au-dessus d'elle.

— Ah ! Madame a mis le temps. Buvez, c'est de la soupe de bosbok[1]. J'ai eu un mal de chien à l'avoir. Et il a fallu trouver un récipient pour le faire cuire.

Sarah regarda par-dessous le bras tendu de Langeveldt le foyer entouré de pierres, à quelques mètres de là. On y avait posé un bidon rouillé, en équilibre précaire. Cette vision n'excita pas son appétit.

— Merci, mais... Je n'en veux plus.

— Buvez.

D'une main, il la prit par le cou et, de l'autre, il approcha la tasse de ses lèvres. Elle ouvrit la bouche pour protester, et la soupe s'y déversa ; Sarah manqua s'étouffer, toussa, cracha, mais en avala une gorgée, brûlante.

— Bon, d'accord, je vais la boire ! promit-elle en haletant, et il la libéra doucement.

Trop faible pour se redresser, elle s'appuya sur lui et aspira le breuvage à petites gorgées. Quand ce fut fini, il la recoucha d'autorité sur le sable.

— Je m'excuse de vous causer tant d'ennuis, souffla-t-elle.

Des larmes de faiblesse coulaient sur ses joues.

---

1. Nom africain désignant une antilope à la robe tachetée de blanc et aux cornes spiralées. (*N.d.T.*)

Il ne répondit pas et s'activa. Sarah regarda autour d'elle. Ils étaient dans une petite clairière au milieu d'herbes hautes et de broussailles, aussi bien isolés de l'extérieur que s'ils se trouvaient dans une pièce ceinte de murs. D'étroits sentiers serpentaient dans les fourrés alentour et le bruissement du vent dans les feuilles s'élevait de toutes parts, comme les voix de milliers de fantômes. Une maisonnette peu sûre, avec son sol boueux et son toit de ciel bleu.

— Et la rivière ? demanda-t-elle.

— Oh, c'est tout près, à cinq cents mètres. Mais on est mieux ici, l'eau regorge de crocodiles et un troupeau d'éléphants traîne dans le coin. Et puis, je n'aime pas les chambres qui donnent sur la rue, ajouta-t-il.

Mais elle dormait déjà.

Le lendemain, elle se réveilla avant lui. Il était couché près d'elle, le fusil à portée de main, et pour une fois elle put l'examiner sans qu'il braque sur elle ses yeux farouches. Même dans le sommeil, l'expression de son visage osseux ne s'adoucissait guère et sa barbe bouclée suivait la ligne dure de la mâchoire. Une mouche se posa sur le front de Langeveldt, et elle leva la main pour la chasser. Il ouvrit aussitôt les yeux. Il passait instantanément du sommeil à l'état de veille, sans phase transitoire.

— Qu'y a-t-il ?

Sarah se redressa, gênée par leur proximité.

— Juste une mouche que j'ai chassée, c'est tout.

Il ne dit rien, se leva et commença à faire du feu. Il n'y avait à manger que de la viande, qui se gâtait vite à cause de la chaleur. Et, à boire, de l'eau trouble et sablonneuse.

— Je n'ai pas pu trouver mieux, expliqua Langeveldt alors que Sarah recrachait du sable. La rivière est un vrai foyer de bilharziose ; mais l'affluent d'où j'ai tiré cette eau-là doit être salubre, même si elle n'est pas très claire.

Sarah ne se donna pas la peine de répondre. Lorsque Langeveldt alla chercher de quoi dîner, elle déchira un carré de soie à sa robe et entreprit de filtrer leur petite provision d'eau. Puis elle secoua le chiffon pour en ôter le sable et s'épongea la figure. Oh, ce qu'elle avait envie d'un bain ! Tout son corps était incrusté de sable et de sueur ; quant à ses vêtements, ils étaient raides de crasse. L'odeur devait être épouvantable, même si les mouches en raffolaient. Et toujours ces nuées de moustiques qui volaient autour d'elle en vrombissant, malgré ses efforts pour les chasser. Elle finit par y renoncer et s'allongea à l'ombre, en protégeant son visage de ses bras croisés.

Le temps passa, sans qu'elle ait la moindre idée de sa durée. Enfin, Langeveldt émergea des hautes herbes, la chemise trempée de sueur, un gros oiseau mort à la main. Sarah s'en empara et alla s'installer de l'autre côté de la clairière. Elle se mit à plumer l'oiseau tandis que Langeveldt se versait un peu d'eau. Après avoir bu, il s'accroupit sur les talons pour la regarder.

— Vous avez l'habitude, on dirait.

— Oui. Vous avez eu du mal à l'avoir ?

— Tout est relatif, répondit-il en haussant les épaules. Vous vous sentez mieux ? Je voudrais avancer demain.

— D'accord, déclara-t-elle en s'interrompant pour lancer dans les airs une poignée de plumes. Mais il faut absolument que je prenne un bain ! Je ne supporte plus cette saleté.

— Pourquoi pas ? répondit Langeveldt, que sa véhémence amusait. Nous pourrons y aller après avoir mangé. Dépêchez-vous, je le viderai quand vous aurez fini.

— Je fais ce que je peux... Vous ne voulez pas regarder ailleurs ? Comptez les mouches, je ne sais pas, moi... Mais arrêtez de me fixer comme ça.

Pourtant, même penchée, elle sentit son regard sur elle. Lorsqu'elle releva les yeux, il ne détourna pas les siens, et Sarah eut de nouveau l'impression qu'ils étaient dans un pas de deux compliqué dont son cavalier ignorait toutes les nuances. D'ailleurs, il s'en fiche éperdument, se dit-elle en plumant l'oiseau à toute volée, jusqu'à ce que son corps rose et dodu apparaisse. Quand Langeveldt le lui prit des mains, leurs doigts se touchèrent.

— Vous m'étonnez, déclara-t-il doucement.

Sarah rougit et s'écarta.

Après qu'ils eurent mangé tout ce qu'ils purent, le soir approchait déjà.

— Allons-y, la pressa Langeveldt. Sinon, nous aurons de la compagnie.

— Quelle sorte de compagnie ? s'enquit craintivement Sarah.

— Des éléphants, des lions peut-être. Ils viennent tous boire le soir.

— Mon bain peut attendre demain, s'empressa-t-elle de répondre en pivotant sur ses talons, mais il la prit par l'épaule.

— Demain, on marche.

Ils se frayèrent un passage dans les herbes hautes qui ondulaient sous la brise. Avec Langeveldt devant elle et la savane de chaque côté, Sarah n'avait aucune perspective, et soudain elle se retrouva au bord de la rivière. Au lieu du torrent écumant qu'elle avait imaginé, c'était un large et calme cours d'eau, bordé de rives herbeuses qui descendaient en pente douce. En regardant en amont, elle vit que des affluents couraient de tous côtés pour rejoindre la rivière. Il y avait comme une menace dans cette densité d'herbes mouvantes, il pouvait s'y cacher n'importe quoi. Un clapotement inquiétant, et Sarah se retourna d'un bond ; mais ce n'était qu'un héron qui battait lourdement des ailes en remontant le courant.

Ils suivirent la rive en laissant dans la boue leurs empreintes mêlées – celles de Langeveldt, énormes, profondes, et celles de Sarah, beaucoup plus petites et rapprochées –, jusqu'à un gour perpendiculaire à la rivière, empli d'une eau trouble et sombre.

— Ça fera l'affaire, décréta Langeveldt, et il lui tendit son fusil. J'y vais le premier. Faites gaffe aux crocos.

Il se déshabilla et sauta dans l'eau. Quand il refit surface, ses cheveux et sa barbe flottant comme des algues autour de sa tête, Sarah se mit à rire.

— Et si j'en vois un ?

— Prévenez-moi, répondit posément Langeveldt.

— Mais... vous ne voulez pas que je tire dessus ? Où est-ce que je dois appuyer ? demanda-t-elle en retournant l'arme dans ses mains.

— Au nom du ciel, n'y touchez pas ! Il est chargé ! rugit Langeveldt.

— J'espère bien, repartit Sarah. Indiquez-moi juste où je dois appuyer. Est-ce le cran de sûreté ?

Elle pointa le canon vers la rivière, et Langeveldt plongea comme un sous-marin visé par un destroyer. Lorsqu'il réapparut, furieux, Sarah se tordait de rire.

Il grimpa sur la rive et marcha droit sur elle, tout ruisselant. L'eau sculptait sa barbe, sa toison, ses cheveux en des lignes bien nettes. Sarah posa le fusil et recula, rouge de confusion. Il ramassa l'arme, et déclara, la voix tremblant d'une rage mal contenue :

— Pour votre gouverne, sachez que, quand j'avais dix ans, un copain m'a troué la jambe d'une balle. Il jurait que le cran de sûreté était mis. À vingt ans, j'ai vu un homme se faire tuer par un fusil qui n'était pas chargé, soi-disant. Il y a deux ans, un type que je connaissais, un bon tireur, s'est pété le caisson en rechargeant malencontreusement un fusil de chasse... Et vous trouvez ça drôle ! Allez vous baigner, espèce d'idiote !

Étant donné son humeur, mieux valait ne pas discuter. Docilement, Sarah défit les boutons de son chemisier en lui tournant le dos. Puis elle s'aperçut qu'il la fixait des yeux et qu'il n'avait pas l'air décidé à se rhabiller.

— Ne me regardez pas ! s'indigna-t-elle.

— Je vais me gêner.

— Alors, je ne me baignerai pas.

Il y eut un cliquetis métallique. Langeveldt avait enlevé le cran de sûreté du fusil.

— Vous ne pourrez pas me forcer ! s'écria-t-elle d'une voix aiguë.

En réponse, il cala le fusil sur sa hanche, impassible. Pivotant sur ses talons, Sarah se déshabilla prestement. Une fois nue, elle roula ses vêtements en boule et bondit dans la rivière. L'eau était glacée. Évitant de lever la tête vers Langeveldt, Sarah frotta ses vêtements, puis se lava. Le froid l'obligea à sortir en tenant devant elle le ballot d'habits trempés. Sans un regard pour l'homme nu qui gardait les yeux rivés sur elle, elle les enfila comme elle put. Alors seulement, Langeveldt s'habilla à son tour.

Ils regagnèrent le camp en silence. Sarah fulminait. Le crépuscule approchait, il ne restait plus qu'à s'allonger pour dormir. Soudain, ce fut plus fort qu'elle.

— Comment avez-vous osé ! explosa-t-elle. Ce n'était qu'une plaisanterie. Vous n'aviez pas le droit !

Elle tapa du poing dans son dos. Il se retourna et la rage qu'elle lut dans ses yeux la fit frémir.

— Vous croyez que c'est la première fois que je

vous vois nue, hein ? Quand vous étiez malade, brûlante de fièvre, qui a épongé chaque centimètre de votre précieux petit corps, qui vous a lavée, tenue, nourrie ? Je peux vous sauver la vie, ça c'est permis, mais si j'ai le malheur de regarder...

L'idée de ces mains immenses parcourant sa peau nue alors qu'elle gisait sans défense emplit Sarah d'une terrible gêne.

— C'était différent, dit-elle faiblement. J'étais inconsciente.

Il se leva et se tint au-dessus d'elle, tremblant de rage.

— Qu'est-ce que vous voulez, au juste ? Un petit mari comme ce Douglas, un gentil toutou qui s'occupe de vous ? Je parie que vous lui faites l'aumône de votre corps une seule fois par semaine, lumières éteintes. C'est ça que vous voulez ? Eh bien, c'est moi que vous avez, et je regarderai si ça me plaît. Vous gonflez la poitrine pour exciter le désir des hommes et obtenir d'eux ce que vous souhaitez ; mais si jamais on a le malheur de toucher, ajouta-t-il avec rage en l'attrapant par le devant de son corsage, et en la forçant à s'agenouiller devant lui, alors vous faites la grande dame... Moi, je ne suis pas un gentleman.

Il la libéra et, un bref instant, Sarah se crut sauvée ; mais la chemise de Langeveldt tomba par terre, à côté d'elle. Sarah s'éloigna en rampant, les membres raidis par la peur. Langeveldt soufflait comme s'il venait de courir à perdre haleine. Elle entendit cliquer la boucle de sa ceinture, tomber son pantalon. Quand elle se retourna, il la dominait, nu, le sexe dressé.

— Déshabillez-vous, ordonna-t-il d'une voix rauque.

— Je ne veux pas, je vous en prie...

Il avança, tira sur sa chemise et en fit sauter les boutons. Elle retint un cri. Il contempla son corps, dont la blancheur ressortait sur la terre sombre, ses seins, qui se soulevaient à chaque souffle et dont les mamelons roses frissonnaient.

— Déshabillez-vous, sinon je m'en chargerai.

Il n'y avait pas d'échappatoire. Elle se dévêtit en tremblant. Quand elle fut nue, elle lui obéit et s'allongea, toute raide. Il resta un moment debout à la dévorer du regard, fixant ses longues jambes blanches et le petit triangle noir où elles se rejoignaient ; ensuite, il fondit sur elle en grognant.

Pour Sarah, cela parut durer des siècles. Langeveldt l'agrippa par les cheveux et l'embrassa goulûment dans le cou, sur les épaules ; puis, vorace, il lui suça les seins, sans entendre ses cris, ses gémissements de douleur. Une odeur forte de musc et de sueur mêlée aux effluves venant de la rivière emplissait les narines de Sarah, qui mordait Langeveldt et lui labourait le dos de ses ongles. Apparemment, cela ne faisait que l'exciter. Quand il la pénétra, elle demeura inerte et molle, mais sous ses coups de boutoir, elle ne put conserver longtemps son immobilité. Lorsque enfin il roula sur le côté et resta étendu, haletant, Sarah se recroquevilla sur elle-même et ne bougea plus. Jamais elle ne s'était sentie aussi misérable.

Des animaux venus boire à la rivière emplirent l'air de leurs appels. Sarah ne prit pas garde aux rugissements. Couchée, nue et sans défense, elle attendait quelque chose, quelque chose qui mettrait fin à ce cauchemar.

Pourquoi avait-il fait cela ? Son acte en lui-même la blessait moins que la haine qu'il supposait. Elle avait pris Langeveldt pour un homme dépourvu de douceur ; en vérité, il n'avait pas de cœur. Sarah avait beau repasser en esprit tout ce qu'ils avaient vécu depuis l'accident, elle ne voyait rien qui justifiât cette brutalité, sinon le simple fait qu'elle existait. Elle sentit alors qu'il lui couvrait doucement les épaules avec son chemisier.

— Il faut vous rhabiller. Vous n'allez pas rester comme ça toute la nuit.

Elle ne bougea pas, et il s'éloigna. Sarah sentit les muscles de son ventre se dénouer un peu ; mais Langeveldt revint, et quand il la toucha elle frémit. Elle craignit un instant qu'il recommence, mais elle perçut alors le contact de l'eau sur sa peau. Très délicatement, il lui baigna le visage, les bras, les seins, Sarah paraissait tétanisée, les muscles à la fois durs comme du bois et pris de tremblements. Il la souleva et essaya de passer ses bras dans les manches du chemisier. Soudain, les frissons qui traversaient la jeune femme se muèrent en sanglots, sa tension éclata en un torrent de larmes. Bizarrement, il la tint dans ses bras et la berça, comme pour tenter de la consoler.

— Pourquoi... pourquoi avez-vous fait ça ? bredouilla-t-elle entre deux sanglots, en se cramponnant à lui dans la pénombre.

— Pardon. Mais vous m'avez poussé à bout...

— Je n'ai rien fait ! Rien du tout ! protesta-t-elle en le frappant du poing, persuadée de son bon droit.

Il ne dit plus rien et continua de la bercer jusqu'à ce qu'elle se calme. Puis, avec des gestes doux, il l'étendit, posa sa tête sur les lambeaux de la robe en soie, la recouvrit de sa chemise et la laissa. Mais aucun d'eux ne put s'endormir. Les pensées bourdonnaient dans le crâne de Sarah comme les mouches qui la harcelaient tout le jour.

— Je n'avais rien fait ! Vous n'auriez pas dû ! s'exclama-t-elle soudain d'une voix aiguë, presque hystérique, qui la surprit elle-même.

Langeveldt soupira.

— Est-ce si grave ? demanda-t-il avec lassitude.

Vous êtes une femme mariée, avec deux gosses. Ça n'a pas dû être un tel choc.

Sarah faillit s'étrangler.

— Vous ne savez pas ce que vous dites ! Mon mari et moi, on s'embrasse, on se caresse, on se serre l'un contre l'autre, on se parle, bon sang ! C'est ce qui s'appelle faire l'amour. Mais vous, c'est la guerre, l'arme suprême. Une façon de dire : Regardez ce que je peux vous faire, même votre corps ne vous appartient pas. Vous n'en aviez même pas envie, au fond. Vous vouliez juste m'humilier.

— Ce n'est pas vrai.

Elle l'entendit se redresser, mais son visage n'était qu'une tache floue dans la pénombre.

— J'en mourais d'envie. Bon Dieu, ce que j'avais envie de vous ! Lorsque je vous ai vue près de l'avion, avec vos longues jambes et cette peau blanche, morte de peur mais essayant de le cacher, j'aurais pu vous prendre là, tout de suite. Et qu'avez-vous fait ? Vous avez balancé les jambes, rejeté vos cheveux en arrière, vous vous êtes penchée, pour qu'on puisse voir votre décolleté, et vous avez laissé tomber une chaussure, pour qu'un de ces pauvres corniauds vienne la ramasser. Vous avez eu ce que vous méritiez.

Sarah inspira profondément.

— Je m'excuse. Je devrais sans doute porter le voile. Cela calmerait-il vos ardeurs viriles ?

— Ce n'est pas votre visage qui me trouble.

— Vous avez beau dire, il y avait plus de haine que de désir dans ce... viol !

Il y eut un long silence. Quand il parla, ce fut d'une voix posée, sans colère.

— En général, je n'aime pas trop les femmes, déclara-t-il. Pour la plupart, ce sont de vrais bébés, elles n'arrêtent pas de gémir. Je m'en veux d'avoir tant besoin d'elles – je parle de leurs corps ; le reste, elles peuvent le garder. Mais vous, je pourrais vous aimer. Pourtant, je ne sais pourquoi, certaines fois vous me donnez des envies de meurtre. Je me dis : Bon sang, quel cran elle a, et l'instant d'après, j'ai envie de vous étrangler. Ce soir, j'ai perdu mon sang-froid. Je suis désolé... écoutez, comment vous appelez-vous ?

— Vous le savez déjà, non ? répliqua Sarah en notant avec intérêt que sa voix était redevenue normale.

— Je ne connais que votre nom de famille.

— C'est amplement suffisant, rétorqua-t-elle froidement.

Quelques minutes plus tard, elle sombrait dans un sommeil sans rêves.

4

À la lumière du jour, il leur fut impossible de se regarder, ni d'échanger un seul mot. Pour le petit déjeuner, ils mangèrent les restes de l'oiseau en chassant les mouches à chaque bouchée ; puis ils reprirent la route. Sarah avait envie d'interroger Langeveldt sur la direction qu'ils suivaient ; mais plus le temps passait, plus il devenait difficile de rompre le silence, même quand les longues foulées de Langeveldt l'obligèrent presque à courir pour tenir le rythme. Le paysage désertique qu'ils avaient connu laissait place à des pâturages verdoyants parsemés de marais et traversés de ruisseaux, où il était impossible d'aller en ligne droite. Ils serpentèrent dans les hautes herbes et les roseaux sous des mopanes hauts comme des cathédrales. La nature était revenue à la vie, les fourrés bruissaient à leur approche, mais tout ce petit monde était sur ses gardes, signe que ce pays déserté avait jadis été peuplé.

Sarah avait la hantise des serpents. Elle avançait les yeux fixés au sol, les pieds recroquevillés dans ses chaussures de toile usées jusqu'à la corde et pleines de trous. Au moins, cela accaparait toutes ses pensées, elle en oubliait presque sa rancune contre Langeveldt.

Ils marchèrent tout le jour, faisant juste quelques haltes pour boire et permettre à Langeveldt de scruter l'horizon. Dès qu'ils rencontrèrent un ruisseau à l'eau claire et au fort débit, ils emplirent le bidon d'eau, et, vers le soir, Langeveldt se mit à chasser. Il fit signe à Sarah de s'asseoir sous un épineux où elle reprit sa traque des serpents, puis il se dirigea à pas lents vers d'épais taillis. Tombant à genoux, il épaula son fusil et rampa dans les fourrés. Sarah retint son souffle.

Le coup de feu éclata dans l'air serein, provoquant une panique générale. Les oiseaux s'envolèrent en criaillant, et une mince silhouette tachetée de jaune et noir s'échappa des fourrés en bondissant lestement. Langeveldt apparut, tirant derrière lui la carcasse de ce qui ressemblait à un daim.

— J'ai vu un léopard ! s'écria Sarah en courant au-devant de lui. Quand vous avez tiré, il s'est enfui... Là, juste là, il était beau, je l'ai vu, c'était un léopard !

— D'accord, vous avez vu un léopard, commenta Langeveldt en s'apprêtant à découper un cuissot de la bête.

Une brute épaisse, c'est tout ce qu'il est, se dit Sarah en lui tournant le dos d'un mouvement rageur.

— C'est... un bel animal, avança-t-il maladroitement, mais elle ne daigna pas le regarder, et fixa la ligne où le ciel bleu rejoignait la terre et les arbres.

Il se remit à découper le daim. Cette nuit-là, les lions rugirent beaucoup. Sarah s'était installée à un mètre cinquante de Langeveldt, mais chaque fois qu'un grondement s'élevait, elle se rapprochait de lui imperceptiblement.

— Vous n'y arriverez pas par osmose, lança soudain Langeveldt, et il vint s'allonger près d'elle en couchant le fusil entre eux. Demain soir, on fera du feu.

— Si on est toujours en vie. Votre oncle n'a-t-il pas été dévoré par un lion ?

— Qui vous a raconté ça ? s'enquit Langeveldt.

— Cottar. J'ai cru qu'il me faisait marcher.

— Non, c'est vrai, répondit-il avec un ricanement.

— Vous n'avez pas l'air de beaucoup le regretter.

— C'était il y a longtemps. Et puis, cela valait mieux pour lui. Bwana Bob n'apprécierait pas comment les choses ont tourné depuis. Il n'était pas du genre à s'écraser.

De nouveaux rugissements retentissent, si forts que l'air sembla vibrer en écho même après qu'ils eurent cessé.

— Oh, comme j'aimerais être chez moi, soupira Sarah, en proie à une violente nostalgie.

La main de Langeveldt se posa un instant sur son épaule. Le souffle coupé, Sarah se dégagea brusquement et s'écarta de plusieurs mètres.

— Je préfère encore les lions, marmonna-t-elle en se résignant à attendre le matin.

La nuit fut moite, étouffante, et à l'aube, une brume de chaleur s'étendit en nappe épaisse au-dessus de la terre. Quand Sarah se leva, Langeveldt était toujours couché. Elle se retira derrière un buisson pour se soulager, puis se lava les mains et le visage avec un peu d'eau.

— Alors, Langeveldt, on ne se lève pas ce matin ?

Il sortit un bras d'un geste saccadé et s'efforça de se redresser.

— Bien sûr. Il le faut.

Il ne réussit pourtant qu'à s'appuyer sur un coude. À quel nouveau jeu joue-t-il ? se demanda Sarah en s'avançant prudemment. Mais, à la vue de son teint empourpré et de son regard vacillant, elle n'eut plus de doute : il avait la fièvre. Elle s'assit sur les talons et le contempla, partagée entre deux émotions contradictoires. D'un côté, elle l'aurait volontiers laissé cuire dans son jus : d'accord, il l'avait soignée, mais ce qu'il lui avait infligé par la suite était abject et la dédouanait de toute dette envers lui. D'un autre côté, il avait besoin d'ombre, d'eau et de nourriture, et il mourrait à coup sûr si elle ne s'occupait pas de lui. Ce qui signifierait aussi sa fin à elle. Tout compte fait, elle n'avait pas vraiment le choix.

Il y avait un bosquet à deux cents mètres de là, un endroit idéal pour camper. Sarah y transporta d'abord les restes de la viande, puis le sac et le fusil, enfin le bidon d'eau. Elle tenta ensuite d'obliger Langeveldt à se mettre debout, en le tirant vigoureusement par le bras. À son grand soulagement, il se hissa sur ses pieds en chancelant.

— Il faut que j'aille voir les boys, marmonna-t-il en entraînant Sarah dans la direction opposée au bosquet.

— Pas par là. Venez par ici, espèce d'idiot.

Il la fixa d'un regard trouble.

— Tante Daisy ! s'écria-t-il, l'air étonné. Je croyais que tu étais morte. Ne t'en fais pas... Il m'envoie à l'école, ce bougre de salaud...

Sarah comprit qu'elle allait devoir l'amadouer pour l'attirer jusqu'au camp qu'elle avait dressé.

— Viens faire une promenade avec moi, Joe, roucoula-t-elle. Ça fait si longtemps qu'on ne s'est vus. Viens par ici, mon garçon.

Deux fois, il essaya de se coucher, et elle dut le pousser pour le faire avancer, en alternant la force et la douceur. Enfin, ils atteignirent les arbres. Mais, au lieu de s'allonger, Langeveldt tourna un beau moment en rond – à l'aveuglette, en bougonnant d'un air inquiet, Sarah toujours suspendue à son bras –, avant de s'effondrer comme une masse.

Le jour passa lentement, étouffant. Sarah entassa des branches et construisit un foyer encerclé de pierres. Puis elle fit de la soupe et essaya de la faire avaler à Langeveldt ; presque tout coula sur son menton. Il était brûlant de fièvre et faisait peine à voir, mais elle n'y pouvait pas grand-chose. Elle l'éventa pour chasser les mouches de son visage et le fit boire régulièrement. Certaines fois, il buvait comme un possédé, et d'autres, il détournait la tête avec humeur.

Son délire s'aggrava et Sarah se rendit compte qu'il fallait tenter de faire tomber la fièvre. Elle le déshabilla en s'obligeant à des gestes précis et décidés. L'épaule de Langeveldt portait toujours les marques violettes, infectées, de ses dents. Elle déchira un autre carré de soie, le trempa dans l'eau et commença à lui baigner la poitrine. De la vapeur s'élevait de son corps brûlant, tout zébré d'impressionnantes cicatrices.

Le soir venait. Sarah s'était forcée à manger encore de la viande, malgré le dégoût que lui inspirait son odeur plus que faisandée. Pour le lendemain, il ne restait que la soupe, et Langeveldt en aurait besoin, s'il vivait toujours. À la tombée de la nuit, il gisait comme mort, et Sarah crut qu'il s'était éteint avec le jour. Mais non, son long corps brun était moite et frissonnant. Effrayée par la violence de ses tremblements, Sarah s'empressa de le couvrir et d'alimenter le feu. Elle tenta de le tirer plus près des flammes.

— Oh, mon Dieu, faites qu'il ne meure pas, pria-t-elle. Mon Dieu, je ne veux pas me retrouver toute seule !

— Dieu se fiche bien de la malaria, murmura Langeveldt en claquant des dents.

Sarah sentit sa gorge se serrer. Des larmes de soulagement lui piquèrent les yeux.

— Dites-moi ce que je peux faire ! l'implora-t-elle.

— Rien. Ça s'en va. Mais j'ai froid. J'ai si froid.

Le feu flambait vif, pourtant. Il montait si haut que des étincelles s'envolaient dans les arbres. Vers minuit, Langeveldt s'endormit d'un sommeil agité, mais la fièvre remonta. C'est alors que les lions commencèrent à rugir. Sarah ne fut plus qu'une petite forme ramassée sur elle-même, prostrée de terreur, avec pour seul réconfort la main de Langeveldt dans la sienne. Elle s'y cramponna en faisant des prières pour que l'aube se lève.

La chaleur et les mouches revinrent avec le jour. La carcasse du daim empestait. Sarah la tira loin du camp, puis repartit en quête de branches mortes. Elle avait brûlé durant la nuit tout ce qui se trouvait à sa portée et elle craignait de s'aventurer trop loin, même si le campement n'offrait qu'une très relative sécurité. À force d'éponger Langeveldt et de soutenir sa tête pour le faire boire, elle avait des courbatures et se sentait terriblement lasse. Un bruit suspect la mit aussitôt sur ses gardes.

Une hyène traversait la plaine d'une démarche sautillante en approchant de la charogne. L'animal entreprit de tirer sur la carcasse pour en arracher des lambeaux de viande pourrie. Sarah gémit et chercha le fusil. Où était le cran de sûreté ? L'arme était-elle chargée ? Si Langeveldt guérissait, si jamais ils survivaient à ce jour, il faudrait absolument qu'il lui apprenne à s'en servir. La bête lorgnait Sarah tout en déchiquetant les os avec des craquements sinistres. Et voilà qu'une autre approchait pour être de la fête. Les deux bêtes se chamaillèrent en ricanant sous les yeux de la jeune femme, pétrifiée.

Enfin, avec un dernier regard en coin, elles se fondirent dans les broussailles. Sarah s'effondra, tremblante. Puis elle éclata de rire. Langeveldt avait raison ; ce pays n'était pas fait pour les femmes, pas pour les Anglaises en tout cas. Il faudrait bien qu'elle s'adapte, pourtant, et qu'elle cesse d'avoir les jambes coupées chaque fois que quelque chose d'inattendu se produisait. C'était épuisant, à la longue. À elle de s'habituer à vivre sans confort, dans le danger, la saleté, la maladie. Et à dominer sa peur, à la piétiner même au besoin. Elle s'installa derrière le tas de branches qu'elle avait amassées pour se protéger et ne se permit qu'un bref coup d'œil par-dessus, au cas où une hyène serait tapie là, prête à bondir.

Durant la longue nuit qui suivit, tout emplie de rugissements, Sarah eut du mal à tenir sa résolution. À la lueur du feu, son imagination lui jouait des tours, elle croyait apercevoir un éclair vert, le regard d'un fauve la fixant, puis il disparaissait et c'était encore pis, car le danger pouvait surgir à tout moment, sans prévenir. Langeveldt remuait et marmonnait des mots sans suite, et Sarah priait pour qu'il guérisse et redevienne l'homme fort, sûr de lui, qui savait les guider. Elle refusait de penser à ce qu'il lui avait fait subir. Il serait bien temps, quand ils reviendraient au monde réel ; là, elle pourrait songer à d'autres choses qu'à sa seule survie. Il en allait de même concernant la mort de ce pauvre Cottar : c'était passé, il n'y avait plus rien à faire.

Et puis, maintenant que Langeveldt était malade, elle ressentait une étrange tendresse à son égard, et c'était à ses enfants qu'elle pensait en le soignant. Elle connaissait si bien son corps à présent, ses angles durs et noueux, ses replis doux et secrets... Quand elle le baignait ou portait de l'eau à ses lèvres, son sentiment d'angoisse et de solitude s'apaisait.

Au matin, il gisait sans bouger. Au lieu de vérifier s'il vivait toujours, elle resta immobile, en proie à une peur indicible, et contempla au loin l'aube qui naissait dans un flamboiement orange.

— Il n'y a rien à manger ?

Elle se retourna vivement et croisa son regard impassible, moucheté d'or.

— Vous vous sentez mieux ! J'ai cru que vous alliez mourir...

— Ça ne va pas tarder si je ne mange pas quelque chose. Mon Dieu, jamais je n'ai eu si faim !

Elle lui donna le reste de la soupe et quelques baies trouvées la veille.

— Combien de temps ai-je été malade ? s'enquit-il en s'efforçant vainement de se redresser.

— Je ne sais pas... deux jours, je pense. Écoutez, il faut m'apprendre à me servir du fusil. Que je puisse nous défendre en cas de danger. C'est du simple bon sens.

— Non.

Toute sa bienveillance envers lui s'évanouit instantanément.

— Mais... pourquoi ? protesta-t-elle.

— Je ne fais pas confiance aux femmes pour ce qui est des armes à feu.

— Oh, je vois. Vous craignez qu'elles les retournent contre vous et vous tirent dessus. Je comprends ça. Mais, étant donné que je viens de vous sauver la vie, vous pourriez m'accorder un peu de crédit.

— Ne le prenez pas mal, mais ce serait du gaspillage : les femmes tirent comme des pieds.

— Un jour, à la foire, j'ai gagné trois ours en peluche et une tirelire. Le forain m'a même suppliée de laisser tomber... Allons, Langeveldt, montrez-moi.

Il ferma les yeux d'un air las. Sarah avait bien choisi son moment. Dans son état, mieux valait céder que de discuter. C'était moins fatigant. Appuyé sur un coude, il lui donna ses instructions.

— D'abord, videz-le en glissant les doigts dans ce trou derrière la détente, pour faire jouer le levier de haut en bas. Il n'y a que quatre cartouches.

Quatre grosses balles rondes jaillirent du barillet et tombèrent. Sarah les ramassa.

— Bon, reprit Langeveldt. Remettez-les dans le trou sur le côté... Non, pas comme ça, espèce d'idiote ! J'ai dit sur le côté.

Sous son regard sévère, elle se sentait gauche, empotée, mais elle réussit enfin à glisser les balles dans le magasin.

— Bien. Le forain aurait été fier de vous. Maintenant, pointez-le loin de moi, abaissez le chien comme font les cow-boys dans les westerns, et visez quelque chose.

— Quoi, par exemple ?

— Essayez donc cet arbre là-bas.

Il désigna un épineux situé à deux cents mètres de là. Docilement, Sarah épaula, cligna de l'œil, visa et tira. Sans résultat apparent.

— Est-ce que je l'ai touché ?

— Comment le saurais-je ? Allez voir.

Elle s'approcha de l'arbre, mais ne vit aucune trace de balle sur l'écorce.

Six coups plus tard, l'écorce vola enfin en éclats, et Sarah découvrit une entaille profonde dans le tronc noueux. Elle revint et s'affala à l'ombre, épuisée mais triomphante.

— Je vous avais dit que j'y arriverais.

— Tant mieux. Alors, magnez-vous le train et trouvez-nous de quoi dîner.

— Très drôle, Langeveldt. Changez de sujet, s'il vous plaît. J'entends mon ventre grogner.

Langeveldt ne répondit pas. Il scrutait attentivement la prairie.

— Vite, passez-moi le fusil ! chuchota-t-il.

Sarah s'exécuta. Il se dressa sur un genou, épaula et fit feu.

— Voilà le déjeuner.

— Je ne vois rien, objecta Sarah d'un air sceptique.

— Eh bien, allez le chercher avant qu'un autre s'en charge. Par là, à trois cents mètres, dépêchez-vous.

Certaine qu'il la menait en bateau, Sarah prit pourtant la direction indiquée. Un gros oiseau ressemblant à un dindon gisait dans l'herbe. Avec humilité, elle le rapporta au camp et se mit à le plumer sans prononcer une parole.

Ils restèrent au camp pendant deux jours, le temps que Langeveldt reprenne des forces. Sarah en profita pour passer en revue ses vêtements, ou plutôt ses haillons. Il y avait un trou dans le fond de son pantalon, mais elle ne pouvait rien y faire. En revanche, elle le débarrassa de ses bords usés en le coupant juste sous le genou. Son chemisier surtout posait problème : il ne lui restait qu'un bouton et il était tout déchiré. Elle le noua au-dessous des seins et s'efforça de ne pas se pencher, mais elle surprenait souvent le regard de Langeveldt braqué sur elle. Entre eux, la tension monta.

Le deuxième soir, Langeveldt tournait en rond d'un air maussade. Ils avaient mis de petites lanières de viande à sécher à l'ombre, et il ne cessait de les inspecter.

— La viande ne séchera pas plus vite parce que vous la regardez ! lui lança enfin Sarah. Pourquoi ne pas vous reposer ?

Elle aussi se sentait irritable, les pluies allaient commencer pour de bon ; il faisait lourd, moite, et les mouches les harcelaient plus que jamais. Langeveldt s'affala derrière leur petit abri.

— Dieu merci, demain on reprend la route, marmonna-t-il. Montrez-moi vos chaussures.

Contrairement aux bottes de Langeveldt, qui étaient encore en bon état, les tennis de Sarah faisaient peine à voir. Elle les lui tendit, contente qu'il s'active enfin utilement. Il cueillit d'épaisses feuilles d'épineux, en ôta les piquants et les glissa ensuite sur les semelles.

— C'est tout ce que je peux faire. Essayez-les.

Elle s'assit, et avança un pied nu et poussiéreux. Des pieds de danseuse, comme disait Douglas, longs et minces, avec de jolis orteils roses. Langeveldt s'agenouilla devant elle, il prit son talon dans sa grande main et contempla la cheville fine, la jambe mince et bronzée qui émergeait du bord frangé du pantalon. Du pouce, il caressa le creux sous l'os de la cheville, et Sarah frissonna. Pourtant, elle ne retira pas son pied tout de suite, en proie à un émoi trouble qui lui coupa le souffle. Langeveldt chercha son regard, et elle vit dans ses yeux agrandis qu'il était fou de désir. Le barrage avait cédé. Sarah se leva et se mit à courir. Elle ne s'arrêta que vingt mètres plus loin, les pieds meurtris par les pierres, et se retourna. Il la fixait toujours, tendu vers elle. Sarah tremblait comme une feuille. Lentement, Langeveldt se dressa et s'avança. Elle se serra contre un arbre et le regarda approcher. Il s'arrêta à deux mètres.

— Je ne vais pas vous poursuivre à travers toute l'Afrique, murmura-t-il.

Elle entendit son souffle court, oppressé.

— Qu'allez-vous faire ? lança-t-elle avec crainte.

— Je vais dire « s'il vous plaît ». Est-ce que ça ira ?

— Et si je dis non ?

— J'essaie d'être agréable, bon sang ! Je ne veux pas que ce soit comme la dernière fois.

— Quelle délicatesse ! railla-t-elle. Le viol sans violences est tellement plus convivial, vous ne trouvez pas ?

Il fit deux pas vers l'arbre et s'arrêta à quelques centimètres d'elle, en prenant soin de ne pas la toucher. Elle refusa de le regarder et cacha son visage dans la pénombre. Une main souleva doucement les cheveux de sa nuque et caressa la peau tiède en dessous. Malgré elle, Sarah sentit ses muscles roidis se détendre, mais elle resta blottie contre l'arbre, fondue dans l'obscurité miséricordieuse. Langeveldt se mit à l'embrasser, l'effleurant au début, puis goûtant sa chair avec plus de fougue, jusqu'à lui mordre les épaules. Sarah se retourna pour protester, mais n'en eut pas le temps. Il colla sa bouche contre la sienne, brûlante, avide, et tira sur les pans de son corsage noué, qui se déchira. Ses seins en jaillirent, et il les prit à pleines mains, puis frotta les mamelons roses et durcis entre ses doigts jusqu'à ce que Sarah gémisse sous ses baisers. Ses mains à elle étaient aussi en mouvement, elles s'enfonçaient dans les cheveux de Langeveldt, tâtaient les muscles de son dos puissant.

Alors il s'écarta, le temps de se dévêtir à la hâte. Les yeux rivés sur lui, refusant de penser, Sarah se débarrassa du corsage, du pantalon, et tomba dans ses bras.

Trop affamé pour s'en tenir à la douceur, Langeveldt fut presque aussi violent que la fois précédente mais, chez Sarah, le plaisir remplaça la douleur. Chaque poussée la rapprochait du but, et elle s'accrocha à lui en le suppliant de continuer. Quand enfin un cri aigu s'échappa de ses lèvres et qu'elle retomba en haletant, il la suivit quelques secondes après.

Un long moment, ils restèrent entrelacés, luisants de sueur. Elle fut la première à se retirer. Arrachant une poignée d'herbes rêches, elle se frotta avec rage pour ôter toute trace de leurs transports amoureux, et se rhabilla prestement. La nuit était presque tombée. Elle s'occupa d'entasser du bois pour le feu. Ensuite elle se coucha face aux buissons et feignit de dormir.

Il faisait noir quand il la rejoignit. Il s'étendit à quelques centimètres d'elle en soupirant d'aise.

— Madame Hamilton, vous avez été du tonnerre, dit-il joyeusement.

La voyant se raidir, il la taquina.

— Où avez-vous donc appris ces mots-là ? Une dame comme vous gémissant...

— Je vous tuerai si vous ne vous taisez pas ! s'écria Sarah en se redressant, furieuse, le poing levé.

Le sourire malicieux de Langeveldt s'estompa. Il lui saisit le poing et porta doucement sa main à ses lèvres pour y poser un baiser.

— Belle dame, murmura-t-il. Je ne devrais pas vous faire enrager. Vous avez été... merveilleuse.

Il s'approcha, lui caressa la joue. Les yeux de Sarah s'emplirent de larmes.

— Je me suis horriblement mal conduite, gémit-elle. Honte à moi ! Je suis mariée, j'aime mon mari, je ne veux personne d'autre, surtout pas vous ! Et j'ai dit ces choses, je vous ai supplié...

Elle se frotta les yeux, décidée à contenir ses larmes. Langeveldt se leva et, à son tour, se mit à ramasser du bois. Son humeur conciliante avait disparu.

— Qu'y a-t-il de mal à ça ? s'exclama-t-il soudain. Dans ce fichu pays, toutes les bêtes de la Création font l'amour, pourquoi seriez-vous différente ? C'est un besoin, comme la faim ou la soif.

— Nous ne sommes pas des animaux ! Je suis certaine que si Douglas était coincé ici avec une inconnue, il ne ferait pas ce genre de choses. Il se comporterait impeccablement, quoi qu'il puisse ressentir.

— Mais je ne suis pas Douglas ! cracha Langeveldt. Comment est-il au lit ? Est-ce que vous en redemandez ?

— Ça ne vous regarde pas, dit Sarah en croisant les

bras sur ses genoux. Il n'est pas comme ça, il... Douglas est très gentil, très prévenant.

— Ah..., commenta Langeveldt avec mépris.

Il observa un silence, l'œil perdu dans la nuit.

— Et cela vous plaît ainsi ? demanda-t-il soudain.

— Parfois, répondit-elle d'une toute petite voix en haussant les épaules.

— Mieux que... nous ?

Incapable de lui mentir, elle enfouit son visage dans ses bras.

— Non, murmura-t-elle. Nous, c'était mieux.

Cette fois, lorsqu'il s'empara d'elle, il n'y eut plus de frein à leurs ébats. Sûrs de la jouissance à venir, ils prirent leur temps et, quand ils eurent tous deux atteint au même degré de contentement, ils n'eurent plus qu'une envie, dormir. Les rugissements des lions ne les firent même pas broncher.

Pourtant, au matin, ils s'évitaient encore. Sarah se sentait atrocement coupable, et la fin de son seul et unique chemisier n'améliorait en rien son humeur. Le dernier bouton avait sauté, une déchirure laissait voir son sein gauche, et le rire coquin de Langeveldt quand il le remarqua la fit aussitôt fouiller dans le sac. Elle en sortit ce qui restait de la robe en soie blanche. Heureusement, si presque toute la jupe avait été déchirée, le haut était intact. Elle égalisa le bord avec le couteau de Langeveldt et l'enfila.

— Le dernier cri de la mode safari, lança-t-elle en se forçant à la gaieté.

— Venez à mon safari quand vous voudrez, murmura-t-il, et il lui pinça les fesses par le trou de son pantalon.

Elle piailla, indignée, avant de déclarer d'une voix grave :

— Écoutez, n'allez surtout pas croire que c'est le

début d'une longue orgie. Je veux rentrer chez moi, retrouver mon mari, ma famille, et si je dois... eh bien, soit. De temps en temps. Mais cela ne vous donne aucun droit, Langeveldt, comprenez-le bien.

Il jeta le sac par terre, alors qu'il s'apprêtait à le mettre en bandoulière.

— Chère madame, si vous tenez à ce qu'on se batte pour savoir qui est le chef ici, puis-je vous rappeler qu'à ce jeu-là c'est moi qui gagne en général ? Ce que je veux, je l'obtiens, un point c'est tout.

Sarah resta sans voix, puis elle s'empara d'une grosse pierre. Elle s'apprêtait à la lancer quand elle croisa son regard.

— Essayez un peu, pour voir, la prévint-il.

Au dernier moment, Sarah retourna sa rage contre un arbre éloigné. La pierre atteignit sa cible avec un bruit sourd.

— Bien visé, la félicita Langeveldt, qui ramassa son fusil et se mit en marche.

Bouillonnant de rage, Sarah le suivit.

Le ciel, d'un bleu limpide depuis tant de jours, se couvrait rapidement de nuages. Les pluies tropicales s'abattirent avec une violence déchaînée. Il n'y avait pas un abri alentour ; ils cheminèrent en courbant le dos, complètement trempés. Des étangs apparurent là où il n'y avait auparavant qu'une terre aride, et quand la pluie s'interrompit comme si quelqu'un avait soudain fermé un robinet, la vapeur commença aussitôt à monter autour d'eux en nappes de brume. C'était une vision irréelle : on aurait dit qu'ils approchaient des portes du paradis, ou des enfers. Quelle terre singulière ! songea Sarah, tous les extrêmes s'y côtoient en une étrange complicité, beauté, mort, dureté, douceur. Elle rabattit le chapeau de Cottar sur ses yeux pour se protéger des reflets du soleil sur les flaques d'eau et laissa dériver ses pensées. Un léger mouvement sur la gauche lui fit soudain lever la tête.

— Langeveldt ! glapit-elle, prise de sueurs froides. Vite ! Faites quelque chose !

— J'ai cru que vous ne les verriez jamais, répliqua-t-il d'un ton posé. Continuez à marcher, ils n'ont pas faim.

Elle avança machinalement, les yeux rivés sur les lions qui reposaient nonchalamment à cinquante mètres de là. Des femelles surtout, avec des jeunes déjà grands, et un seul mâle, énorme, dont l'attitude et le regard lui parurent étrangement familiers.

— Mais oui, j'y suis ; c'est votre portrait craché, lança-t-elle à Langeveldt. Pas étonnant que vous aimiez ce pays. Regardez-le, ce fainéant bouffi d'orgueil qui se prélasse pendant que les femmes font tout le boulot.

— Et il mord quand on le contrarie, renchérit Langeveldt.

— Cela ne me surprend pas. Il a bien l'air d'une brute épaisse, lui aussi.

Le grand mâle se leva souplement et fit quelques pas vers eux. Des petites touffes de poils bruns ornaient le haut de ses pattes. Sarah s'agrippa à la chemise de Langeveldt, mais il desserra ses doigts.

— Si vous voulez que je vous protège, vous n'avez qu'à être de meilleure humeur. Lui et moi, nous aimons que nos femmes soient dociles.

Sarah se ressaisit.

— Ne comptez pas sur moi pour vous lécher les bottes, marmonna-t-elle, avant de se forcer à marcher sans un regard pour les félins.

Durant une semaine, ils progressèrent sous une pluie battante. Le jour, le soleil les séchait en quelques minutes ; mais, la nuit, leurs vêtements leur collaient à la peau et, au matin, ils étaient transis de froid. Il n'y avait pas de coin à peu près sec pour se coucher, aussi restaient-ils assis, tassés dans la boue, en attendant que ça cesse. Aucun ne se plaignait – à quoi bon ? Au matin, des ruisseaux nés de la dernière pluie apparaissaient, peuplés de milliers de grenouilles venues d'on ne sait où, qui coassaient la nuit et bondissaient le jour. Ce fut un nouveau mets inscrit à leur menu, mais ils s'en lassèrent vite ; Sarah aurait donné n'importe quoi pour une pomme de terre, ou un seul chou de Bruxelles. Au moins, ils pouvaient se laver de toute la boue qui s'accumulait sur eux. Mais Sarah fut bientôt secouée par une toux rauque, mauvaise.

Ils suivaient généralement la rivière en se tenant loin des rives, où les crocodiles guettaient leur proie avec une indolence trompeuse. Langeveldt raconta à Sarah des histoires abominables, et elle crut qu'il essayait simplement de l'effrayer. Il se prenait peut-être pour le roi de la brousse, toutefois elle commençait à se demander si les dangers qu'il lui décrivait avec force détails étaient bien réels. Un soir, elle sut à quoi s'en tenir.

Langeveldt était parti en éclaireur pour trouver un endroit sec où camper et Sarah s'était assise à cent mètres de la rive. Il faisait bon, et elle goûtait à la sérénité de l'air, presque habituée maintenant aux harcèlements des mouches. Une petite antilope surgit des hautes herbes qui bordaient la rivière et s'approcha craintivement de l'eau. Sarah aussi avança de quelques pas : c'était un tel ravissement de voir le gracile animal humer l'air et pencher la tête pour boire ! Des cornes en spirales, deux grands yeux fardés de noir. Une perfection. Un instant magique. Soudain, un seul cri, perçant. L'eau se mit à bouillonner en un maelström sanglant d'où émergèrent des pattes, et l'antilope fut en quelques secondes engloutie. Les petits oiseaux qui s'étaient envolés se reposèrent près de l'eau pour picorer. Tout était de nouveau paisible, mais l'antilope avait disparu. Quand Sarah se leva pour accueillir Langeveldt, elle était blanche comme un linge et en tremblait encore.

— Un crocodile, expliqua-t-elle. Il a pris une antilope, juste là ! C'était horrible.

— Que faisiez-vous si près de la rive ?

— J'ai vu l'antilope, j'ai voulu m'approcher pour la regarder. Je ne recommencerai pas.

— J'espère bien. Cet endroit grouille de crocos. Ils ont beau jeu ; personne ne les chasse plus depuis des années. Je vous avais prévenue, pourtant. Mais vous avez voulu vous faire votre opinion, et voilà le résultat. Vous avez l'air fine, à trembler comme une feuille.

Elle se détourna, trop lasse pour discuter, et se mit à tousser d'une toux spasmodique qui la secoua tout entière.

— De toute façon, on quitte la rivière demain, ajouta soudain Langeveldt. On ira vers l'est, peut-être y aura-t-il des gens par là-bas.

— Je croyais que c'était dangereux, remarqua Sarah en essuyant du revers de la main son front moite.

— Ça l'est. Mais vous ne pouvez pas continuer comme ça. Pas avec les pluies.

— Je vais bien. Ce n'est qu'une mauvaise toux.

— Ne jouez pas à la brave, femme, ça me fatigue.

Tout ce qu'elle faisait semblait le contrarier. Il n'était vraiment calme que lorsqu'ils venaient de faire l'amour, mais même alors il restait ombrageux. Sarah n'arrivait pas à le comprendre.

Là où ils cheminaient maintenant, il n'était pas si facile de trouver de la nourriture. Arbres et marais avaient laissé place à des plaines où les hautes herbes étaient couchées par la pluie. Le gibier, prudent, s'enfuyait facilement, et bien souvent ils n'avaient qu'un peu de viande séchée pour se sustenter avant de se coucher. On ne peut guère chasser et marcher en même temps ; or, Langeveldt ne voulait pas s'arrêter. Parfois, quand la lune était pleine, il tirait Sarah d'un sommeil agité, et elle titubait derrière lui dans la nuit. Elle lui en voulait, mais elle n'avait pas la force de se rebeller. Son mal de poitrine ne la quittait plus, elle avait chaud au visage, froid aux pieds et aux mains. Elle ne pensait plus à son foyer, à sa famille, sauf de façon vague, comme on se souvient de ce qu'on a lu dans un livre. La seule réalité, c'était cette marche sans but, la douleur dans sa poitrine et, bien sûr, Langeveldt. C'était comme ça depuis toujours, et cela continuerait jusqu'à la fin.

Un jour, il tua un phacochère, et un bon fumet de porc rôti s'éleva dans l'air, mais elle ne put en manger. Il la gronda ; elle essaya de se forcer, en vain. Cette nuit-là, il la poussa encore pour la faire avancer, alors qu'elle n'aspirait qu'à se coucher pour mourir.

Le lendemain, ils marchaient depuis des heures sous une pluie continue lorsque Langeveldt s'arrêta près d'un arbre, laissa tomber son sac et déposa son fusil.

— Restez tranquille, dit-il doucement. Je vais voir ce qu'il se passe là-bas.

Il vérifia l'arme et la lui tendit. Puis il se glissa dans l'herbe, laissant Sarah seule et désemparée. Elle regarda autour d'elle en avançant prudemment, et découvrit une clairière. Un petit bâtiment blanc se tenait au centre, sous l'ombre écrasante de trois immenses eucalyptus dont les troncs jaunes semblaient lumineux dans l'air mouillé. Sur un côté, un clocher blanc, noirci par le feu, dont la cloche gisait à terre, fracassée. Peut-être était-ce une sorte de mission. Il n'y avait aucun signe de vie.

Une bande de perroquets surgit des arbres, et leurs jacassements provoquèrent chez Sarah un début de folle panique. Ils étaient d'un bleu intense presque irréel, et elle les observa un instant sans penser à ce qui les avait dérangés. Langeveldt traversait la clairière à pas prudents, en direction de la mission aux fenêtres aveugles. Un fin rideau de pluie coulait du toit en tôle. Quand il tapa du pied dans la porte de bois brut, le bruit résonna. Il entra. Pour Sarah, un siècle s'écoula avant qu'il réapparaisse.

— Venez, l'appela-t-il. Il n'y a personne là-dedans.

Elle obéit, tirant le sac derrière elle jusqu'à ce qu'il la rejoigne pour le prendre. Après avoir gravi les marches du porche, elle scruta l'obscurité. C'était bien une mission. Un petit autel se dressait à un bout de la pièce, seulement orné d'une croix de bois rudimentaire. Cinq ou six chaises étaient installées devant, mais les pieds et les barreaux démantibulés qui s'entassaient dans un coin indiquaient qu'il y en avait eu d'autres. Les murs, autrefois blancs, étaient maculés de brun ; les fenêtres étaient dépourvues de vitres et, à l'autre bout de la salle, une porte avait été arrachée de ses gonds. Sarah alla regarder par l'ouverture.

Deux petites pièces nues : un sommier en fer, pas de matelas et un prie-Dieu, lui aussi marqué par le feu. Dans la pièce suivante, quelques étagères, une table en bois brut et une chaise. Rien d'autre. Langeveldt vint rejoindre Sarah.

— Que s'est-il passé ? lui demanda-t-elle.

— Une attaque, visiblement. Je ne sais quand elle s'est produite, mais il y a eu du passage depuis. Il devrait y avoir des cadavres, tout aurait dû brûler. Or, on a éteint l'incendie et nettoyé les lieux. Je me demande où se trouvent ces gens.

— Ils sont peut-être venus et repartis.

— Alors, pourquoi auraient-ils rangé ?

Elle ne répondit pas. C'était étrange d'être en ces lieux avec l'impression que leurs occupants pouvaient revenir à tout moment. Et puis, elle n'avait pas eu un toit au-dessus de sa tête depuis si longtemps que cela l'oppressait, comme si les murs de pisé allaient se refermer sur elle dès qu'elle aurait le dos tourné. Enfin, au moins, ils étaient protégés de la pluie. Elle s'effondra sur une chaise en bois, mais ce n'était guère confortable, et bientôt elle s'assit par terre.

— Regardez, dit-elle soudain. Il y a une trappe sous la table.

— Vite. Aidez-moi à la bouger.

En silence, ils soulevèrent la table et la mirent de côté. Dessous, presque cachée par la poussière et confondue dans le grain du bois, se trouvait une trappe sans poignée, juste un carré découpé dans le plancher. Le fusil à la main, Langeveldt inséra la lame de son coutelas dans la fente, et souleva jusqu'à ce qu'il puisse y glisser les doigts.

— Écoutez ! souffla Sarah. On entend quelqu'un prier.

De l'ouverture montait un murmure bas, mais distinct, continu et aisément reconnaissable. Langeveldt ouvrit complètement la trappe. La lumière entra dans le creux en dessous, et ils le scrutèrent prudemment par-dessus le bord de la trappe.

— *Confiteor Deo omnipotentum...*

La voix, clairement audible à présent, ne s'arrêta pas. Sarah regarda la silhouette penchée, le crâne dégarni, les mains jointes qui tremblaient, et elle fut émue jusqu'aux larmes.

— Vous pouvez arrêter de prier, mon père, déclara-t-elle doucement. Nous ne vous ferons aucun mal.

Le débit ralentit, mais le prêtre ne leva pas les yeux.

— *In nomine patris et filii et spiritu sancti*, murmura-t-il en faisant le signe de croix.

— *Amen*, conclut Sarah.

Il y eut un bref silence gêné. Puis le prêtre toussa, et se mit maladroitement sur ses pieds en brossant la poussière qui maculait ses genoux.

— Comment allez-vous ? dit-il avec embarras. Je suis... euh... le père Duffy. Bernard Duffy. Pourriez-vous m'aider à sortir ?

5

Duffy avait été heureux au fond de son trou. Au fil d'heures ponctuées par le rituel réconfortant de la prière, il s'était presque cru de retour au séminaire... Aussi, pourquoi l'avait-il quitté ? Là-bas, tout lui réussissait, même ce qui semblait aux autres ardu et difficile. C'est pour cette raison qu'il avait accepté avec confiance et modestie la tâche qu'on lui avait confiée, sans se douter une seconde de ce qui l'attendait. Personne ne l'avait mis en garde.

Au Mandoto, c'était l'inverse : le plus benêt de ses camarades aurait fait mieux que lui. Les gens d'ici n'avaient nul besoin de doctrine, il fallait leur donner de la nourriture, des soins médicaux, leur inculquer quelques notions élémentaires d'hygiène ; or, le père Duffy ne connaissait même pas leur langue ! Dire qu'il avait passé des mois à apprendre le kiswahili, pour finir dans une région où personne ne le parlait. Évidemment, il avait été la risée de tous les villageois. Il avait commis tant d'erreurs. Oh, que de souvenirs humiliants, que de vexations, les premiers temps ! Sa petite congrégation, appâtée par les médicaments et la farine qu'il distribuait après l'office, piquait des fous rires au moment où il s'y attendait le moins. Même l'interprète ne se privait pas de se gausser à ses dépens, et ouvrait de grands yeux innocents quand le père Duffy l'interrogeait du regard. Avait-il fait quelque plaisanterie de mauvais goût au sujet de la Vierge Marie ? Comment savoir...

Mais, avec le temps, le père Duffy avait fait des progrès. Quel monde que celui où vivaient ces gens, dans la hantise des démons, des sorts, des malédictions, comme si la réalité ne suffisait pas dans un pays où la mort était monnaie courante !... L'un des seuls devoirs réguliers de sa charge était de mettre en terre les petits cercueils d'enfants ; et l'on pouvait prédire quel serait le suivant, parmi les êtres chétifs qui tenaient à peine sur leurs jambes ou s'agrippaient à leur mère comme des baies flétries à un arbre malade. Si seulement il avait pu leur venir en aide ! C'était une telle désolation de voir ces femmes fourrer de la bouillie de maïs dans la bouche de petits qui auraient eu besoin de viande, de lait et de jus d'orange...

Il ouvrit une sorte de crèche et gagna peu à peu la confiance des mères, qui vinrent de plus en plus nombreuses. Bernard Duffy, esthète et homme de lettres, devint incollable en matière de parasites intestinaux. Chaque enfant était examiné et traité ; il dressait des graphiques montrant les ravages causés par les vers à un organisme humain. Quand il fut certain d'avoir éradiqué le mal, il commanda une demi-tonne de farine de soja et entreprit de faire de ces gens sinon des chrétiens, du moins des individus en bonne santé. Oui, c'était un progrès incontestable. En temps et en heure, il construirait une école, agrandirait l'église et pourrait conclure à la réussite de sa mission.

C'est alors que les soldats étaient arrivés.

Il aurait voulu ne plus y penser, à quoi bon ? Mais cela l'obsédait. La voie étroite, celle qui mène à Dieu, s'étendait en droite ligne devant lui, et il s'en était détourné. Toutes ces années de formation et d'espoir pour en arriver là : à la première épreuve, il avait failli à son devoir envers Dieu et envers ses ouailles. Voilà pourquoi l'arrivée de ce couple étrange sorti d'on ne sait où le mettait mal à l'aise. Il regrettait déjà son trou.

— Vous allez bien ? Vous n'êtes pas blessé ?

La femme qui lui tenait le bras était belle, avec ses cheveux noirs, sa peau brune et lisse... mais si peu vêtue que c'en était indécent. L'œil exercé du père Duffy devina à ses joues enflammées qu'elle avait la fièvre. Il s'éclaircit la gorge.

— Je vais très bien, merci. Puis-je vous offrir du thé ? Vous-même me semblez un peu lasse.

— Incroyable, marmonna Langeveldt. Pourquoi pas une assiette de petits fours, tant qu'on y est ? Écoutez, monsieur, ce qu'il nous faut, c'est de la pénicilline, et vite.

— Pour la jeune dame, sans doute, répliqua le père Duffy sans lever les yeux vers l'homme dont la haute stature le dominait. Je m'excuse, j'ignore votre nom...

— Sarah Hamilton, s'empressa-t-elle de répondre.

Langeveldt lui jeta un regard triomphant, et Sarah se mordit les lèvres.

— Joe Langeveldt. Nous voulons passer la frontière, mais elle ne fait que tousser. À mon avis, elle frise la pneumonie. Il va falloir nous reposer un jour ou deux... Quand ont-ils attaqué ?

— Il vous faut manger quelque chose ! s'exclama le prêtre après un silence. Venez par là, j'ai quelques boîtes de conserve, et je vous ferai volontiers cadeau d'un sac de farine.

Il gagna la porte de l'église en courant presque. Ils le suivirent, mais Sarah fut prise d'une violente quinte de toux et s'effondra à terre. Langeveldt jura entre ses dents et rejoignit le prêtre.

Toute la nourriture se trouvait dans une cabane au toit de tôle adossée à l'église, cachée par d'épais buissons d'un gris argenté. Une plante grimpante aux lourdes grappes de fleurs blanches encadrait la porte. En entrant, Langeveldt découvrit Duffy, à genoux, occupé à racler le sable qui recouvrait la terre battue. Dessous, il y avait une autre trappe.

— Ma parole, vous vivez comme une taupe ! lança-t-il sans aménité. Écoutez, il me faut des couvertures et des médicaments. Cette fille risque d'y passer.

— Des morts, nous en avons eu beaucoup, déclara tristement Duffy en lui jetant un regard voilé.

Langeveldt s'accroupit à côté du trou.

— Je m'en doute, à voir les fresques sanglantes qu'ils ont laissées sur les murs de l'église... Allons, mon petit bonhomme, remettez-vous. On a du boulot.

Moins d'une demi-heure plus tard, Sarah se retrouvait au lit, sur un matelas de fortune il est vrai, mais enveloppée d'épaisses couvertures de laine, devant une bonne flambée. La pluie tambourinait sur le toit ; cependant, pour la première fois depuis qu'elle était partie de chez elle, elle se sentait au chaud, en sécurité, et une douce somnolence la gagnait. Langeveldt, qui avait posé son fusil dans un coin, condamnait la fenêtre avec des planches.

— Vraiment, ce n'est pas nécessaire, affirmait le père Duffy en lui tournant autour. S'ils viennent, on pourra se cacher sous la trappe. Ils ne nous trouveront jamais.

Langeveldt le fixa d'un air morne.

— Nous vous avons bien trouvé. Et puis, ce n'est pas une vie de se terrer comme des lapins. S'ils viennent, elle descendra dans le trou et je prendrai mon bon vieux fusil. Quant à vous, vous ferez ce que vous voudrez.

— Je n'irai pas dans ce trou, objecta Sarah, sur le point de s'assoupir.

— Vous ferez ce qu'on vous dira.

Après avoir beaucoup hésité, le père Duffy se décida.

— Il ne doit plus y avoir de meurtre sous ce toit, déclara-t-il. J'insiste.

— Très bien, répliqua Langeveldt. Vous irez dire aux gars qui nous tirent dessus qu'ils se trouvent en zone neutre. Je suis certain qu'ils comprendront... C'est la foi qui sauve, mon père, et la vôtre est si fervente, conclut-il avec un certain mépris.

Le prêtre croisa son regard pour la première fois et, à sa stupéfaction, Langeveldt vit les grands yeux limpides s'emplir de larmes.

— Écoutez, père Duffy, reprit-il, un peu gêné. Vous avez été mis à rude épreuve. Pourquoi ne pas essayer de vous détendre en buvant une tasse de thé ? Vous êtes en sécurité. À mon avis, personne ne viendra plus.

— C'est bien cela qui m'attriste, répondit le petit homme avec lassitude. À quoi bon une église où personne ne vient jamais ? Mais vous avez raison, je suis très fatigué.

Il s'affala sur une couverture devant le feu et, quelques minutes plus tard, il dormait comme un loir.

— Que s'est-il passé, d'après vous ? murmura Sarah à Langeveldt.

Il haussa les épaules.

— Un groupe terroriste les a attaqués, je suppose. Inutile de chercher à avoir des détails. Vous n'en avez pas envie, moi non plus. S'ils reviennent, vous irez sous la trappe. Sans discuter.

Sarah ronchonna pour le principe. C'était étrange, elle était couchée là à parler d'une éventuelle agression et, malgré tout, elle se sentait en sûreté. Grâce à Langeveldt, bien sûr. On ne pouvait l'imaginer dans le rôle du perdant.

Il plut toute la nuit. Le bruit des gouttes d'eau sur le toit couvrait les autres sons. Sarah et Duffy dormaient, sous la garde de Langeveldt. Lui ne partageait pas leur confiance, il savait que la mission était forcément une cible, et qu'elle le demeurerait tant qu'on ne l'aurait pas réduite en cendres. Les soldats reviendraient, qu'ils soient de l'un ou l'autre camp. Les Blancs avaient œuvré en Afrique, un peu pour le meilleur et beaucoup pour le pire. Comme ils étaient depuis toujours en position de force, il leur était facile de se donner le beau rôle, et l'illusion d'être les bienvenus. Ils n'en restaient pas moins des oppresseurs. Mieux vaudrait s'en souvenir lorsque sonnerait l'heure de la vengeance. Langeveldt, pour sa part, n'était pas près de l'oublier. Si seulement il avait réussi à trouver un endroit tranquille et inhabité, avec une occupation toute bête exigeant de l'action – comme du temps où il abattait les éléphants en surnombre, un sale boulot, dangereux, mais très prenant. Il aurait pu continuer longtemps cette activité. Pourtant, un homme ne peut passer sa vie à dispenser la mort, s'il attache quelque valeur à son âme... Ce qu'il avait envie d'un verre d'alcool... Il sentit sa tête dodeliner et se força à rester éveillé.

Au matin, Langeveldt posa une main sur le front de Sarah : elle avait encore un peu de fièvre. Doucement, en prenant garde de ne pas la réveiller, il écarta les cheveux de son visage et la contempla dans son sommeil. Malgré le hâle, elle avait une peau lisse, satinée, et, sur les pommettes, les longs cils noirs dessinaient de petits croissants. En Afrique, on ne garde pas longtemps un teint de porcelaine comme le sien, songeat-il. Sarah. Le prénom lui allait bien. Il évoquait la douceur d'un été anglais. Les cils battirent, et il plongea soudain dans l'étang de ses yeux, presque aussi sombres que sa chevelure. Aussitôt, il retira sa main, et Sarah crut le voir rougir. Comme il retournait se poster près de la fenêtre, il faillit trébucher sur Duffy. Étrange, se dit la jeune femme, lui qui d'habitude se déplace comme un chat, malgré sa taille...

— Je vais faire du thé, lança-t-elle. Celui d'hier avait si bon goût !

Mais, dès qu'elle eut posé le pied par terre, tout se mit à valser.

— Recouchez-vous ! ordonna Langeveldt, qui avait recouvré son aplomb.

— Je ne comprends pas. Hier encore, je marchais...

— Oui, comme une ivrogne un soir de réveillon. Allons, femme, restez au lit. Dans deux jours, nous repartons.

Depuis son cocon de couvertures, Sarah le regarda s'activer. Il fit bouillir de l'eau et confectionna une sorte de pain avec de la farine et du sel.

Quand ce fut prêt, Langeveldt dut secouer Duffy pour le réveiller. Le prêtre cligna des yeux en leur jetant un regard trouble. Manifestement, il ne les reconnaissait pas. Sa barbe de plusieurs jours jurait avec son allure volontairement asexuée. Il trouva plus convenable de se raser avant de se mettre à table.

Sarah ne put pratiquement rien avaler. Langeveldt se mit à la houspiller. Duffy observait la scène avec une détresse croissante.

— Si Mlle Hamilton n'en a pas envie, je ne vois pas pourquoi..., intervint-il.

— Mme Hamilton, l'interrompit Langeveldt. Une femme éminemment respectable, selon ses dires.

— Ah... Eh bien, à quoi bon la forcer, si elle n'a pas faim ?

— Je devrais la laisser dépérir, c'est ça ? Quel esprit chrétien ! Vous êtes un exemple pour nous tous, mon père.

Le prêtre eut l'air torturé et, prenant sa tête dans

ses mains, il se mit à sangloter, à la stupeur des deux autres.

— Ne vous en faites pas, père Duffy, le consola Sarah. Je suis habituée aux réflexions de Joe, et d'ailleurs il a raison : il faut que je mange. Je vous en prie, calmez-vous.

— *Eli, Eli, lamma sabacthani !* s'écria le prêtre en levant des yeux noyés de larmes.

— Qu'est-ce qu'il lui prend ? s'étonna Langeveldt. Il est cinglé !

— Ferme-la, Joe, il est vraiment bouleversé, répliqua Sarah sans se rendre compte qu'elle le tutoyait.

Elle s'enveloppa d'une couverture, puis sortit du lit pour aller s'asseoir près de Duffy.

— Là, là, Bernard, l'apaisa-t-elle en l'entourant de ses bras. Qu'est-ce qui vous arrive ? Racontez-moi.

— On a dû lui faucher ses billes, lança Langeveldt.

— La ferme ! s'exclama Sarah. Allons, Bernard, dites-moi ce qui vous tracasse.

Le père Duffy eut un dernier sanglot, puis déversa un torrent de mots.

— C'est un châtiment que Dieu m'a envoyé pour me punir de ma trop grande fierté. J'étais tellement sûr de moi, je me voyais déjà faire une rentrée triomphale après avoir accompli ma mission ! J'avais beau prendre des airs modestes, j'étais pétri d'orgueil ! Voilà pourquoi c'est arrivé, je le comprends maintenant. Dieu a voulu me démontrer combien je suis faible et combien ma foi est fragile.

— Mais qu'est-il arrivé, Bernard ? insista Sarah. Dites-le-moi.

— Oui, oui, je vais tout vous dire, il le faut, répondit le prêtre en trébuchant sur chaque syllabe, pressé de se confier.

Debout près de la fenêtre, Langeveldt protesta en grognant, mais Duffy était lancé.

— C'était une si belle journée, commença-t-il. Je donnais à manger aux perroquets – vous avez dû les remarquer, ils sont tellement beaux ! L'une des femmes m'avait confié son bébé, elles le faisaient souvent quand elles allaient chercher du bois dans la forêt. C'était une joie pour moi. Je les entendais rire, chanter. L'âme même de l'Afrique. Quand les cris ont commencé, j'ai d'abord cru qu'il y avait eu un accident et j'ai couru prendre ma trousse de secours. J'allais sortir lorsqu'ils ont émergé des arbres. Les femmes, certaines avec des enfants sur le dos, et les soldats... Je n'ai rien pu faire, vous savez, poursuivit-il en se prenant de nouveau la tête dans les mains. Ils les massacraient à coups de machette, de couteau ; tout le monde criait, les enfants pleuraient. Une femme est tombée. Avec son bébé, elle avait du mal à courir. Ce qu'ils lui ont fait... C'était horrible ! J'aurais voulu les arrêter, mais... j'ai fui et je me suis caché sous la trappe. Dieu sait que je voulais les aider, mais je me suis retrouvé là, accroupi dans le noir, à écouter. Je sentais l'odeur du sang. Une vraie boucherie. Ça a duré si longtemps !

— Et le bébé, qu'est-il devenu ? s'enquit Sarah.

— À mon avis, il s'est fait hacher menu pendant que notre héros se cachait dans le noir, persifla Langeveldt. N'est-ce pas, Bernard ?

— Oui. Oui. Oui, dit le père Duffy, anéanti.

Il ne pleurait même plus. Sarah le saisit dans ses bras et le serra contre elle.

— Pauvre idiot, s'écria Langeveldt avant de sortir sous la pluie.

Plus tard, quand Duffy se fut calmé, Sarah se couvrit les épaules d'une couverture et partit à la recherche de Langeveldt. Il semblait n'être nulle part ; une pluie fine faisait sur les feuilles un doux clapotis et Sarah se sentait loin, très loin de tout. Même la boue sous ses pieds semblait appartenir à un autre monde. En découvrant Langeveldt assis sur les talons à l'entrée de la cabane qui servait de cuisine, encadré par une guirlande de fleurs blanches, elle eut une impression d'irréalité. Quant à elle, la pluie avait plaqué ses cheveux sur son crâne et l'eau gouttait sur son visage.

— On dirait un gnome échappé d'un royaume souterrain, lui dit-elle. Comment faites-vous pour tenir dans cette position ?

Langeveldt cilla. Il était manifestement perdu dans ses pensées ; quand il lui répondit, ce fut comme au sortir d'un rêve.

— C'est presque de naissance. Toute ma tendre enfance, j'ai fréquenté les fils de Baragu, un ami de mon père. Il m'emmenait souvent à son village. J'ai appris à faire comme eux.

— Ce Baragu... il était d'ici ?

— Oui. Ça vous choque ? Je parie que vous n'avez pas un seul ami noir, à Wimbledon.

Sarah se glissa sous la treille. La tête lui tournait et les sons lui semblaient venir de très loin.

— Vous pouvez parler. Je croyais que chez les types dans votre genre, ça ne se faisait pas d'avoir des amis noirs.

L'expression fit sourire Langeveldt.

— Non, ça ne se fait pas. Pourtant, je dois la vie à l'amitié que mon père avait pour un Noir.

— Racontez-moi, le pressa Sarah, mais il secoua la tête et se leva.

— Retournez à l'église. Vous avez une mine de déterrée.

— Venez avec moi, le pria Sarah. Vous ne pensiez pas vraiment ce que vous avez dit au père Duffy, je le sais. Il est si malheureux, faites un effort... S'il vous plaît, Joe !

Elle lui prit le bras et leva les yeux vers lui, trop mal en point pour faire la coquette. La pluie ruisselait sur son visage émacié. On aurait dit la figure de proue d'un navire naufragé, longtemps polie par les vagues, songea Langeveldt en détournant le regard.

— Je pensais ce que j'ai dit, rétorqua-t-il avec hargne. C'est un imbécile. Il croit que Dieu a fait massacrer tous ces gens juste pour lui donner une leçon, vous vous rendez compte ! Comme si Bernard Duffy, ce bougre de crétin, valait la vie de dizaines de femmes et d'enfants innocents. Il se comporte en lâche, puis il ose débiter de pareilles inepties – et vous le consolez !

— Décidément, vous êtes bizarre, remarqua sèchement Sarah. Au fond de lui, il ne le croit pas. Mais il a tellement honte de ne pas être intervenu qu'il a réussi à se persuader que tout était sa faute. D'après ce que j'ai compris, il n'est là que depuis un an. Or, il a l'air de penser qu'il aurait dû convertir tous les villageois et leur apprendre à chanter des psaumes à quatre voix... Pauvre homme !

À force de voir Langeveldt faire les cent pas dans la petite cuisine, Sarah avait le tournis.

— Je trouve qu'il ne mérite pas votre sympathie, disait-il. Le voilà qui débarque sans rien connaître du pays ni des coutumes, et il se permet de donner des leçons à tout le monde. Il s'étonne ensuite qu'on l'ait pris pour un cinglé... Mais qu'est-ce que vous fichez, bon sang ?

Le cerveau enfiévré, Sarah battait la mesure en suivant les mouvements de Langeveldt. Elle le fixa d'un air ébahi.

— Ah ! Vous vous arrêtez enfin... Vous oubliez qu'il a quand même fondé une clinique pour bébés.

— C'est pour cela qu'il est venu de si loin ? ironisa Langeveldt.

Mais lui aussi avait repris son calme. Sarah n'arrivait pas à le cerner : il semblait de marbre et, l'instant d'après, quelque chose l'atteignait jusqu'à le mettre hors de lui. C'était un curieux mélange de feu et de glace, sans beaucoup d'amour. Pourtant, Sarah s'appuya sur lui lorsqu'ils rentrèrent sous la pluie en vacillant.

Cette nuit-là, la respiration de Sarah se fit rauque et saccadée. Elle se tournait, se retournait, secouée par de fréquentes quintes de toux qui lui déchiraient la poitrine. Langeveldt se penchait sans cesse sur elle, il la faisait boire, la rafraîchissait, tandis que Duffy demeurait recroquevillé près du feu, en proie à sa tourmente intérieure et oublieux de tout.

— Vous ne pouvez rien faire d'autre que rester là à broyer du noir ? finit par lui crier Langeveldt. Elle risque d'y passer, mais vous ne vous souciez que de votre petite âme mesquine ! Vous êtes un drôle de prêtre, père Duffy.

— Je sais, je ne fais pas ce que je devrais, reconnut le père en relevant sa tête chauve. Mais vous ne comprenez pas, personne ne peut comprendre. C'est ainsi, un homme ne parvient pas à faire partager à un autre ce qu'il ressent, quand il s'agit de choses si intimes.

Langeveldt le regarda de biais.

— Je sais ce que vous ressentez – croyez-moi, je le sais. Mais d'autres ont été frappés par le destin, et ils s'en sont relevés alors qu'ils avaient perdu bien plus que vous ne pouvez l'imaginer. S'accuser comme vous le faites, c'est s'apitoyer sur son propre sort. Qui sait, peut-être Dieu a-t-il voulu que vous surviviez parce qu'il a de grands projets pour vous... même si cela m'échappe, ajouta-t-il en regardant le petit corps piteusement tassé sur lui-même. Vous n'avez rien fait de si terrible. Si vous aviez agi différemment, vous seriez mort à l'heure qu'il est, et cela n'aurait servi à rien. Remarquez, maintenant encore, vous ne servez pas à grand-chose... Ah, père Duffy, pourquoi êtes-vous venu ici ?

Le petit homme releva la tête. Son visage défait reprit un peu de couleur, une faible lueur éclaira ses yeux cernés.

— Parce que je croyais avoir quelque chose à donner à ces gens, qui transformerait leur vie. Je croyais qu'il était de mon devoir de leur montrer l'amour de Dieu. Et j'y crois encore, malgré tout.

Il se leva, traversa la pièce d'un pas décidé, et s'arrêta près de Sarah pour lui toucher le front et prendre son pouls.

— À mon avis, il faut augmenter la dose de pénicilline et lui donner du glucose. Couvrez-la bien jusqu'à ce que je revienne.

Sarah l'entendit s'éloigner ; elle se redressa en s'appuyant sur un coude.

— Merci, Joe, je savais que vous pourriez l'aider, murmura-t-elle.

Sa tête retomba aussitôt sur l'oreiller.

— Couvrez-vous, femme, répondit Langeveldt avec colère.

Il l'avait crue trop malade pour suivre la conversation.

Il fallut presque une semaine avant que Sarah retrouve la force de faire quelques pas et, durant ce temps, Langeveldt parut de plus en plus anxieux. La nuit, il rôdait autour des bâtiments, et causait bien des frayeurs à Sarah et Duffy lorsqu'il rentrait, tant il se déplaçait en silence dans le noir. La journée, il dormait, et les autres n'avaient rien d'autre à faire que de bavarder. Duffy parlait de sa maison en Angleterre, un paisible manoir situé dans le Dorset. Sa mère, une veuve, avait été hostile à son départ pour l'Afrique ; mais elle avait fini par lui donner sa bénédiction et, en ce moment même, elle devait prier pour lui. C'est une grande dame, déclara Duffy avec un sourire ému.

Sarah se dit que si jamais elle avait un fils, elle ferait en sorte qu'il ne la considère pas comme une grande dame – un handicap trop dur à surmonter pour un enfant. Pas étonnant que Duffy ait choisi la prêtrise. Là au moins, il était sûr de ne rencontrer des femmes que dans des circonstances convenables. Les pensées de Sarah allèrent à ses deux petites filles. Cela faisait si longtemps... Leur manquait-elle toujours, ou n'était-elle plus qu'un tendre souvenir évoqué de loin en loin par leur père ou leur grand-mère ? Il n'y aurait pas de tracteur pour Joanne, et Emma devrait se passer de leurs graves discussions sur toutes les péripéties qu'elle avait vécues durant sa journée de classe. Pauvres enfants privées de mère...

Une idée saisit Sarah. Et si Douglas avait eu la goujaterie de la remplacer ? En cet instant précis, il y avait peut-être une autre femme couchée de son côté du lit, qui fouillait dans ses affaires et mettait du parfum qu'on lui avait offert à Noël. À cette idée, Sarah fut prise d'une telle colère qu'elle jeta un regard furieux au pauvre prêtre décontenancé, et gagna la sortie d'un pas décidé.

— Je vais me promener, déclara-t-elle.

Langeveldt était réveillé quand elle revint. Un regard lui suffit pour savoir qu'il n'était pas content.

— Où diable étiez-vous passée ? rugit-il à l'instant où elle pénétrait dans l'église.

Sarah prit son temps pour répondre.

— Je suis allée faire un petit tour – rien de dangereux, je vous assure.

— Il aurait pu vous arriver n'importe quoi, et

j'aurais dû, une fois de plus, vous courir après au risque de me faire couper la tête. Avez-vous perdu la raison, femme ?

— J'aimerais que vous m'appeliez autrement, répliqua Sarah avec lassitude.

En réalité, elle s'était presque égarée et se sentait très fatiguée.

— Comment... ? Grande gourde, imbécile heureuse ?

En soupirant, Sarah s'approcha de lui. Elle posa les mains sur ses épaules et murmura :

— Ne vous mettez pas dans cet état. Je m'excuse...

Puis elle se hissa jusqu'à sa bouche et lui donna un petit baiser avant de demander :

— ... Ça ira ?

Langeveldt regarda ses yeux immenses levés vers lui, le halo sombre de ses cheveux, et il lui saisit la taille.

— Non, répondit-il d'une voix rauque. Tu es loin, très loin du compte.

Sarah détourna la tête, mais, comme à son habitude, il ne s'en formalisa pas et lui embrassa le cou, les épaules, se rapprochant inexorablement de ses seins.

— Arrête, Joe, le père Duffy est là ! souffla-t-elle en le repoussant.

— Je m'en fiche. Qu'il aille faire un tour.

D'une main, il emprisonna ses deux poignets, sans cesser une seconde de la lutiner.

— Tu disais que c'était dangereux.

— Ah bon ? Oh, Sarah, Sarah, jamais femme n'a eu aussi bon goût...

Il vint facilement à bout de sa faible résistance, et prit l'un de ses mamelons dans sa bouche. Sarah laissa échapper un halètement de plaisir que couvrit la vive protestation du père Duffy.

— C'est inconcevable ! hurla-t-il. Sortez d'ici, tous

les deux. Je ne tolérerai pas qu'on se livre à la luxure et à l'adultère sous ce toit !

Rouge de confusion, Sarah enfouit son visage dans l'épaule de Langeveldt.

— Personne ne vous demande de regarder, gronda celui-ci. Dehors, Duffy !

— Jamais ! C'est un péché, un péché mortel, et je ne...

Langeveldt le saisit au collet et le jeta à l'extérieur. Duffy se retrouva face aux lourds panneaux de bois de la porte d'entrée.

— Madame Hamilton, Sarah, arrêtez ! Songez à votre âme ! s'écria-t-il.

— Partez, Bernard, je vous en prie...

La voix de Sarah lui parvint, étouffée, puis elle se noya dans un sanglot de plaisir. Se bouchant les oreilles, Duffy s'éloigna en courant. Les eucalyptus se dressaient vers le soleil, à leurs pieds s'étendait une ombre mouvante. Sa gorge le brûlait. D'un pas chancelant, il gagna son lieu de repos familier. Les perroquets se chamaillaient dans les feuillages au-dessus. Duffy s'agenouilla avec raideur pour se réfugier dans la prière, sa seule et unique consolation en ce monde.

Sarah et Langeveldt paressaient dans la chaleur de l'après-midi.

— Je suis sûre que Douglas m'a déjà remplacée, dit-elle d'un air morose qui fit ricaner Langeveldt.

— Tu dois avoir un sens radar fantastique. Comment est-elle ? Très jeune et très riche ?

— Ce n'est pas drôle. C'est probable, tu sais. Il doit me croire morte. D'ailleurs, j'aurais pu mourir dix fois, depuis le temps.

— En ce cas, vive la nécrophilie... Oh, Sarah, tu as un ventre aussi douillet qu'un oreiller de plumes, chuchota Langeveldt en enfouissant la tête au creux de ses seins.

Elle joua avec ses cheveux en observant les mouches qui couraient sur le bois du plafond.

— C'est dans ces moments que je te préfère, quand on vient de faire l'amour, remarqua-t-elle, songeuse. Je peux te toucher, te regarder dans les yeux. Oh, Joe, pourquoi es-tu si intraitable ?

— Regarde, je ronronne comme un chaton, murmura-t-il. D'ailleurs, toi aussi, tu vas ronronner, il n'y a pas de raison.

Sa tête descendit plus bas, toujours plus bas, et les protestations de Sarah se muèrent en gémissements.

Il faisait presque nuit lorsque Langeveldt alla chercher Duffy. Le prêtre était toujours à genoux sous les arbres, silhouette immobile murmurant des prières dans le clair-obscur.

— Vous pouvez rentrer maintenant, déclara Langeveldt avec une certaine gêne qu'il pouvait se permettre, maintenant que son désir était assouvi. Je suppose que vous avez du mal à comprendre..., ajouta-t-il.

Duffy se leva avec un air crispé.

— Nous autres prêtres éprouvons aussi des sentiments. Mais je n'arrive pas à m'expliquer comment deux êtres, et en particulier Mme Hamilton, peuvent faire preuve d'une telle indécence, d'un tel manque de principes. C'est une femme mariée, mère de deux enfants. Or, sa conduite d'aujourd'hui la révèle totalement dépourvue de conscience.

— N'oubliez pas qu'il faut être deux pour « mal se conduire », selon votre logique. Bientôt, vous la traiterez de putain !

— Le pas est vite franchi. Dans les deux cas, c'est

le même opportunisme, la même absence de considération morale.

Langeveldt devint soudain étrangement pâle.

— Cela ferait donc de moi une victime, non responsable de sa séduction ? Quel soulagement... J'irai au paradis, et elle aura droit aux feux de l'enfer. Mais vous êtes mal placé pour nous juger, Duffy : s'ils ne sont pas charnels, vos péchés n'en sont pas moins des péchés.

Duffy se rajusta en tirant sur sa veste.

— Je ne prétends pas vous juger. C'est à vous de le faire. Et puis d'ailleurs, pourquoi m'étonner ? À voir la tenue de Mme Hamilton, ou plutôt son manque de tenue, j'aurais dû me douter qu'elle était ce genre de femme.

Langeveldt saisit brutalement Duffy par les pans de sa veste.

— Je devrais vous réduire en bouillie, articula-t-il sans élever la voix. Il n'y a pas de femme plus douce ni plus attentive aux autres que Sarah. Elle n'a pas dit un mot contre vous ; elle m'a même demandé de...

S'interrompant, il relâcha Duffy avant d'ajouter :

— Vous ne comprenez pas. C'est moi qui l'ai... obligée à me céder. Quant à ses vêtements, à quoi ressembleriez-vous, vous-même, si vous aviez vécu ce qu'elle a vécu ? À mon avis, si vous lui faisiez don d'une de vos robes, elle s'empresserait de l'accepter. Mais ce n'est pas le genre de choses qui vous vient à l'esprit. Vous n'êtes qu'un imbécile, Duffy !

Il faisait presque nuit à présent et, dans l'obscurité grandissante, on ne discernait de leurs visages que le blanc des dents et des yeux. La voix de Sarah leur parvint soudain.

— Vous venez ? Le repas est prêt.

Les deux adversaires s'en retournèrent vers l'église en se tenant à distance et en s'évitant du regard.

Quand ils arrivèrent devant la porte, c'est Duffy qui s'écarta pour laisser Langeveldt entrer le premier.

Au matin, Langeveldt qui avait veillé toute la nuit sombra dans un sommeil sans rêves. Duffy fit le tour de la clairière, jeta quelques miettes aux perroquets, et finit par s'asseoir en ignorant Sarah.

— Vraiment, Bernard, vous êtes idiot ! protesta-t-elle, de méchante humeur. Ce qui se passe entre Joe et moi ne vous regarde pas.

— Je n'ai pas envie d'en discuter, rétorqua Duffy.

Il ouvrit sa bible et se plongea résolument dans les pages du Deutéronome.

Sarah savait qu'elle n'avait pas à se justifier, que ce serait une erreur, mais la présence réprobatrice de Duffy était comme sa conscience incarnée.

— Nous ne faisons de mal à personne, dit-elle pour l'amadouer. Et vous ne pouvez pas savoir... Joe est tellement plus agréable quand nous avons... Joe a de gros besoins sur ce plan-là, conclut-elle maladroitement.

Duffy tourna une page de son livre.

— J'espère seulement que votre mari jugera cette excuse suffisante, répliqua-t-il d'un ton distant.

Sarah perdit son calme.

— Vous n'êtes qu'un vieux bigot ! C'est révoltant ! lança-t-elle d'un ton mordant. Sans nous, vous seriez encore dans votre trou à trembler comme une feuille. Je ne vous demande pas d'être poli envers moi, mais Joe mérite quelques égards, il me semble. Le voilà avec nous deux sur les bras et, croyez-moi, il préférerait de loin être seul. Pour un solitaire endurci tel que lui, je le trouve très prévenant. Il s'en sortirait bien mieux sans nous.

Duffy posa sa bible.

— Je ne vous retiens pas. Ne vous inquiétez pas

pour moi et partez quand bon vous semble. Je resterai et ferai mon possible pour aider les villageois, à leur retour. C'est mon devoir.

— Ne faites pas l'enfant, vous vous ferez tuer, un point c'est tout. Peut-être que ça vous chiffonne de dépendre à ce point de Joe, mais nous n'avons pas le choix, ni vous ni moi. Lui seul sait comment survivre dans cet horrible pays.

— Contrairement à vous, j'ai ma foi pour soutien, déclara pompeusement Duffy.

En voyant Sarah s'esclaffer, il devint écarlate.

— Vous pouvez rire, madame Hamilton, il y a plus important que boire ou se nourrir...

Elle se leva et lui pressa l'épaule.

— Assez, Bernard, gardez donc vos sermons pour ces pauvres païens. Si l'on jouait aux cinq cailloux, plutôt ?

Contre tous ses principes, le père Duffy s'assit sur le sol poussiéreux et se mit à jouer.

Au réveil de Langeveldt, l'ambiance était presque cordiale. Duffy se sentait un peu mieux. La brouille lui avait changé les idées et, quand il songeait au massacre, c'est comme si les événements s'étaient passés plusieurs mois auparavant. Il retrouvait avec un immense soulagement les menus problèmes de la vie. Après souper, il exhuma son petit stock d'habits et les étala par terre. Sarah s'empara joyeusement d'une chemise de curé noire dont elle noua les pans autour de sa taille.

— Comment me trouvez-vous ? demanda-t-elle.

— Ça te va à ravir, répondit Langeveldt en souriant. Un peu austère, cependant. Es-tu certaine de vouloir renoncer au style sauvageonne ?

— Tout à fait sûre. Pour la décence, mais aussi

pour me protéger des moustiques. J'en ai assez de me faire dévorer.

— On les comprend, une chair aussi douce, dit Langeveldt en lui mordillant le poignet.

Duffy parut suffoquer. Sarah retira vite sa main en échangeant avec Joe un regard complice. Le prêtre leur servait presque de chaperon.

Elle dénicha également un pantalon noir dans la pile de vêtements.

— Et ça, Joe, qu'en penses-tu ? Le tien est tout déchiré.

Il tint le pantalon contre lui. Les bords lui arrivaient en dessous du genou et le tour de taille aurait mieux convenu à une fillette. Langeveldt ouvrit la braguette et se coiffa du pantalon en rejetant en arrière les deux jambes, qui battirent dans son dos comme des tuyaux de poêle. Puis, agitant ses grandes jambes, il entama une danse de Saint-Guy qui fit rire Sarah aux larmes et arracha à Duffy quelques gloussements polis.

Soudain, Joe s'interrompit en plein mouvement, une jambe levée.

— Que se passe-t-il, Joe ?

— Vite, éteignez la lumière et le feu !

Aiguillonnée par son ton pressant, Sarah courut éteindre la lampe à huile tandis que Duffy jetait de la terre sur les flammes. Ils s'accroupirent dans le noir, aux aguets. De très loin, leur parvint un bruit de moteur, faible mais indéniable.

— Qu'allons-nous faire ? souffla Sarah. Tu crois qu'ils viennent ici ?

— Forcément, répondit Langeveldt. Il faut s'en aller.

Sarah éprouva un désir farouche de ramper jusqu'au lit et de se mettre un oreiller sur la tête, mais elle réagit et bourra le sac d'affaires. Comme ils avaient eu l'intention de partir au matin, ils s'étaient préparés et laissaient peu de chose derrière eux.

— Ils devineront que nous étions là, affirma Duffy. Les cendres sont encore chaudes.

— On va mettre le feu, décida Langeveldt. Au moins, cela sèmera le doute dans leur esprit.

— Non ! vous ne pouvez pas faire ça ! protesta Duffy d'un air chagrin.

— Il le faut. Fais-le sortir, Sarah.

Elle entraîna le prêtre vers la porte, ne lui laissant que le temps de prendre sa bible. Langeveldt déplaçait des meubles derrière eux. Sur le seuil, devant l'obscurité qui l'attendait, Sarah dut s'armer de courage. Sa raison lui clamait que rester signifiait une mort certaine, mais la partie plus primitive de son esprit quittait à regret la sécurité de l'édifice. Le bruit de moteur se rapprochait, ponctué de tressautements à mesure que le véhicule avançait sur la route cabossée. Sarah courut vers les arbres, entraînant à sa suite un Duffy très réticent. Quand ils atteignirent les premiers fourrés, ils se retournèrent pour attendre Langeveldt. Une faible lueur éclaira la mission de l'intérieur, puis une flamme vint lécher le rebord d'une fenêtre et laissa de petites langues de feu dans son sillage, comme des guirlandes de Noël. C'était presque joli, la nuit adoucissait les lignes austères de l'édifice sur le bleu profond du ciel.

— Où est Joe ? Je ne le vois pas arriver.

La panique faillit ramener Sarah à découvert, mais elle aperçut soudain Langeveldt qui courait vers eux à longues foulées.

— Pourquoi traînez-vous ? Avancez.

Le sac sur l'épaule, il se mit à marcher, les deux autres trébuchant à sa suite.

Seul Duffy regarda en arrière en marmonnant des « Oh, mon Dieu » tandis que les flammes s'élevaient vers le ciel.

Même Langeveldt ne réussit pas à s'adapter à l'obscurité de la forêt. Après deux cents mètres poussifs et chancelants, il leur fit signe de s'arrêter.

— Si nous continuons, ils risquent de nous entendre. Il faut attendre.

— Suppose qu'ils nous cherchent ? souffla Sarah.

Elle le distinguait à peine, mais elle devina qu'il haussait les épaules.

— On fait ce qu'on peut, m'dame, lança-t-il en prenant un accent populaire.

Sarah lui saisit la main. C'était réconfortant, sinon rassurant, de savoir qu'on pouvait compter sur sa franchise.

Le moteur se tut soudain. Des éclats de voix leur parvinrent à travers la pénombre. Il y eut un grondement, suivi de craquements sinistres et d'une rafale de coups de feu. Duffy gémit et marmonna des prières.

— Qu'est-ce que c'était ? murmura Sarah, tout aussi terrifiée mais bien décidée à ne pas le montrer.

— Le toit est tombé, répondit Langeveldt avec un calme exaspérant. Ils aiment tirer des coups de feu ; tout leur est bon. Allons-y, ils ne nous entendront plus maintenant.

Il s'enfonça dans le noir, les deux autres sur ses talons.

Peu à peu, à mesure que le bruit venant de la mission s'atténuait, leurs yeux s'habituaient à la noirceur des sous-bois. Le noir opaque se nuançait de gris ; mais, sans la profondeur que donne la lumière du jour, les contours restaient sans relief, la marche difficile, hasardeuse. Il n'y avait pas de sentier et, sous le tapis de feuilles, se cachaient des trous, des fossés, où ils pouvaient à tout moment se tordre la cheville, se faire mordre par un serpent. Duffy surtout peinait, alors qu'il avait une moindre charge. Chaque fois qu'il glissait ou se cognait, il poussait un cri. Langeveldt finit par se fâcher.

— Vous allez la fermer, Duffy !

— Je suis vraiment désolé, s'excusa Duffy. Mais il fait si noir. Pourquoi ne pas attendre l'aube ?

— À la lumière du jour, notre piste se verra comme le nez au milieu de la figure, expliqua patiemment Langeveldt. Il faut que nous avancions assez loin pour les faire renoncer. Mais vous pouvez vous asseoir et attendre, si vous le souhaitez. Pourquoi ne pas mettre en pratique vos principes pacifistes ? C'est le moment ou jamais.

— Allons, Bernard, l'encouragea Sarah. Cramponnez-vous à moi si vous voulez.

— Et moi ? lança Langeveldt en lui pinçant les fesses. Tous ces trous, ces bêtes qui rampent dans le noir, je n'en peux plus...

— Tu ne rates jamais une occasion, hein, Joe ? Ma parole, on dirait que ça t'amuse.

C'était vrai, Langeveldt s'amusait. Après des jours d'inaction passés à attendre, cloîtré dans la mission, il appréciait la situation. À la vérité, il aimait le danger. La vie lui semblait trop souvent terne, sans goût ; il fallait la peur pour y ajouter un peu de sel. C'était dans de telles circonstances qu'il se sentait en pleine possession de lui-même – réceptif à tout ce qui l'entourait, fort, en alerte, les muscles de ses jambes fonctionnant au rythme fluide et soutenu de sa marche. L'odeur même de la forêt était différente, à la fragrance des feuilles s'ajoutait celle de l'humus, le parfum des fleurs, la senteur âcre des fruits trop mûrs. Il lui vint à l'esprit que ce serait un moment idéal pour faire l'amour. Maudit Duffy, toujours dans leurs jambes !

L'aube approchant, ils progressèrent plus vite, accompagnés par les chants extasiés des oiseaux qui accueillaient le lever du jour. Sarah se sentait le cœur

presque léger ; ils étaient toujours en vie, c'était le matin et, pour une fois, il ne pleuvait pas. Les sens en éveil, elle aussi tentait de se repérer dans la forêt. À la mission, les arbres serrés formaient comme une muraille verte traversée par l'unique trouée de la route. À présent, ils avançaient parmi des arbres si hauts que leurs cimes se rejoignaient loin, très loin au-dessus du sol moussu jonché de bois mort et de souches pourrissantes. Des torsades de lianes pendaient des branches, d'énormes fleurs tendaient leurs corolles brillantes vers la lumière. C'était d'une beauté si démesurée qu'elle tenait du cauchemar. Le matin s'assombrit un peu pour Sarah.

Ils marchèrent tout le jour en faisant de brèves haltes pour manger et se reposer. Duffy rechignait. Ses chaussures lui donnaient des ampoules, les mouches s'acharnaient sur lui, son sac s'accrochait sans arrêt à des lianes et des branches. La patience de Langeveldt finit par s'user ; quant à Sarah, c'est avec une irritation croissante qu'elle répondait à ses appels au secours. Pour elle, cette marche était la suite logique de tout ce qui avait précédé, et elle se retrouvait facilement dans l'état d'esprit adéquat, sans autre perspective que d'avancer vaille que vaille. S'arrêter, se reposer, dormir étaient des luxes auxquels mieux valait ne pas songer. Duffy, lui, n'avait de cesse de les évoquer.

— Nous avons dû parcourir une bonne distance ce matin, dit-il pour la troisième fois. Si nous faisions une pause, Joe ? Je suis sûr que Sarah est fatiguée.

Comme Langeveldt ne prenait pas la peine de répondre ni d'interrompre sa marche, il se tut un moment, puis reprit de plus belle :

— C'est bientôt l'heure de déjeuner, si je puis me permettre. Il reste du pain et un peu de viande séchée ; sans être un festin, ce sera bienvenu. La marche aiguise l'appétit, n'est-ce pas, Joe ?

Toujours pas de réponse. Alors, Duffy sortit son atout : il poussa un cri de douleur et tomba à terre en agrippant sa cheville. Gagné. Langeveldt s'arrêta pour regarder ce qui se passait.

— J'ai peur de m'être fait une entorse, claironna Duffy.

Langeveldt haussa un sourcil d'un air sceptique.

— Ah oui ? Eh bien, désolé, mon vieux, mais Sarah et moi, on continue. Vous savez ce que c'est. À la prochaine. Et bien le bonjour aux soldats.

Duffy resta interloqué, tandis que Joe faisait signe à Sarah de se remettre en marche.

— Au revoir, Bernard. Bonne chance, lança Sarah en hâtant le pas.

— Mais... mais... Sarah ! s'exclama Duffy, sidéré.

Déjà loin, elle disparaissait derrière Langeveldt dans les épais sous-bois, qui se refermèrent derrière eux comme un mur. Le silence tomba, angoissant. En réalité, la forêt retentissait de bruits et d'échos – bourdonnement d'insectes, cris d'oiseaux, piaillements de singes passant d'arbre en arbre. Mais, pour Duffy, c'était le silence. Il était seul. Il se leva et suivit les autres d'un pas traînant. « Sarah ! Joe ! » appela-t-il. Pas de réponse. En courant avec la maladresse que donne la panique, il se heurta à des racines, s'empêtra dans des lianes, des buissons de plantes grasses et charnues. Un soudain éclat de rire le fit stopper net. Ils étaient là, tous les deux, et s'esclaffaient à qui mieux mieux, agrippés l'un à l'autre. De cramoisi, le visage de Duffy vira au violet. Il baissa la tête et fixa la terre noire comme s'il souhaitait qu'elle s'ouvre sous ses pieds. Sarah cessa de rire.

— Oh, Bernard, je m'excuse, mais vous l'avez bien cherché. Vous n'avez cessé de gémir depuis ce matin.

— Je suis vraiment navré que vous me trouviez si pesant, déclara Duffy avec raideur. En compensation, j'espère que vous vous êtes bien amusés à mes dépens... Bon, on continue ?

Il se remit en route d'un pas décidé.

Sarah regarda Langeveldt.

— Ça a marché, d'après toi ? s'enquit-elle avec l'air de douter.

— Je n'en suis pas si sûr, répondit Langeveldt en ricanant. Il va par où on est arrivés. Hé ! Bernard ! Stop !

C'en était trop. Cette fois, Sarah faillit s'étrangler de rire.

Le soir venu, ils étaient tous épuisés. Pas question de faire un feu. Ils s'écroulèrent sur le sol humide et mâchèrent des aliments peu appétissants.

— Tu crois qu'ils nous ont suivis ? demanda Sarah à Langeveldt.

— Difficile à dire. Ils peuvent être aussi tenaces que des bouledogues, et d'autres fois se décourager très vite. Mais on avance aussi rapidement qu'on le peut, alors gardons espoir.

— Et où allons-nous exactement ? questionna Duffy, qui affichait un calme olympien depuis l'épisode du matin.

— Du diable si je le sais.

Langeveldt mordit dans sa viande séchée et mastiqua d'un air pensif.

— Quoi ? s'exclamèrent les autres d'un air affolé.

Il eut la bonne grâce de paraître embarrassé.

— Je ne suis pas Tarzan, nom de Dieu ! La frontière doit être quelque part par là. Si on continue à marcher, on devrait finir par y arriver.

— Joe, tu viens de détruire toutes mes illusions ! se plaignit Sarah.

En réalité, elle était ravie de le découvrir capable de

faiblesse, comme n'importe quel être humain, car son infaillibilité finissait par lui porter sur les nerfs.

Quand ils s'installèrent pour dormir, elle se blottit sous la couverture avec une sensation de chaleur qui l'aurait surprise si elle avait pris la peine d'y réfléchir. Langeveldt posa négligemment un bras sur ses épaules.

— Ça va ? demanda-t-il d'une voix douce.

— Pourquoi ça n'irait pas ?

Il eut un petit rire.

— Perdus, poursuivis, affamés, gelés... non, vraiment, je ne vois pas.

— Fais dodo, lui murmura-t-elle.

La nuit était obscure, la lune tropicale cachée par la voûte des feuilles. Sarah fut longue à s'endormir, et quand le sommeil vint, il s'emplit de bruissements et de cris d'animaux qui n'étaient pas du tout imaginaires.

6

— Duffy, décidément, vous n'êtes qu'un bon à rien ! s'exclama Langeveldt.

Le prêtre prit un air navré en contemplant la farine qui s'était déversée sur le sol.

— Je m'excuse, Joe, le sac m'a échappé des mains. Je suis gelé.

— Nous sommes tous gelés... évidemment, le soleil n'est pas encore levé. De toute façon, que comptiez-vous faire avec de la farine, bougre d'andouille ? On ne peut pas allumer de feu !

— Je cherchais de quoi manger.

Duffy tentait de se justifier, mais Langeveldt était hors de lui. Sarah y mit le holà.

— Écoute, Joe, si tu nous rapportais quelque chose pour le dîner ? Ce soir, on pourrait prendre le risque de faire du feu. Nous marchons depuis des jours et des jours, je ne crois pas qu'ils nous suivent encore. Je me charge de ramasser la farine.

Mais le petit tas blanc était déjà plein d'énormes fourmis noires qui s'affairaient. L'une pinça même le doigt de Sarah, et elle laissa retomber le peu de farine qu'elle avait recueilli au creux de ses mains.

— Bon sang, soupira Langeveldt d'un air résigné. Faites un petit effort, les enfants. Et peut-être que nous arriverons à lever le camp sans gaspiller la moitié de nos provisions.

Un peu plus tard, la forêt s'emplit de hurlements de singes.

— Ils n'ont pas l'air d'être très loin, je vais essayer d'en tuer un pour le dîner, déclara Langeveldt.

— Quoi, du singe ? s'indigna Sarah.

— C'est bien meilleur que du rat, je t'assure.

— Peut-être, mais je n'en mangerai pas. J'appelle ça du cannibalisme.

— Je dois avouer que ça ne me dit rien non plus, renchérit Duffy. C'est une espèce trop proche de nous pour ne pas nous inspirer une certaine compassion.

Langeveldt les dévisagea à tour de rôle.

— Je n'en reviens pas ! gémit-il. Marie-Antoinette et saint François d'Assise sont de retour parmi nous. Bon, eh bien, je vais m'aventurer dans la jungle avec mon petit pistolet à bouchon et risquer ma vie pour dénicher une bestiole digne d'exciter votre appétit, en espérant que vous ne lui donnerez pas les premiers secours quand je rentrerai de ma chasse. Un oiseau, ça irait ?

— Ce serait parfait, Joe, répondit Sarah, conciliante. Mais pas de singe. Ni de serpent, ajouta-t-elle.

— Comme Madame le désire, affirma Langeveldt avant d'ajouter : Surtout ne bougez pas, restez à couvert et ne faites pas de bruit pendant que votre humble serviteur va vous chercher de quoi dîner.

Son fusil en bandoulière, il s'éloigna.

La forêt serait bientôt une étuve, mais elle gardait encore la froide humidité de la nuit. Pour attendre le retour de Joe, Sarah et Duffy choisirent de s'installer dans une clairière où le soleil ne tarderait pas à filtrer.

— Il est plutôt vif de caractère, n'est-ce pas ? lança Duffy.

— Joe est toujours sur le point d'exploser, vous voulez dire, répliqua Sarah en souriant, et il n'a aucune patience. Mais il peut être très gentil.

— Il ne m'apprécie guère, j'en ai peur, déplora Duffy en triturant un mouchoir crasseux. C'est étrange, en général les prêtres jouissent d'un certain respect. Je n'ai pas l'habitude qu'on me malmène à ce point. Et vous, Sarah, vous êtes catholique ?

— Non, anglicane, répondit-elle avec le sourire distant qu'elle réservait aux mormons et aux témoins de Jéhovah qui sonnaient à sa porte. Mais je suis presque sûre que Joe a été élevé dans la religion catholique. Autrement, il ne serait pas aussi agressif envers vous. Sans doute se venge-t-il d'un curé qui l'a rudoyé quand il était enfant...

— ... ou d'une de ces religieuses qui terrorisent les petits garçons. Je n'oublierai jamais la terrible fessée qu'une sœur m'a donnée un jour avec un livre de cantiques.

— Peut-être cet épisode est-il à l'origine de votre vocation : vous avez cherché à prendre votre revanche...

Duffy changea de couleur.

— Je peux vous l'assurer, Sarah, ma vocation est plus solide que vous ne semblez le croire.

— Pardonnez-moi, Bernard, je ne voulais pas vous blesser... Je suis sûre que vous êtes un prêtre merveilleux.

Mais elle sentit que son ton manquait de sincérité. Ils restèrent assis sans parler, chacun dans ses pensées.

Un grand bruit de branches cassées les fit se regarder avec appréhension.

— C'est peut-être Joe, ou un animal..., dit Sarah en se levant d'un bond.

Des arbres alentour surgirent alors six ou sept hommes noirs en gilet de camouflage, bardés de cartouchières. La bouche sèche, Sarah prit la main de Duffy. Elle entendait son souffle rauque, oppressé.

Menaçants, les soldats pointaient leurs fusils sur eux. L'un portait un collier d'os autour du cou, un autre souriait en découvrant des dents taillées en pointe. Sarah se mit à courir, entraînant Duffy à sa suite. Comme s'ils n'avaient attendu que cela, leurs assaillants poussèrent un hurlement et bondirent sur eux. Des mains s'engouffrèrent dans la chemise de Sarah ; elle griffa, mordit, essaya de se dégager. Quand un soldat se pressa contre elle avec un rire lubrique, elle cria comme elle n'avait jamais crié – un son aigu, déchirant. On la frappa avec violence. Elle tomba sur la terre moussue et resta inerte, les yeux fermés, dans une prière muette, éperdue.

Langeveldt s'engouffra dans la forêt avec un sentiment proche du soulagement. C'était bon d'être seul – ou plutôt d'être loin de Duffy. Le petit homme l'exaspérait par sa seule présence ; avec Sarah, il avait trouvé un certain équilibre, mais l'arrivée de Duffy avait perturbé ce fragile modus vivendi. Pourtant, il était difficile de ne pas le prendre en pitié ni lui reconnaître des qualités qui l'auraient aidé à se distinguer, dans d'autres circonstances : sa gentillesse, sa foi, sa capacité de réflexion. Mais pas ici, en Afrique, le plus âpre des continents... non, il n'aurait jamais dû y venir. Langeveldt inspira l'air frais du matin et se sentit tout ragaillardi.

Les fleurs s'ouvraient sensuellement au soleil, un serpent se prélassait sur une souche pourrie. Le gibier abondait, mais Langeveldt ne levait pas son fusil, il savourait ce moment.

Malgré toute sa beauté, la forêt demeurait un milieu hostile, suintant l'humidité, infesté de mouches ; il y faisait trop chaud ou trop froid. Il fallait en sortir, Sarah risquait de retomber malade. Langeveldt quitta son humeur rêveuse et se mit à chasser en glissant d'arbre en arbre, scrutant la voûte feuillue en quête d'un oiseau bien dodu. C'est alors qu'il entendit le cri. Il n'eut aucun doute. Son sang se figea, il fit demi-tour, courut et s'arrêta soudain. Des années d'expérience emprisonnaient ses membres dans d'invisibles chaînes. Quels que soient le danger ou l'urgence, il faut toujours réfléchir.

Les soldats avaient dû les suivre tout ce temps. Quel idiot d'avoir relâché sa vigilance ! Avaient-ils posté des guetteurs ? Non, ils étaient bien trop pris par ce qu'ils faisaient. Un sanglot lui échappa. Il tressaillit. Ce n'était pas le moment de craquer, il fallait réagir, Sarah avait besoin de lui. Machinalement, il vérifia son fusil et tâta la poche où il lui restait quelques balles. Souple et silencieux, il se coula comme un félin à travers les sous-bois.

On les avait attachés l'un à l'autre par une corde qui leur enserrait le cou, et ils avançaient en titubant, les mains liées derrière le dos. Un système simple, mais efficace, celui dont on se servait pour les esclaves : l'homme qui les conduisait n'avait qu'à tirer, et ils étaient forcés d'obéir. Sarah n'avait aucune idée de l'endroit où ils allaient et ne s'en souciait guère, tant qu'elle échappait à leurs mains fureteuses. Ils la gardaient pour plus tard, cela du moins ne faisait aucun doute.

Quant à Duffy, il était bien mal en point. Ils l'avaient roué de coups de pied avec une ignoble brutalité. Puis ils l'avaient forcé à avancer, et sa démarche chancelante tirait continuellement sur le cou de Sarah, qui commençait à désespérer. Depuis toujours, elle était convaincue que, même aux instants les plus critiques, quelqu'un surgirait à temps pour la sauver. Qu'elle se retrouve dans un immeuble en flammes ou devant un peloton d'exécution, un pompier apparaîtrait à la fenêtre quelques secondes avant que le plancher ne s'effondre ou une grâce arriverait juste avant que les soldats ne fassent feu. Mais la réalité semblait la contredire. Même Joe ne pourrait plus les sauver maintenant, seul face à tant de soldats équipés d'armes auprès desquelles son fusil avait vraiment l'air d'un pistolet à bouchon. Et ils savaient qui était Duffy ; c'était pour cela qu'ils les avaient suivis et c'est ce qui causerait leur fin. La corde tira de nouveau sur son cou douloureux, et Sarah envisagea de se laisser tomber pour ne plus se relever. Ils en finiraient peut-être avec elle. La mort l'effrayait beaucoup moins que la façon dont elle mourrait. Elle préférerait se tuer plutôt que d'être violée par eux à tour de rôle. Mais restait à savoir comment s'y prendre pour se supprimer. Avec un couteau ? Elle n'en avait pas. Et puis, serait-elle capable de se le plonger dans le corps ? À cette idée, son ventre se noua. Non, jamais elle n'aurait ce courage. Il fallait un miracle. Langeveldt. Contre toute logique, elle reprit un peu confiance. Il ne l'abandonnerait pas, et il n'était pas du genre à échouer.

Langeveldt était bien loin de partager cette confiance. Quand il les aperçut à travers les arbres, entourés de soldats, il fut incroyablement soulagé de les trouver en vie. La peur de tomber sur leurs corps mutilés lui avait engourdi l'esprit. Ainsi, une seconde chance lui était donnée... Il se détendit, et son cerveau se remit à fonctionner. Ce n'était pas le bon moment pour intervenir : on les tuerait avant qu'il ait pu tirer deux coups de feu. Non, il fallait attendre.

Duffy tomba, entraînant Sarah dans sa chute. On les fit se relever à coups de pied. Du sang brillait sur le crâne du petit prêtre. La même scène se répéta encore et encore. Langeveldt patienta.

Ils n'atteignirent leur destination qu'en fin de journée. Sarah sentit d'abord l'odeur des feux de bois, puis elle entendit le babillage des enfants. Le village apparut, des huttes en torchis couvertes de chaume, et pour Sarah le cauchemar recommença. Les femmes vinrent s'attrouper autour d'eux et se mirent à la tâter, à pincer sa chair meurtrie. À la lumière vacillante des feux, leurs visages évoquaient les masques macabres de goules et de vampires. Sarah n'avait même plus la force de s'inquiéter de son sort. Quand on la poussa dans une hutte, elle s'endormit comme une masse.

La lumière du matin qui filtrait sous la porte la réveilla. Elle avait toujours les mains attachées. Il n'y avait pas eu d'intervention divine, pas de coup de baguette magique. Duffy gisait contre le mur, ronflant misérablement à cause de son nez cassé. Sarah rampa jusqu'à la porte. Une natte d'herbes tressées servait de rideau. Elle en souleva le coin, et croisa aussitôt le regard implacable d'un garde accroupi juste devant. Elle se renfonça dans l'ombre. Mais, attirée par les voix des femmes qui discutaient en préparant le repas, elle revint épier par la fente séparant le mur du rideau de feuillage.

Le village comptait une dizaine de huttes, toutes semblables à part une, beaucoup plus grande, devant laquelle une femme agenouillée pétrissait de la pâte dans un bol. Elle était belle, avec ses cheveux ras qui suivaient la courbe harmonieuse de son crâne et sa peau d'un noir satiné. Un motif en pointillé lui piquetait le visage, formant des cercles concentriques autour de ses yeux, sur ses joues ; de lourds anneaux de cuivre pendaient grotesquement aux lobes distendus de ses oreilles. Elle avait des seins magnifiques, aussi lourds que des melons, qui bougeaient au rythme de ses mouvements, et pour seul vêtement un petit tablier de cuir. Sarah regarda son propre bras, maigre et couvert de bleus. En comparaison d'une telle beauté, elle faisait bien piètre figure.

Quand la femme eut terminé sa tâche, elle rentra dans la grande hutte. Les soldats se rassemblèrent pour discuter le coup en fumant des cigarettes. Il y en avait une vingtaine, dont un unijambiste, apparemment à l'aise en dépit de son handicap. Trois profondes cicatrices lui traversaient les joues. Un peuple capable d'endurer tant de douleurs par simple souci esthétique ne devait pas faire grand cas de la torture. Pourtant, quand un bambin quitta sa mère pour s'agripper à la jambe d'un des soldats, celui-ci le souleva de terre avec une tendresse manifeste. Afrique, terre de contrastes, conclut Sarah avec amertume.

Duffy se réveillait enfin.

— Que se passe-t-il ? demanda-t-il d'une voix rauque.

Personne n'était venu leur apporter à manger ou à boire. Leurs gorges étaient sèches, leurs lèvres craquelées.

— Rien. J'ai l'impression qu'ils attendent quelque chose... Je ne sens plus mes mains. Et vous ?

— Moi non plus, mais j'ai peur que ce soit le moindre de nos soucis... Eh bien, cela passera, comme le reste. M'en voudrez-vous si nous gardons le silence ? Je voudrais faire la paix avec Dieu. Sauf si vous voulez vous confesser, bien sûr...

— Non merci !

Avouer crûment toutes ses fautes... Cette idée fit frémir Sarah. Duffy pouvait bien se préparer à mourir, elle, elle attendait Joe. Le matin n'était pas un temps de résignation, mais d'espoir, un temps fait pour la vie, pour l'action.

Mais l'aube claire se mua en un moite après-midi. Les soldats dormaient, les enfants jouaient dans la poussière. Sarah tentait en vain de relâcher la pression des liens sur la chair gonflée de ses poignets. James Bond aurait eu une lame de rasoir cachée dans sa chaussure, songea-t-elle piteusement. Et Joe, où était-il ? Ne voyait-il pas tout ce qu'ils enduraient ? Si jamais elle rentrait chez elle, elle se mettrait au lit et n'en sortirait plus.

Un son incongru couvrit le bourdonnement des mouches et le murmure de Duffy en prières. Un bruit de moteur. Sarah ne fut pas la seule à l'entendre. Le village s'anima, les hommes rirent d'excitation et saisirent leurs armes, les femmes coururent çà et là pour rassembler leur marmaille, faisant détaler des poulets. Une Jeep apparut en pétaradant, dans un nuage de poussière. Les hommes s'empressèrent de se mettre en rang, raides comme des piquets. La poussière retomba et un homme sortit de la Jeep, un grand costaud bardé de cartouchières, ceint de grenades, coiffé d'un béret vert élégamment penché sur l'oreille. Il se déplaçait d'un air guindé, plein d'importance. Manifestement, c'était lui qu'ils attendaient tous.

Le camp s'emplit d'une bourdonnante activité. Les femmes coururent chercher de quoi manger, et celle que Sarah avait remarquée le matin s'agenouilla devant le nouvel arrivant. Il posa une main sur sa tête en signe de bénédiction. Alors, Sarah n'eut même pas le temps de reculer, le rideau d'herbes tressées s'écarta et on la tira rudement à ciel ouvert. Elle trébucha, ne réussit pas à retrouver l'équilibre et s'effondra aux pieds de l'homme. Leurs yeux se croisèrent.

— Comment allez-vous ? dit-il dans un anglais affecté.

— Et vous-même ? répondit Sarah dans un râle.

— Ce prêtre... vous êtes sa femme ?

— Les prêtres n'ont pas de femmes.

— Ah, pardon, ce n'est pas vrai : ils prennent des

maîtresses. Obligent nos femmes à coucher avec eux... Vous êtes la sienne.

— Non.

L'homme ne releva pas. Il se pencha et tira sur la chemise de Sarah, dévoilant ses seins pâles. Un long soupir traversa le rang de soldats. Voilà. C'était la fin.

— Vous êtes trop maigre et trop pâlichonne à mon goût, lança le chef en lui donnant une chiquenaude. Je vous laisse à mes hommes. Mais d'abord, occupons-nous du prêtre.

Il leva le bras d'un air impérieux, et ses sbires coururent chercher l'homme d'Église. Sarah réussit à se relever, et les vit traîner un Duffy frêle et pathétique, qui clignait des yeux à la lumière.

— Tu es prêtre ?

Duffy hocha la tête et tenta de retrouver sa voix. Il tremblait sans pouvoir se contrôler.

— Je suis le père Bernard Duffy de la mission de Langata, finit-il par déclarer. J'appartiens à l'Église catholique et romaine.

Le chef se pencha en avant, et approcha son visage à deux centimètres de celui de Duffy.

— Tu n'es qu'un menteur et un tricheur, proféra-t-il d'une voix cinglante. Tu prends mon peuple pour lui voler son cœur !

Duffy le fixa, médusé.

— Non, répliqua-t-il. Comme vous, je suis l'enfant d'un Dieu d'amour. Par Sa Grâce et celle de la Sainte Vierge, nous serons tous sauvés.

L'homme rejeta la tête en arrière et partit d'un grand rire.

— On va voir ça ! s'écria-t-il. Voyons comment ton Dieu va réussir à vous sauver. Va-t-il envoyer ses chars célestes pour vous enlever dans les airs ?

Il se mit à frapper le pauvre Duffy à coups redoublés.

— Alors, que fait-il ? J'attends ! Où est ton Dieu, le prêtre ?

Les soldats riaient à gorge déployée. Le sang se remit à couler du nez de Duffy et dégoulina sur la terre sombre tandis qu'il essayait de se relever. Rien n'advint, pas même une petite ondée. Aucun miracle pour Duffy, aucune grâce pour Sarah.

— Mon Dieu n'est pas un sorcier, protesta Duffy d'une voix chevrotante. Il n'a pas besoin de signes. Je ne suis que Son humble serviteur. Tuez-moi si vous voulez, je recevrai ma récompense...

— Oh, mais je ne vais pas te tuer, rétorqua le chef en passant les pouces dans son gros ceinturon de cuir avec une intense jubilation. Vous pourrez partir. À une seule petite condition.

Il aboya un ordre, et un soldat courut aussitôt jusqu'à la Jeep. Il souleva la bâche qui recouvrait l'arrière du véhicule et en sortit une grande croix décorée, sans doute le butin d'une autre mission. Le christ était en ivoire, la croix ornée de pierreries. Elle était lourde, le soldat la portait avec difficulté ; mais quand son chef la lui prit des mains et la brandit devant ses hommes, ce fut sans aucun signe de fatigue.

— Voici la croix qu'ils vous ont fait adorer, rugit-il. Regardez, maintenant.

Il répéta le même discours dans sa propre langue. Les soldats murmurèrent en roulant des yeux effarés. Le Dieu de l'homme blanc pouvait encore frapper. Le chef saisit Duffy par les cheveux et approcha la croix de son visage.

— Crache ! crache dessus ! le pressa-t-il. Crache, et je te laisserai partir. Vous serez libres tous les deux. Je ne vous ferai aucun mal. Regarde, je coupe tes liens.

Libérant Duffy, il sortit un couteau et coupa la corde ; puis il fit de même pour Sarah, dont les mains ballantes restèrent insensibles. Elle tenta pourtant de refermer sa chemise, les yeux fixés sur Duffy. Elle n'accordait aucune foi à la promesse du chef, mais de toute évidence Duffy y croyait, il s'y accrochait comme à un dernier espoir. Il fit quelques pas chancelants vers les soldats en rang tout en les fixant dans les yeux. Ils marmonnèrent et fuirent son regard, comme par crainte du mauvais œil.

— Allons, prêtre, dit le chef qui sentait la situation lui échapper. Si tu veux vivre, tu sais ce qu'il te reste à faire.

Il brandit la croix devant Duffy.

— Crache !

Il régnait un tel silence qu'on entendait le souffle rauque de Duffy. Il fixa la croix, le corps supplicié du Christ, son visage transfiguré, et secoua lentement la tête.

— Non, prononça-t-il d'une voix ferme. Je ne renierai pas mon Dieu. C'est le seul vrai Dieu, et dans votre cœur vous le savez. Tuez-moi si vous le devez, Lui ne se détournera pas de vous. Souvenez-vous-en, quand viendra le temps de votre détresse. Je vais à Lui le cœur léger.

Petit, fragile, taché de sang, Duffy était en paix. À la toute fin, il n'avait pas fléchi.

Les hommes s'écartaient maintenant, ils n'osaient plus regarder la croix, ni Duffy. Dans un hurlement de rage, le chef abattit la croix sur la tête du prêtre, qui tomba comme une masse et ne bougea plus. À cet instant précis, un coup de feu retentit, et une expression de stupeur se peignit sur le visage du chef, qui tomba à son tour lentement, un petit trou rouge au milieu du front. Ce fut la débandade, tout le monde se mit à courir, à crier, et la Jeep surgit, emplissant l'air de bruit et de fumée. Au volant, il y avait Langeveldt.

— Monte ! cria-t-il à Sarah, ébahie. Vite ! Dépêche-toi !

Elle s'apprêtait à lui obéir quand elle se ravisa.

— Duffy. Il faut l'emmener.

— Il est mort, monte ! rugit Langeveldt, mais Sarah s'efforçait déjà de traîner le corps inerte.

Langeveldt bondit de la Jeep, visa les hommes qui fuyaient, tira deux fois, et hissa Duffy dans la voiture.

Sarah rassembla tout son courage.

— Je vais conduire, lui lança-t-elle. Tiens-les en joue.

Langeveldt n'eut pas le temps de discuter, elle s'était déjà faufilée derrière le volant. La Jeep démarra en trombe. Il se pencha à la portière, visant à peine avant de tirer. Un homme tomba en se tenant le ventre ; un autre bondit sur le capot, essaya de s'accrocher, puis lâcha prise quand Sarah donna un coup de volant. Ses mains la brûlaient, mais elles reprenaient vie. Une mitrailleuse crépita, tandis que Langeveldt rechargeait son fusil.

La piste s'ouvrait devant eux, toute défoncée. Sarah rétrograda et, pied au plancher, cria à Joe de s'accrocher. La Jeep rua violemment, le volant oscilla dans les mains de Sarah, et elle s'y cramponna. Ça y est ! Ils étaient libres ! Elle ne remarqua pas le filet de sang qui coulait du bras de Langeveldt ni, quelques minutes plus tard, les frissons qui le traversèrent, lorsque vint le contrecoup.

Ils s'arrêtèrent quand le moteur commença à chauffer au point d'envoyer dans l'air des nuages de vapeur. Il faisait presque nuit. Sarah posa la tête sur le volant, et écouta le radiateur siffler et crépiter en se demandant si elle aurait jamais la force de bouger.

— Et maintenant ? s'enquit-elle, mais il n'y eut pas de réponse.

Épuisé, la tête rejetée en arrière, Langeveldt gardait les yeux fermés.

— Joe, ça va ? Joe ? s'écria-t-elle avec effroi.

Les yeux fauves s'ouvrirent, mais ils étaient comme éteints.

— Ça va. Le sang ne coule plus, je pense.

— Quoi, tu es blessé ? Fais voir.

Ils descendirent de la Jeep et se retrouvèrent devant le capot. La manche de Langeveldt était toute raide et lourde de sang séché. Il étouffa un cri quand elle la remonta doucement. Une balle avait déchiré son bras du poignet jusqu'au coude, un réseau de veines tordues apparaissait dans la chair à vif.

— Tu as dû perdre beaucoup de sang, lui dit-elle doucement.

— J'ai pressé mon bras au niveau du coude pour arrêter l'hémorragie, précisa-t-il. Mais je suis vanné.

— Il y a de quoi. Vraiment, Joe, tu n'es pas raisonnable. Il faut prendre soin de toi. Que deviendrais-je si tu disparaissais ? Heureusement, la plaie est propre. Il n'y a pas d'éclats, semble-t-il. Il faudrait te bander, mais avec quoi ?

— Et la chemise de Duffy ?

La gorge nouée, Sarah regagna la Jeep et grimpa à côté du cadavre dont le visage était d'une extrême pâleur, du moins là où il n'était pas couvert de sang ni de barbe. Sur le crâne du prêtre, une profonde entaille montrait l'endroit où la croix avait frappé.

— Désolée, Bernard, murmura Sarah en lui ôtant sa chemise avec des gestes précautionneux, pour ne pas avoir à bouger ses membres lourds et inertes.

Soudain, elle entendit un sourd grognement. Elle bondit de la Jeep, comme poursuivie par un fantôme.

— Il est vivant ! Joe, il est vivant !

— C'est impossible.

Langeveldt alla regarder, puis il appela Sarah.

— Viens, donne-moi un coup de main pour le sortir de là.

Ensemble, ils couchèrent Duffy dans la boue et se baissèrent pour l'examiner. Il grogna encore et ses bras remuèrent convulsivement, mais aucun signe n'indiqua qu'il avait repris conscience.

— Qu'allons-nous faire ? demanda Sarah.

Vivant ou mort, Duffy était un sacré problème.

— Quel casse-pieds, dit Langeveldt. Il ne peut même pas mourir proprement.

— Sois juste, Joe, il s'est montré si courageux ! J'ai failli crier bravo, tellement j'étais fière de lui.

— C'est vrai, il a eu du cran. Cette bande de sauvages y réfléchira à deux fois, maintenant, avant de violer une nonne. Mais c'est bien de lui : je ne peux même plus lui faire mes excuses. Comment peut-on être si faible et gagner à tous les coups ?

— Je n'appelle pas ça gagner, objecta Sarah.

— Il s'en sort mieux que moi. Je vais devoir le porter comme un gros bébé. Je n'ose même pas suggérer de le laisser ici ; tu me crèverais les deux yeux... n'est-ce pas ?

Il ne posait pas cette question pour la forme.

— Non, pas cette fois, Joe. Pas comme Cottar, le mit-elle en garde.

Il soupira.

— De toute façon, je ne pourrais pas. J'aimais bien Éric, c'est par amitié que je lui ai rendu ce service. Mais pour ce gars-là, je devrais d'abord me persuader que je ne fais pas ça par plaisir...

Sarah hocha la tête. Évidemment, c'était bien de préserver la vie à tout prix. Pourtant... Elle retourna à la Jeep chercher quelque chose pour panser le bras de Joe. Le chiffon qu'elle rapporta était si gras, si crasseux qu'elle hésita à s'en servir. Finalement, elle pansa la plaie avec des feuilles douces et charnues.

— Il ne faudra pas m'en vouloir si tu attrapes des champignons, dit-elle d'un ton léger tout en récitant en son cœur une prière fervente pour qu'il guérisse vite.

Puisqu'ils sauvaient Duffy, Dieu leur devait bien ça.

Ils couchèrent le prêtre à l'arrière de la Jeep. Il était toujours inconscient, mais il avala l'eau que Sarah glissa entre ses lèvres. Après avoir tiré la bâche de toile sur lui, la jeune femme monta devant. Ils rouleraient tant qu'ils auraient de l'essence ; quelle que soit leur destination, elle vaudrait mieux que l'endroit qu'ils venaient de quitter. Joe somnola tant bien que mal sur la route cahoteuse. Les feux faisaient surgir de la nuit épaisse des ombres cauchemardesques. Sarah mourait de faim, elle en avait mal au cœur, mais il fallait consacrer à la conduite toute l'énergie qui lui restait. Malgré ses quatre roues motrices, la Jeep pouvait s'enliser dans un bourbier, et il n'était pas facile de les éviter dans le noir. Et s'ils tombaient sur quelqu'un venant en sens inverse ? Mieux valait ne pas y penser. Joe n'avait plus qu'une dizaine de balles.

Le matin approchait. Il faisait encore sombre quand le moteur finit par s'éteindre à force de crachoter. Sans un mot, Sarah s'allongea en travers du siège et s'endormit. Langeveldt lui caressa doucement les cheveux avant de descendre de la Jeep en silence. Il jeta un coup d'œil sur Duffy, puis se fondit dans la nuit.

C'est la chaleur qui réveilla Sarah. Elle était trempée de sueur. Joe n'était pas là – et pas davantage à l'arrière du véhicule, constata-t-elle peu après. Elle s'abrita du soleil et s'assit en attendant son retour. Cette fois, elle ne douta pas un instant qu'il reviendrait. Elle songea à ses filles – se félicitant qu'elles soient en sécurité avec Douglas –, et à son mari : il ne la reconnaîtrait pas, maintenant, tant elle avait changé, et pas seulement en apparence. Elle s'était endurcie sur le plan physique aussi bien que moral. Jamais la femme timide qui avait eu peur de prendre l'avion toute seule n'aurait pu se tenir là, à côté d'un agonisant, sans eau ni nourriture, en danger de mort, et trouver que la situation n'était pas si mal. Ils s'en sortiraient... Quand Joe émergea de la forêt, un dik-dik [1] jeté en travers des épaules, elle l'accueillit avec un sourire paisible, et entreprit de faire du feu. Joe avait aussi puisé de l'eau à un étang.

Ils attendirent d'avoir mangé et bu tout leur content pour discuter de la suite des événements. Joe estimait qu'ils devaient prendre à l'est, hors de la forêt, avec l'espoir de tomber sur des villages accueillants. Le terrorisme qui ravageait le pays était surtout le fait d'une tribu, et les membres des autres tribus en souffraient autant qu'eux. Peut-être obtiendraient-ils un peu d'aide des populations indigènes. Ils emporteraient le fusil, de la viande, et marcheraient à l'écart de la route.

Restait Duffy.

— On ne peut pas l'emmener, Sarah, déclara Langeveldt avec un soupir de lassitude.

— Je sais. Mais on ne peut pas non plus le laisser. Ils pourraient le trouver.

Langeveldt hocha la tête et se leva. Il fit un pas vers la Jeep, se retourna.

— Je ne peux pas ! s'écria-t-il. Bon sang, je ne peux pas finir leur sale travail, ces bouchers chanteraient victoire... Il n'y a qu'une chose à faire, ajouta-t-il après réflexion. On ne va nulle part, on attend qu'ils arrivent, et on les descend un par un. Comme ça, je les aurai. Enfin !

Il semblait dans un drôle d'état. Sarah se leva et lui

1. Petite antilope d'Afrique dont le nom imite le cri. (*N.d.T.*)

prit le bras. Bien sûr, il était affaibli par sa blessure, mais il y avait autre chose. On ne passe pas tout ce temps avec quelqu'un sans deviner le cours de ses pensées.

— Ne t'inquiète pas, déclara-t-elle d'une voix apaisante. On restera là si tu le veux. Pauvre Joe, tu es à bout. Tu as fourni tant d'efforts ! Repose-toi un petit moment.

Ils s'assirent côte à côte, et elle passa un bras autour de ses épaules. Il commença à parler en phrases hachées, heurtées.

— À force de fuir, il fallait que ça me retombe dessus. Et maintenant, c'est comme si je revoyais tout, comme si ça se déroulait devant mes yeux. Tout ce temps, j'ai cru que j'avais oublié, mais c'était là.

— Quel âge avais-tu ?

Il inspira profondément.

— Presque six ans, je crois. Nous savions bien qu'il y avait des problèmes : maman portait toujours une arme sur elle et il arrivait que papa les poursuive. Mais nous aurions dû être en sécurité : papa était né là, et nous avions tant fait pour les gens, tu sais... des écoles convenables, un service de santé – un peu mieux que la crèche de Duffy, crois-moi. Baragu nous a prévenus, il a dit que nous devions partir, mais nous étions chez nous ; c'était notre foyer. Tout le monde pense ainsi, jusqu'au jour où ça arrive.

» La nuit où ils ont encerclé la maison, on aurait dit une danse macabre. Ils portaient des torches, certains avaient des masques de léopard. J'avais si peur... Quelques minutes suffisent pour changer le cours d'une vie. Ma mère m'a serré fort contre elle, à me faire mal. Elle m'a fait passer par la fenêtre, en m'ordonnant de courir jusque chez Baragu. Mais je n'ai pas pu obéir. J'ai couru me cacher derrière des jacarandas et j'ai regardé. Ça n'a pas traîné. Ils ont massacré nos deux serviteurs, traîné ma mère dehors. Ils se sont mis à deux pour la violer. J'étais trop petit, je n'ai pas compris ce qu'ils faisaient. Je n'avais encore jamais vu ma mère toute nue. Mon père était là, il hurlait ; et puis elle, ils l'ont achevée. Elle est morte sans même pousser un cri. Je ne pouvais pas y croire, j'aurais voulu faire quelque chose, n'importe quoi, mais j'avais si peur. Tout comme cet idiot de Duffy. Mon Dieu, comme je me méprise !

Il y eut un silence. Langeveldt fixait le sol, revivant la scène avec une étonnante clarté. Les jointures de ses mains étaient blanches. Il reprit son récit au débit saccadé.

— Je suis allé chez Baragu. Il m'a caché. On n'en a jamais parlé ; on a fait comme si j'étais en visite prolongée, comme s'il ne s'était rien passé. Il m'a fabriqué une lance, une petite, et il m'a emmené chez mon oncle. Sur le chemin, on a chassé, lui et moi. On a fait tout le trajet en courant, nos lances à la main. Je ne sais pas exactement combien de temps ça a pris. Une semaine, peut-être deux. Je n'ai pas repensé une seule fois à ce qui était arrivé. J'étais heureux. Tu sais, Baragu était un grand guerrier, il s'était battu avec un lion et en gardait une énorme cicatrice sur l'avant-bras. Ça m'impressionnait beaucoup. Quand on est arrivés chez l'oncle Bob, tous les deux en costume d'Adam, il marchait devant, sa longue lance à la main, et moi derrière, muni de mon cure-dent. Et il a dit à mon oncle : « Je t'amène un guerrier qui est le fils d'un guerrier. Il a beau être petit, il a un cœur de lion. » Puis il m'a salué solennellement, avec sa lance. Et il est parti. J'avais envie de pleurer, et l'impression que mon cœur allait éclater. Mais les guerriers ne pleurent pas, même lorsqu'ils n'ont que six ans.

Il dessina sur le sable la silhouette d'un Africain,

deux longs traits pour les jambes, un autre pour la lance.

— Et ton père ?

Joe effaça le dessin et ne répondit pas tout de suite.

— On l'a trouvé un mois plus tard, dit-il sèchement. Ils l'avaient enterré vivant.

La gorge serrée, Sarah ne s'étonnait plus tant, à présent, de l'étrangeté de Langeveldt, que de son équilibre. Elle changea délibérément de sujet.

— Ton oncle Bob, il était gentil, non ? Et ta tante Daisy ? Tu étais heureux chez eux...

Langeveldt eut un rire forcé.

— Oui, ils étaient gentils avec moi. Mais ils n'avaient pas eu d'enfants et ils avaient passé l'âge de s'en occuper. Ils vivaient une drôle de vie, mi-occidentale, mi-africaine. Trop d'alcool, des repas à n'importe quelle heure, au lit quand on en avait envie, des armes à feu partout. À neuf ans, je sortais la nuit tuer des crocos sans rien demander à personne. Au fond, je mourais de peur, j'aurais bien voulu qu'on me l'interdise. Puis tante Daisy a décrété que je devais aller en pension, et là-bas il y avait tout ce que j'avais tant désiré : un emploi du temps régulier, une vie organisée, des adultes qui s'occupaient de moi... J'ai eu horreur de ça. J'ai passé sept ans à fuguer, à être repris, et à fuguer de nouveau. À la fin, on m'a renvoyé, conclut-il en souriant à ce souvenir.

— Sur quel motif ? demanda Sarah.

— Oh, rien de terrible.

Comme son sourire s'élargissait, elle le poussa du coude pour qu'il continue. Que son enfance martyre s'enfonce une fois encore dans les profondeurs de sa conscience pour se noyer dans un oubli bienfaisant. On ne peut vivre avec de tels souvenirs.

— Pourquoi ? insista-t-elle.

— Parce que j'avais séduit la femme du directeur,

si tu veux savoir. En fait, c'est elle qui m'a séduit, elle est venue me frotter le dos en négligé noir, le grand jeu, quoi. Six semaines de baise ininterrompues. Mais on est devenus trop confiants, avoua-t-il en riant, et on a été surpris dans l'annexe qui servait aux cours de gym, en pleine partie de jambes en l'air. Les choses se sont un peu corsées, après ça.

— Joe, tu es vraiment dégoûtant, gémit Sarah. Tu aurais pu fermer la porte à clef.

— En fait, je crois que j'avais envie d'être pris. Bon sang, ce que j'ai été content d'échapper à cet endroit ! Tu sais, le directeur a parlé exactement comme Duffy au mieux de sa forme. « C'est un péché contre Dieu, mon garçon. » Pauvre Bernard, quand il m'a fait sa tirade l'autre jour, j'ai eu l'impression de revivre la même scène et je n'ai pas été tendre avec lui. Pendant que le directeur me chapitrait, sa pécheresse de femme sanglotait dans un mouchoir en dentelle...

— Et que lui a-t-il fait ?

— Rien de bien méchant. Il a pris un poste en Rhodésie, je crois, et tout a continué comme avant. Il faut dire qu'il devait lui trouver certains avantages. Elle en connaissait un rayon.

— Par exemple ?

Langeveldt se mit à rire de bon cœur.

— Ne compte pas sur moi pour te raconter !

— Mais si, j'y compte bien ! Contrairement à toi, j'ai mené une existence vertueuse, jusqu'à présent. Douglas est très tendre, très gentil, mais il ne... il ne m'a jamais...

— Tu veux que je te dise qu'au lit tu es une bonne affaire, c'est ça ?

Le ton restait badin, mais ils étaient très sérieux et le savaient tous les deux.

Sarah inspira profondément.

— Non... Oui. Je voudrais être une bonne amante. Douglas et moi, nous ne parlions jamais de ces choses-là et ça devenait... un peu fastidieux, avec le temps. Il était trop poli pour le dire, bien sûr, mais il devait s'ennuyer ferme. Avec toi, ce n'est pas ennuyeux du tout. Grâce à ton expérience, je suppose. Alors, si tu pouvais me donner quelques tuyaux...

— Eh, minute. Ce qui va pour une quadragénaire nymphomane n'est pas fait pour toi. Et l'amour, la tendresse dont tu m'as tant rebattu les oreilles, où sont-ils dans tout ça ? Quelle soif de technique...

— Un vrai mécanicien peut tirer des merveilles d'une vieille bagnole, répliqua Sarah en se levant.

Elle avait besoin de s'éloigner pour faire le tri dans ses pensées. Son compagnon lui apparaissait sous un jour complètement nouveau... Il n'aurait pas été le même si ses parents avaient vécu. C'était injuste, on lui avait volé tant de bonheur, et elle voyait si peu d'espoir pour lui dans l'avenir. Une bête à part, un élément inadapté qui n'entrait pas dans le puzzle de la vie et ne trouverait jamais sa place. Tout ça est trop triste, songea Sarah.

Elle alla voir Duffy et là, au moins, ce fut un soulagement. Pas d'erreur, cette fois, il était bien mort. Son visage était apaisé. Il émanait de lui tant de calme et de paix qu'elle sentit ses yeux s'emplir de larmes. Langeveldt la rejoignit.

— Eh bien, c'est fini, constata-t-il d'un ton lugubre.

— On devrait dire une prière, déclara Sarah.

— Je ne suis pas croyant.

— Moi, je ne sais plus très bien, mais lui était sûr de ses convictions. Rendons-lui cet hommage. Tu es prêt ?

— Je me sens complètement ridicule, marmonna Langeveldt.

Mais il joignit les mains.

— Mon Dieu, nous n'avons pas toujours été très gentils avec Bernard quand il était là. Il faut dire que les choses n'ont pas été simples, ces derniers temps. C'était quelqu'un de bien. Nul n'est parfait dans cet affreux pays, qui fait des pécheurs de nous tous. Mais lui a essayé, et il a toujours gardé la foi. Alors, sois bienveillant envers lui, mon Dieu, et donne-lui la paix. *Amen*.

— *Amen*, répéta Langeveldt.

Sarah se demanda si le Dieu de Duffy savait ce qu'elle avait dû faire et s'il lui en tiendrait rigueur. Était-ce mal d'avoir éteint le peu de vie qu'il restait au prêtre, d'une douce pression des mains ? Non, assurément. Dans l'état physique où il se trouvait, la mort était pour lui une libération, et cet acte s'imposait comme une nécessité pour eux tous. Même Duffy l'aurait admis.

Des mouches couraient déjà sur le cadavre. En silence, ils se préparèrent à partir. Enfin, Langeveldt lança une allumette dans la Jeep, et les restes mortels de Bernard Duffy s'élevèrent bien haut dans le ciel africain.

7

Miroitant dans la brume de chaleur, la plaine s'étendait devant eux, mer infinie d'herbe mouvante ondoyant sous une brise chargée de senteurs animales. Les éléphants. Une soudaine bouffée de bonheur envahit Sarah.

— Regarde, Joe, murmura-t-elle. C'est merveilleux.

Il posa une main sur son épaule et contempla le paysage en imaginant qu'il le voyait, comme elle, pour la première fois. Elle avait raison : c'était merveilleux, et c'était chez lui puisqu'il y avait toujours vécu.

— Là, un guépard, dit-il en levant la main.

La tête du félin émergea des herbes un bref instant, puis disparut.

— Allons-y, belle dame. Ce n'est pas le moment de mollir. On a des choses à faire.

— Je me demande bien quoi, répliqua-t-elle. À mon avis, on n'arrivera jamais nulle part. J'ai perdu la notion du temps, j'ignore quel jour on est, quel mois même – et ça m'est égal, pourvu que nous ayons de quoi manger, boire, et qu'aucun danger immédiat ne nous menace.

Instinctivement, Joe plongea la main dans sa poche pour tâter les deux balles qui lui restaient. Sarah croisa son regard et lut dans ses pensées.

— Des noix et des baies ? lança-t-elle avec entrain.

— Je m'en tiendrai aux souris. Mais on rencontrera tôt ou tard un village, nous sommes dans un pays de troupeaux.

En effet, ce n'était pas une réserve et il devait y avoir des troupeaux, sous la garde de jeunes garçons chargés de protéger le seul bien de la communauté. Joe en tête, ils traversèrent la plaine en quête d'un signe montrant que la région était habitée.

Vers le soir, ils tombèrent sur des huttes abandonnées qu'entourait une haie d'aubépines à moitié détruite. On avait fait pousser du maïs et des patates douces, mais les petites plantations étaient envahies par les mauvaises herbes, dévastées par les éléphants. Ils s'installèrent dans une des huttes pour dormir. Sarah se sentait oppressée. Elle percevait des craquements, des bruissements, et imaginait que le chaume au-dessus de leurs têtes abritait des insectes, des serpents. En s'éveillant de son cauchemar, elle sortit vite respirer à l'air libre, et contempla avec soulagement le ciel constellé. Il soufflait une douce brise.

— Qu'y a-t-il ? Qu'as-tu entendu ?

— Rien. Je préfère dormir dehors.

Joe la prit dans ses bras, et leurs lèvres s'unirent. Sarah ouvrit sa chemise pour se frotter voluptueusement contre lui. Puis elle s'empara avec douceur de son membre durci et le caressa avec une nonchalance étudiée. Joe devint plus pressant et, comme il la faisait se coucher sur lui, elle se dégagea, se releva et se dévêtit lentement. Au supplice, il s'accrocha à ses longues jambes. En riant, elle le repoussa et se mit à califourchon sur lui, poursuivant ses caresses d'un air rêveur, en l'effleurant à peine. C'en était trop. Saisissant ses fesses à pleines mains, il la souleva et l'empala sans plus attendre sur son sexe dressé. Sarah cria. Dans un embrasement, ils se consumèrent de plaisir, avant de demeurer étendus, haletants, comblés, couverts de sueur et de poussière.

— Ce qu'il te faut, c'est quelques bonnes leçons, lui souffla Langeveldt à l'oreille.

Elle lui mordit l'épaule.

Ils déjeunèrent d'un porridge de maïs cuisiné sur un feu dont la fumée se voyait à peine dans le ciel bleu. Sarah alla se laver au ruisseau. Elle se sentait propre et nette ; son âme aussi renaissait, lavée, purifiée. D'où vient ce bonheur qui vous tombe dessus sans prévenir ? Était-ce leur complet dénuement qui la faisait prendre conscience de tout ce qu'ils possédaient encore ? Ils étaient entiers, en bonne santé – la blessure de Joe, vite guérie, n'était plus qu'une cicatrice parmi tant d'autres –, et rien ne les menaçait pour l'instant.

Au cours de leur lent pèlerinage, ils croisèrent des troupeaux d'éléphants qui avançaient méthodiquement sur la ligne d'horizon, mais aucun être humain. Les villages avaient été désertés, certains brûlés. Par moments ils avaient la sensation d'être épiés, mais si espions il y avait, ils se cachaient bien. Sarah comprenait leur timidité.

— Des girafes, annonça Langeveldt alors qu'ils longeaient un bosquet d'arbres.

Sarah n'en crut pas ses yeux. Elles étaient bien là, fondues dans les taches d'ombre et de lumière, et elles mastiquaient avec une concentration toute bovine. Quelle journée miraculeuse ! En pleine extase, Sarah en oubliait l'ardeur du soleil, la fatigue de la marche et le harcèlement des mouches.

Le soir les conduisit à un autre village désert, mais cette fois ils eurent l'impression que les gens l'avaient quitté depuis peu et provisoirement. Il y avait des marmites renversées à l'entrée des habitations, de la semoule répandue sur le sol. Chaque fois qu'ils regardaient dans une hutte, ils s'attendaient à y trouver quelqu'un recroquevillé dans le noir, mais non.

— Je n'aime pas cet endroit, chuchota Sarah.

— On passera la nuit ici, déclara Langeveldt.

— Je t'en prie, Joe, ça ne me dit rien du tout ! Si quelqu'un venait, on serait piégés comme des rats.

— On reste, répliqua-t-il sèchement.

— Eh bien, pas moi, déclara Sarah en s'éloignant d'un pas décidé, le nez en l'air.

Langeveldt la saisit par le bras et la fit se retourner.

— Faut-il vraiment que je te mette les points sur les *i* ? s'exclama-t-il. Ça grouille de lions, dans le coin, il y a des empreintes partout. Tu peux aussi bien te planter une pancarte sur la poitrine en indiquant le prix de la viande au kilo.

— Tu aurais pu le dire ! protesta Sarah en se dégageant.

— Je croyais pouvoir m'en passer.

Elle le regarda à la dérobée. Manifestement, elle l'avait blessé. Depuis qu'ils étaient ensemble, elle avait provoqué en lui bien des émotions, la colère, l'exaspération, le désir, mais jamais cela.

— Joe, demanda-t-elle soudain, le prenant au dépourvu, as-tu jamais été amoureux ?

— Euh... C'est une drôle de question. Oui, comme tout le monde, je suppose.

— Alors ? insista-t-elle.

Il rougit et détourna les yeux, ce qui n'était pas dans ses habitudes.

— J'ai connu beaucoup de femmes, dit-il d'une voix mal assurée. Il m'est arrivé d'y croire, quelquefois. Jamais longtemps. J'ai vite pris mes distances, comme l'araignée mâle s'empresse de déguerpir avant que sa femelle ne le dévore. Je dois sans doute en conclure que je n'ai jamais été amoureux. Satisfaite ?

— C'est à cause de ta mère, tu crois ?

Dans la pénombre, les yeux de Langeveldt étincelèrent.

— Ça n'a rien à voir. Je n'aurais jamais dû te raconter... Bon sang, j'ai raison de me méfier ; dès qu'on se relâche un peu, les bonnes femmes vous mangent tout cru, elles jouent avec vous comme un enfant qui décortique une mouche. Pourquoi tomberais-je dans le piège ? Tu t'y connais dans ce domaine : n'est-ce pas ce que tu fais subir à Douglas, le charmant Douglas, qui t'aime tant ?

— Tu parles de ce que tu ne connais pas ! s'écria Sarah. C'est tout le contraire, si tu veux savoir... Enfin, je ne veux pas dire qu'il me torture, il ne souhaite que mon bonheur et celui des enfants... Tu ne comprends rien !

— Non, dit Joe en la fixant avec une soudaine curiosité. Je ne comprends rien du tout. Ça ne te plaît pas d'être mariée à Douglas ? Je croyais qu'il t'aimait, qu'il te rendait heureuse...

— Bien sûr qu'il m'aime, il subvient à tous nos besoins. Seulement... parfois, je ne m'y retrouve pas. Il y a cette Mme Hamilton qui fait tout dans les règles : elle s'habille bien sans faire de chichis, elle donne des dîners très réussis, reçoit et charme ses amis..., et puis il y a Sarah, qui n'est pas du tout pareille. Je suis brouillonne, idiote, paresseuse, bruyante, je déteste ces types qui viennent dîner chez moi pour parler affaires et qui m'ignorent, mais... je le fais pour Douglas. C'est donc que je dois l'aimer. Lui aussi, j'imagine, puisqu'il fait tout pour moi...

Son ton manquait singulièrement de conviction. Tout cela semblait si loin, c'était presque comme si la vie qu'elle venait d'évoquer appartenait au passé. Elle aimait Douglas, bien sûr, mais Joe la fixait d'un air étrange, attentif, aux aguets. Elle lui tourna le dos et se tut. Son trouble était si grand, quand ils s'installèrent pour dormir, que ses peurs s'envolèrent.

Au cœur de la nuit, un léger bruit – semblable au pépiement d'un oiseau – la tira de son sommeil. Tout en restant étendue, elle tendit l'oreille. La hutte sentait le renfermé, le vent sifflait et faisait craquer le chaume. Le bruit revint, faible mais audible, un petit cri plaintif, insistant, qui tirait sur son cœur de mère comme avec une corde.

— Joe ! Réveille-toi !

En bon chasseur, il ouvrit instantanément les yeux.

— Là ! Tu entends ?

— Ce n'est qu'un animal. Rendors-toi.

— Je ne peux pas. Je vais aller voir.

Avant qu'il ait pu l'en empêcher, elle avait déjà franchi le seuil. Il la suivit en courant.

— Rentre ! Tu sais bien que c'est dangereux de traîner dehors la nuit.

— Je l'entends, ça vient de là !

Il lui emboîta le pas en jurant à voix basse.

— Joe ! murmura-t-elle. Joe, regarde donc.

Au milieu des buissons reposait un petit enfant noir, qui pleurait doucement.

Une fois de retour dans la hutte, ils contemplèrent leur trouvaille. C'était une fillette de deux ans environ, au ventre gonflé, aux bras et aux jambes maigres comme des allumettes. À part un anneau de perles à la cheville, elle n'avait rien sur elle.

— Le kwashiorkor, déclara Langeveldt. C'est un état de malnutrition avancé. Et elle a la rate hypertrophiée à cause de la malaria.

— Pauvre gosse, murmura Sarah en la prenant dans ses bras.

Craintive, l'enfant se mit à pleurnicher.

— Que peut-on lui donner à manger ? Tu penses qu'elle tète encore sa mère ?

Comment savoir ? Ils ne possédaient rien, hormis un peu de viande séchée. Au matin, ils pourraient préparer du porridge de maïs, mais ce n'était pas ce dont l'enfant avait besoin. L'inquiétude vint assombrir les pensées de Sarah. Hier, ils n'étaient responsables que d'eux-mêmes. Mais demain...

— Où est sa mère, d'après toi ?

Langeveldt haussa les épaules.

— Elle a peut-être été emportée par un lion. Ou bien elle se cache dehors, en attendant notre départ... On verra ça demain matin.

Ils passèrent le reste de la nuit mal à l'aise. Couchée entre eux, l'enfant sentait l'aigre. Elle s'était calmée, mais ne dormait pas.

Au matin, pendant que Sarah forçait la fillette à s'alimenter, Langeveldt fit un tour d'inspection et put reconstituer ce qui s'était passé. Pour une raison inconnue, la mère était demeurée au village au lieu de fuir comme les autres. Elle avait dressé un petit campement pour elle et l'enfant dans les broussailles alentour, et c'est là qu'elle s'était retirée à l'heure du danger. Des vomissures montraient qu'elle avait été malade ; sans doute cela expliquait-il qu'elle soit restée sur place. Elle gisait là sans défense quand un léopard l'avait attaquée, négligeant l'enfant pour la proie la plus grosse. Il n'y avait pas trace du corps, mais on voyait le sang et les empreintes des pattes. Pauvre gosse. Il aurait mieux valu qu'elle meure avec sa mère, songea Langeveldt, et il retourna informer Sarah de sa découverte.

Elle nourrissait la fillette à la becquée, lui enfournant du porridge gluant chaque fois qu'elle ouvrait la bouche.

— Nous voilà avec elle sur les bras, conclut-elle

après le rapport de Joe. Bon, il faut lui donner un nom. Comment va-t-on t'appeler, trésor ?

— Petit boulet, suggéra Langeveldt avec aigreur.

Sarah le foudroya du regard.

— Il faut que ce soit un nom africain. Choisis, Joe.

Il réfléchit un moment.

— Tanu, proposa-t-il. Ça veut dire cinq en swahili. Regarde, ici il y a cinq huttes et là-bas, cinq épineux.

— Tanu, répéta Sarah. Pas mal. Il va falloir te remettre sur pied, Tanu ma fille... Regarde, tes cheveux tombent par plaques. Comment va-t-on faire ?

— Il faut trouver un village qui s'occupera d'elle, et vite, déclara Langeveldt. On ne pourra pas la garder, inutile d'y songer. Levons-nous et partons. Je n'ai pas envie de traîner ici plus que nécessaire.

Il alla fouiller dans les huttes, réapparut avec une longue bande de tissu qu'il plia en triangle. Il posa Tanu au milieu et, tout en la maintenant maladroitement sur son dos, noua le tissu autour de sa taille.

— C'est moi qui vais la porter, proposa Sarah. Les femmes d'ici le font bien. Pourquoi pas moi ? S'il te plaît, Joe.

— Elle est trop lourde, répliqua-t-il d'un ton définitif.

Mais ce n'était pas la vraie raison. Il se dégageait de Sarah une telle douceur quand elle s'occupait de la petite qu'il supportait à peine de les regarder. Pour la première fois de sa vie, il songea à avoir un enfant, un gosse qui aurait besoin de lui et lui vouerait un amour sans réserve. Et il rejeta aussitôt cette idée. Cette môme posait déjà des tas de problèmes, alors qu'ils s'en débarrasseraient bientôt. Avoir des enfants, c'était mettre sa vie en coupe réglée. Non, le jeu n'en valait pas la chandelle. Autant demeurer seul. C'est avec cette pensée qu'il hissa le bébé sur son dos, tendit la main à Sarah, et se mit en quête d'un village.

Au milieu de la plaine se dressait un épineux aux branches fourchues, au tronc lacéré. Et, coincés dans les branches, pendaient les restes d'un cadavre aux membres disloqués. Sarah suivit le regard de Langeveldt.

— Non, ne me dis pas que c'est sa mère ! s'écria-t-elle avec horreur.

— Il semble bien. Le garde-manger du léopard. Il a déjà mangé une cuisse, et il reviendra ce soir y repiquer. Mais ne compte pas sur moi pour lui régler son compte.

— Comment ça ? Mais tu dois le tuer ! C'est obscène !

— Je ne vois pas pourquoi, rétorqua Langeveldt avec un sourire sinistre. Il tue pour manger, et l'humanité n'est pas une espèce en voie d'extinction, que je sache.

— Ça ne te ferait rien d'avancer ? Je préfère changer de paysage, dit Sarah, au bord du malaise.

Elle redressa Tanu dans le porte-bébé improvisé. L'enfant s'endormit vite, bercée par le rythme de la marche. Alors qu'ils s'éloignaient, une silhouette fauve bondit souplement sur l'arbre. Après quelques secondes passées à les regarder, les yeux luisants, le léopard tourna la tête, et entreprit de manger en tirant sur la chair avec nonchalance.

L'enfant dormait trop. Ça leur facilitait la vie, bien sûr, mais une gosse de cet âge aurait dû gigoter comme un beau diable. Même quand elle ne dormait pas, Tanu avait l'air éteinte. Sarah s'inquiétait sérieusement de la voir ainsi dépérir.

Langeveldt avait gardé ses deux dernières balles. Il avait pris au piège une pintade, avec une corde d'herbe tressée, et Sarah avait tenté d'allécher Tanu en lui présentant de menus morceaux de blanc tendres et goûteux ; mais la petite mâchait sans entrain et, bien souvent, le bout de viande retombait de sa bouche. Ils trouvèrent un arbre chargé de fruits qui ressemblaient à des prunes ; l'enfant en mangea deux, et fut malade. Quant à Sarah et Langeveldt, ils en avalèrent des kilos, et furent pris de violentes crampes d'estomac accompagnées de diarrhées, dont ils parlèrent sans gêne aucune. Sarah sourit en y repensant... Lorsqu'elle avait ses règles, elle disait à Douglas qu'elle n'était « pas très bien », et se déshabillait discrètement dans la salle de bains. Joe, lui, n'avait rien compris à son comportement fantasque, et elle avait dû lui expliquer timidement qu'elle n'était pas « dans un bon jour » – sans que cela freine vraiment ses élans, d'ailleurs. Enfin, au moins, elle ne tomberait pas enceinte : on lui avait posé un stérilet après la naissance de Joanne...

Elle reprit la tâche fastidieuse qui consistait à nourrir Tanu. La viande se gâtait vite.

— Je ne sais plus que faire, finit-elle par déclarer, les yeux assombris.

Devant son désarroi, Joe prit un morceau de viande et le mâcha longuement. Quand il fut réduit en bouillie, il le recracha dans sa main et poussa la bouchée entre les lèvres décolorées de l'enfant. Elle avala. Il réitéra l'opération, jusqu'à ce que Tanu tombe de sommeil. Sarah soupira de soulagement.

— Ce que tu es malin ! dit-elle à Joe en lui pressant la main. Mais cela va nous prendre du temps de nourrir la petite. Nous n'avancerons pas au même rythme.

Il haussa les épaules.

— Elle ira mieux dans une semaine, on peut traînasser en chemin... Tiens, ça n'a pas l'air de te contrarier beaucoup, remarqua-t-il en voyant Sarah acquiescer. Je croyais que tu mourais d'envie de rentrer pour retrouver ce cher Douglas et chasser ta rivale.

— Une semaine de plus ou de moins... L'Angleterre est pour moi comme une autre planète. Je n'arrive pas à croire que j'y retournerai jamais. Tu sais, j'étais capable de faire un drame pour quelques taches sur le tapis. Je devais être cinglée !

— Un mois là-bas, et tu seras dans les mêmes dispositions d'esprit, affirma Joe avec philosophie en frottant le canon de son fusil. Ici, au moins, on s'inquiète de choses essentielles – la vie, la mort...

— ... et les taches sur le canon de ton fusil, l'interrompit Sarah. Tu le couves plus qu'un nouveau-né. Ne me dis pas que c'est parce que nos vies en dépendent. Tu es bien plus maniaque que moi.

Il grimaça un sourire. C'était vrai. Il détestait le désordre, en particulier toutes ces cochonneries qui vont avec le mode de vie civilisé ; papiers d'emballage, papier hygiénique, boîtes de conserve vides... Le sang, les excréments, le vomi, la sueur, rien de tout ça ne l'indignait, mais une rue pleine d'immondices le mettait en rage. Il balança Tanu endormie sur son dos, ficha sur sa tête son chapeau cabossé et entama sa marche, suivi de Sarah. Il était difficile de dire lequel s'était adapté à l'autre, mais ces derniers temps leurs pas étaient parfaitement assortis.

Vers midi, ils cherchèrent un lieu de repos pour s'abriter de l'ardeur du soleil. De la bave séchée blanchissait les lèvres de Tanu, qui ne transpirait même plus. L'herbe était drue et leur arrivait à la taille ; des termitières s'élevaient çà et là. Soudain, Langeveldt s'arrêta, les yeux fixés au loin. Sarah regarda dans la même direction en fermant à demi les paupières pour se protéger de la lumière aveuglante, mais elle ne remarqua rien.

— Reste ici. Ne bouge pas et tais-toi, commanda Langeveldt en descendant l'enfant de son dos. Si je ne suis pas de retour d'ici ce soir, fais route à l'est.

— Qu'y a-t-il ? Qu'est-ce que tu as vu ?

— Un groupe de chasseurs, quatre hommes avec des lances. Je veux aller leur parler.

— Non ! je t'en prie, Joe, n'y va pas. On est bien ici, on n'a pas besoin d'eux. Et si tu ne revenais pas ? Je ne pourrais pas m'en sortir toute seule. Je t'en prie, ne me laisse pas !

— Sacrée touriste, va, murmura-t-il en lui donnant un petit baiser. Il faut bien faire quelque chose : cette gosse se meurt. Fais ce que je t'ai dit et attends, je ne serai pas long.

Découragée, Sarah prit l'enfant dans ses bras et s'installa avec elle. En Angleterre, la vie était une chaîne solide à laquelle chacun pouvait s'accrocher avec confiance pour ne relâcher doucement son emprise qu'au temps de la vieillesse. Bien sûr, certains mouraient prématurément et les journaux regorgeaient de tristes faits divers contant des vies tranchées trop tôt ; mais, dans son entourage, elle n'en connaissait aucun exemple. Ici, tout était si différent ! On tuait pour se nourrir, on était sans cesse confronté aux dures réalités de l'existence. En plus des bêtes féroces, il y avait la maladie, les accidents, la famine, la sécheresse. Et si on échappait à tout ça, des égorgeurs pouvaient vous tomber dessus sans autre forme de procès. Après Cottar et Duffy, c'était le tour de Tanu. Joe Langeveldt serait-il le prochain ? ou bien la distinguée Mme Hamilton, mère de deux fillettes ? Des larmes de détresse montèrent aux yeux de Sarah, et tombèrent sur le visage émacié de la petite.

— Je t'en prie, fais un effort, Tanu, murmura Sarah, et l'enfant lui répondit en miaulant comme un chaton.

Même à l'ombre, il faisait terriblement chaud. Des mouches s'agglutinaient au coin des yeux, des lèvres, des narines. Sarah vit de petits oiseaux au bec rouge qui ressemblaient à des moineaux voleter au-dessus de l'herbe, mais ce n'était pas Joe. Soudain, elle entendit grogner un lion ; il n'y avait aucun doute, le cri bas et guttural venait de tout près. Elle faisait une proie facile. Se dressant d'un bond, Sarah poussa un cri démentiel qui fit pleurer le bébé. À moins de deux mètres, il y eut un bruissement dans les herbes. Elle regarda autour d'elle avec désespoir, et aperçut le lion qui s'enfuyait en battant l'air de sa queue tandis que Joe courait vers elle, suivi de deux grands Noirs munis de lances. La peur la fit bafouiller.

— Le salaud, il allait me sauter dessus ! J'en ai assez de ce pays où l'on ne peut même pas s'asseoir cinq minutes sans qu'un lion vienne s'en mêler. Je t'avais dit de ne pas me laisser. Mon Dieu...

Ses jambes se dérobèrent sous elle, et elle s'écroula dans l'herbe.

— Tu exagères, lança Joe en la toisant de toute sa hauteur. Pauvre lion, il a eu la peur de sa vie. Toi qui te prétends si respectueuse de la nature et de sa faune... Allez, venez donc faire connaissance, toutes les deux.

Sarah se sentit ridicule. Les deux hommes la fixaient, la lance à la main ; ils avaient chacun deux fines tresses de cheveux et ne portaient qu'un simple pagne. La sueur creusait de minces rigoles sur leur peau d'un gris cendreux. Sarah se força à leur sourire.

— Le bébé est malade, déclara-t-elle en leur montrant le petit corps emmailloté.

Leurs bouches s'arrondirent, et l'un d'eux souleva les couvertures pour regarder Tanu, qui était réveillée mais ne bougeait pas. Il dit quelque chose à Langeveldt, et il accompagna ses paroles de gestes vifs et vigoureux, balançant la main, haussant les épaules, balayant l'air de son bras. Langeveldt hocha la tête et répondit lui aussi par signes.

— Tu comprends ? s'enquit Sarah. Que dit-il ?

— On peut y aller. Leur village n'est pas loin d'ici... enfin, tout est relatif. L'un va nous devancer, l'autre restera pour nous guider. D'après eux, les soldats sont venus nombreux, mais ils sont repartis.

— Dieu merci ! s'exclama Sarah avec un soupir de soulagement. Es-tu bien sûr qu'ils sont amicaux, au moins ? C'est peut-être un piège.

— Ne prends pas cet air inquiet et garde le sourire, lui recommanda-t-il. À mon avis, ça devrait aller.

— C'est ce qu'a dit le missionnaire en montant dans la marmite... Bon, comme d'habitude, on n'a pas le choix. Suivons-les.

L'un des hommes s'éloigna au pas de course, à une allure que Sarah n'aurait pu tenir sans s'écrouler au bout de quelques mètres.

— À toi de porter Tanu, précisa Joe avec un air de grand seigneur. À partir de maintenant, il faut que je pense à mon image de marque.

Sarah suivit humblement, alourdie par sa charge. Cela lui rappelait les premiers jours qui avaient suivi l'accident d'avion. Elle se retrouvait dans le rôle de la femme soumise – pour la bonne cause, certes, mais c'était quand même dur à avaler.

Le village n'était pas loin, sept kilomètres environ, mais la chaleur rendit le trajet épuisant. Quand ils furent en vue de la barrière d'épineux, Langeveldt et son guide se mirent à courir pour faire leur entrée en beauté. Sarah resta seule à cheminer. À son arrivée, les hommes étaient en cercle, accroupis, et ils buvaient en discutant avec animation. Aussitôt, les femmes vinrent s'attrouper autour de Sarah. Elle eut beau lancer à Langeveldt des regards désespérés tout en affichant un sourire nerveux et un air confiant, il l'ignora complètement.

Les femmes étaient petites, seins nus, et portaient, drapé autour de la taille, un tissu rouge et bleu qui déteignait par endroits sur leur peau. Certaines avaient des bracelets de cuivre, d'autres seulement un anneau de perles à la cheville. Il était difficile d'évaluer leur âge. Malgré leur excitation, leur curiosité, elles semblaient harassées et mal nourries. Il leur manquait l'éclat que donne la santé.

Elles se mirent à tripoter Sarah, tâtant ses cheveux, tirant sur ses vêtements déchirés, et l'entraînèrent doucement mais fermement loin du cercle des hommes. La panique envahit Sarah, mais Joe continua de l'ignorer délibérément. Le lieu où les femmes se réunissaient était un cercle de terre entouré de huttes. Comme les hommes, elles s'accroupirent sur les talons, mais Sarah s'assit prudemment en serrant Tanu contre elle. La plus vieille des femmes regarda bien l'enfant, puis elle croassa quelques mots à l'adresse de ses amies, et toutes gloussèrent en se cachant le visage. Elles étaient surprises que l'enfant soit si différente de la mère. Sarah secoua la tête énergiquement, mais elles ne semblèrent pas comprendre. Alors, Sarah s'occupa de questions plus urgentes et montra du doigt la bouche de l'enfant. Les femmes marmonnèrent entre elles, l'air perplexe. Finalement, la plus courageuse s'approcha de Sarah et lui pressa le sein. Aussitôt, une forêt de mains s'engouffrèrent dans sa chemise. Sarah resta comme paralysée. Quand elles eurent toutes vérifié l'absence de lait, elles s'écartèrent en poussant des exclamations stupéfaites. Honteuse de paraître si inutile à leurs yeux, Sarah souleva Tanu, et la tendit humblement à une jeune femme qui allaitait déjà un garçon de bonne taille. Avec un haussement d'épaules, celle-ci prit Tanu, et lui fourra son autre sein dans la bouche. L'enfant détourna la tête, mais les femmes redoublèrent de zèle. Après une brève discussion, l'une alla chercher un petit pot, trempa un doigt dedans et enroba le bout du sein d'une substance poisseuse. Cette fois, Tanu ne le repoussa pas ; elle se mit à téter goulûment, ce qui fit hocher la tête à toute l'assemblée, satisfaite.

Le petit pot était plein de miel. À son tour, Sarah y trempa le doigt, et sentit ses papilles gustatives frémir de délice. Son « mmm » de plaisir fit rire les femmes qui se tapèrent sur les cuisses, et l'une d'elles lui tendit un bol de porridge en lui faisant signe de le manger avec du miel. Devinant combien cette denrée devait leur être précieuse, Sarah n'en prit qu'un peu, et mangea le porridge avec les doigts en savourant chaque bouchée. Puis on lui passa une tasse en métal cabossé pleine d'un épais liquide jaune. À peine en eut-elle bu une gorgée que tout se mit à tanguer dangereusement. Baignant dans une douce lumière dorée, elle en oublia ses vicissitudes. C'est ainsi que Joe la trouva, souriant d'un air béat.

— Tu es soûle, l'accusa-t-il.

— Parfaitement, répliqua-t-elle avec aplomb. C'est agréable. Tanu va bien, je vais bien, et ils vont te sacrer roi. J'ai donc le droit de me soûler.

— Gare à la gueule de bois. Tu sais, nous devrions faire quelque chose pour ces gens...

— Je croyais que c'était eux qui devaient nous aider.

— C'est vrai, mais ils sont en train de dépérir. Les soldats ont détruit leurs récoltes, ils n'ont pas de viande et c'est du sport de chasser avec une lance, surtout quand on est faible et mal nourri.

Sarah sentit son euphorie retomber. La vie reprenait ses droits, elle se trouvait de nouveau entre ses griffes.

— Vas-y, soupira-t-elle.

— Comment ça ?

— Prends ton fusil. Et arrange-toi pour tuer du gros gibier, que tout le monde puisse en profiter.

Il grimaça un sourire.

— Brave fille... Au fait, quelqu'un a libéré cette hutte pour nous. On peut s'y installer.

Elle se leva pour gagner d'un pas chancelant la hutte en question, plongea par l'étroite ouverture, et s'effondra aussitôt sur un lit d'herbes sèches.

Quand elle se réveilla, il faisait sombre, mais le village était éclairé par une dizaine de feux de bois, et des éclats de rire résonnaient dans la nuit. Il y avait une bonne odeur de viande rôtie. Deux antilopes étaient enfilées sur des broches ; la graisse chaude qui coulait s'embrasait au contact de la flamme, et les rôtisseurs sautaient en arrière pour éviter de se brûler les jambes. Assis sur les talons au milieu des hommes, Joe buvait de la bière de maïs en écoutant avec indulgence des récits de chasse hauts en couleur. Sarah reconnut leur guide lorsqu'il bondit sur ses pieds. Il fit mine de viser en roulant des yeux farouches, puis devint l'antilope brutalement interrompue dans sa course vive et légère, qui tombe et dont une patte tressaute encore avant l'immobilité finale. Ses compagnons s'esclaffèrent de bon cœur, c'était sans doute le clown de la bande. Sarah avait la tête lourde, la bouche sèche. Elle partit en quête de Tanu. À son grand étonnement, dès qu'elle la vit, l'enfant pleura en lui tendant les bras. Cela aurait suffi à émouvoir le cœur le plus endurci ; la femme à qui elle l'avait confiée sourit en hochant la tête. Sarah lui pressa la main pour la remercier.

La fête ne faisait que commencer. Les hommes engloutissaient d'énormes morceaux de viande dont ils jetaient parfois quelques lambeaux aux enfants.

Quant aux femmes, elles devaient attendre. Lorsque vint leur tour, elles gâtèrent Sarah en lui réservant le meilleur ; mais celle-ci n'en prit qu'un peu pour Tanu et refusa le reste, se contentant d'un petit morceau de chair filandreuse. Elle n'avait pas manqué de viande, alors que ces gens n'avaient pas festoyé depuis des lustres.

La bière se mit à couler et les tambours à résonner dans la nuit. Il devait en être ainsi depuis le commencement des temps : la chasse, le festin, puis la musique. Une femme entama un chant sous la forme d'une courte question à laquelle des dizaines de voix répondirent de concert. Les pieds martelaient la terre sèche, les enfants esquissaient des pas de danse en se balançant. Mais les parents attendirent que meurent les feux pour former des cercles et se lancer. Les hommes dansaient avec les hommes, les femmes entre elles. Sarah n'en crut pas ses yeux : pieds nus, Joe scandait aussi la mesure, et pas comme un touriste s'amusant à imiter des indigènes. Non, il était vraiment l'un d'eux et connaissait les pas. Abandonnant toute réserve, Sarah déposa Tanu endormie pour rejoindre les femmes.

Le cercle s'ouvrit pour elle et se referma aussitôt. Ce n'était pas difficile : le chant et les tambours vous entraînaient dans le rythme presque malgré vous. Gagnée par la répétition obsédante du tam-tam, des pas, des voix à l'unisson, Sarah sentit son esprit s'embrumer ; plus rien n'existait que les tambours et la danse et, quand le tempo s'accéléra, Sarah suivit comme tout le monde. Les cercles s'ouvrirent, ils devinrent des lignes, les hommes faisant face aux femmes. Eux mimaient une sorte de chasse en dansant, ils couraient, projetaient une lance imaginaire ; elles continuaient de scander leur chant. On ne pouvait dénier le côté sexuel de la chose : aguicheuses, elles faisaient saillir leurs seins ; avides, ils projetaient leurs corps en avant. Un couple quitta le cercle et disparut dans la pénombre, par-delà les feux. Joe faisait à présent face à Sarah, le visage couvert de cendres, l'air absent. Elle roula des hanches avec lubricité en évitant son regard. Tout en dansant, il plongea en avant, mais au lieu de se retirer il la saisit dans ses bras et l'emporta, brisant la ligne qui se referma derrière eux. Une fois dans la hutte, ils firent l'amour en retenant leurs cris, dans un silence frénétique, et sombrèrent aussitôt dans un sommeil sans rêves.

Ils restèrent une semaine et l'image que Sarah avait de ces gens changea du tout au tout ; elle passa d'une méfiance hautaine et quelque peu méprisante à un respect mêlé d'étonnement. Ils survivaient joyeusement dans des conditions qui auraient fait d'elle une mégère querelleuse, aboyant sans arrêt sur ses enfants. Le dénuement avait remplacé la prospérité, mais ils ne perdaient pas de temps à gémir sur leur sort ; les femmes s'occupaient de replanter et de cueillir des figues sauvages, les hommes chassaient et posaient des pièges. La nuit, les jeunes guerriers se couchaient près du feu, roulés dans une couverture, d'où leur peau grise de cendre. Ils sentaient le feu de bois, et cela provoquait chez Sarah d'étranges résonances, des visions de jardins anglais en automne. Dire qu'elle les avait crus stupides... Joe expliqua comment ils avaient hérité de Tanu et, par politesse, les femmes s'efforcèrent de réprimer un fou rire. Leurs manières étaient simples, dénuées d'affectation, et désarmantes aux yeux de Sarah. En revanche, ces gens étaient superstitieux, et affaiblis par des maladies qu'ils auraient pu éviter, la dysenterie par exemple ; il faut dire qu'ils puisaient leur eau n'importe où. Langeveldt les mit en garde, il les exhorta à faire plus attention et, à l'étonnement de Sarah, parut être écouté. Il savait s'y prendre, parlait avec eux sans paternalisme ni condescendance. Il n'était sûrement pas aussi à l'aise avec ceux de sa race, songea Sarah.

Les villageois n'avaient aucune envie de garder le bébé, Sarah et Joe s'en aperçurent vite. Comme leurs bonnes manières leur interdisaient de refuser, ils feignirent de ne pas comprendre quand le sujet fut abordé. Le chef fit servir de la bière à ses invités, et la nourrice de Tanu eut de grands gestes auxquels Sarah ne comprit rien.

— Je crois bien que la môme va nous rester sur les bras, constata Joe en soupirant.

Sarah prit la petite sur ses genoux. L'une des femmes lui avait donné une mince bande de tissu incrusté de perles et elle en faisait des colliers, un pour Tanu, l'autre pour elle.

— C'est aussi mon impression, répondit-elle sereinement.

L'enfant les regardait avec de grands yeux, en suçant son pouce.

— Espèce de mère poule, dit Joe à Sarah en lui ébouriffant les cheveux. On pourrait partir demain matin...

Sarah perdit un peu de sa sérénité. Elle savait qu'il était temps, qu'il ne fallait pas abuser de cette hospitalité. Pourtant, comme c'était dur de renoncer à une relative sécurité pour reprendre la marche sous le soleil ! Elle soupira.

— Bon. As-tu décidé de la route à suivre ?

D'après les longues discussions que Joe avait eues avec le chef du village, ils avaient deux possibilités : continuer comme avant, au risque de rencontrer des soldats, ou voyager à travers les marais, qui commençaient à trente kilomètres de là. Les hommes les connaissaient bien, ils y avaient posé des nasses, et ils pensaient qu'on pouvait arriver jusqu'au Zimbabwe en canotant. Mais la mouche tsé-tsé, les hippopotames et les nuages de moustiques en faisaient un endroit peu recommandable.

— Va pour les marais, conclut Langeveldt.

Sarah sentit sa gorge se nouer.

— Tu es sûr ?

— Sûr et certain. Le pire qui puisse nous arriver, c'est de nous faire tuer. Si nous prenons l'autre route et que les choses tournent mal, on a toutes les chances d'y passer... Au moins, là-bas, on pourra pêcher. Dis-moi un peu ce que tu vaux avec un hameçon ?

— Je n'ai jamais pêché de ma vie. Et, à la vérité, je n'aime guère faire du bateau. Regarde ce qui est arrivé au *Titanic*.

— À mon avis, nous réussirons à éviter les icebergs. Et moi, je sais pêcher.

— Cela va sans dire, Joe chéri, répliqua Sarah en lui tapotant la main. Tu sais tout faire. D'accord, va pour le marais.

Comme presque tout sur Terre, ce serait sans doute beaucoup moins méchant qu'elle ne le craignait, pensa-t-elle avec philosophie.

8

Les piqûres des mouches avaient couvert de cloques ses avant-bras lisses et bronzés. Par endroits, à force de se gratter, elle avait la chair à vif. On aurait dit une carte en relief représentant la surface de la Lune. Sauf que la Lune était un astre froid et paisible, tandis que ses bras brûlants la lançaient continuellement. Le premier jour, constatant les dégâts, Joe avait enduit de boue Sarah et Tanu. Cela leur avait donné un peu de répit ; mais, en séchant, la boue tombait en poussière et entrait dans les yeux de Tanu.

Pourtant, ils avaient eu de la chance, songeait Sarah ; ils avaient trouvé un canoë. Le chef du village avait fourni à Joe des indications précises, qui s'étaient révélées aussi exactes que celles d'un touriste japonais en séjour à Londres ; mais ils étaient tombés par hasard sur un canoë qu'un pêcheur avait dû laisser au bord des marais. C'était un simple tronc d'arbre creusé, où Sarah se sentait en équilibre précaire. Il n'était pas équipé de rames, mais d'une longue perche. Quand il s'échouait, Joe et Sarah devaient le hisser et le porter jusqu'à la passe suivante. C'était éreintant, et ils se sentaient à bout de forces bien avant la fin du jour – contrairement à Tanu qui, fascinée par l'eau, semblait résolue à se noyer. Quant aux poissons qu'ils attrapaient, ils étaient pleins d'arêtes et avaient un goût de vase.

Cette nuit-là, ils dormirent dans le canoë, sur un lit de roseaux. Le chœur des lions qui avait jusque-là entretenu les appréhensions nocturnes de Sarah était à présent remplacé par des bruits d'eau multiples et variés, tous horriblement évocateurs – remous, clapotis, gargouillements...

— Joe ! murmura-t-elle enfin. Tu es réveillé ?

— Oui. Bon Dieu, ces moustiques !

— Je déteste cet endroit. On n'aurait jamais dû choisir ce chemin, ça risque de durer des semaines... Qu'est-ce que c'est ? demanda-t-elle en entendant un glissement suivi d'un floc. Ça n'arrête pas.

— Les crocodiles, dit Joe sans s'étendre davantage sur le sujet. Rendors-toi. À quoi bon se lamenter ? On va par là, un point c'est tout.

Sarah se redressa, et le canoë oscilla dangereusement.

— Non, ce n'est pas tout, Joe Langeveldt ! Si je veux prendre l'autre chemin, je le prendrai ! déclara-t-elle, sans tenir compte du fait qu'ils n'avaient qu'un seul canoë et que seul Joe savait où ils se trouvaient.

Tanu remua et se frotta les yeux.

— Vas-y donc, répliqua Joe.

Il se rallongea en mordant sur l'espace où Sarah aurait dû poser sa tête, et se raidit à l'avance contre l'attaque imminente.

— Sale porc ! cria Sarah en le menaçant du poing.

Vif comme l'éclair, il lui saisit le poignet, le tordit et la fit basculer à moitié par-dessus bord.

— Tu es prête ? demanda-t-il gentiment. Autant partir de bon matin. Tu emmènes la petite, cela va sans dire.

Tanu se mit à pleurer.

— Lâche-moi, cracha Sarah, et il s'exécuta.

Ils restèrent assis l'un à côté de l'autre dans le bateau.

— Tu n'es qu'un salaud, ajouta Sarah en berçant la petite.

— Et toi une mégère. À quoi t'attendais-tu ? À l'embarquement pour Cythère ?

— Non, mais ici, entre les mouches, l'humidité et les crocodiles, on nage en plein cauchemar !

— Ça ne m'emballe pas non plus, reconnut Joe. Ces crocos... J'en ai tué des centaines et je ne l'ai jamais regretté. Quelles sales bêtes !

— Tu penses qu'ils vont prendre leur revanche ? demanda Sarah d'un ton sinistre.

— J'avoue que cela m'a traversé l'esprit, répondit Joe en frissonnant. Bon Dieu, ce que j'aimerais avoir un fusil correct ! J'ai vu une fille se faire prendre, une fois – c'est souvent les femmes qui vont chercher de l'eau ; ça s'est passé si vite qu'elle n'a même pas eu le temps de crier. Mais on l'a vue battre des bras et des jambes pendant qu'il la dévorait. Et, après une chasse, on a retrouvé son anneau de cheville dans le ventre du plus gros croco que j'aie jamais rencontré... Avant aujourd'hui.

Sarah chercha sa main et la serra dans le noir.

— Ça ira mieux quand on aura avancé, dit-elle avec confiance. Ils seront moins nombreux.

— Je croyais que tu voulais retourner en arrière !

— Oui, mais maintenant que tu es presque d'accord, j'ai changé d'avis, répondit-elle avec un petit rire. Finalement, je préfère les crocos aux soldats. Oh, tais-toi, Tanu, et cesse de gigoter comme un têtard ! s'exclama-t-elle, agacée.

— Sois gentille, Sarah. Elle veut seulement que tu l'aimes. Ce n'est pas sa faute si tu ne penses qu'à Douglas et à tes deux enfants gâtées.

— Si Douglas était là, il n'arrêterait pas de geindre en maudissant le manque d'hygiène et les microbes, et il serait persuadé d'avoir toujours raison alors qu'il aurait tort. Quant à moi, pour ne pas le contrarier, je ne dirais rien, je serais tout miel, jusqu'à devenir complètement idiote... Non, je suis bien mieux ici avec toi, grossier personnage.

Joe était ridiculement flatté. Il faillit se trahir, mais, heureusement pour lui, Tanu fit dévier le cours de la conversation. Elle choisit ce moment pour leur pisser dessus.

Leur pénible avancée dura des jours. À force de lever la perche et de l'abaisser, ils avaient les bras noueux, le ventre plat et dur. Tanu tombait si souvent à l'eau qu'elle finit par savoir nager comme un chiot, au mépris des crocodiles. Un peu honteuse, Sarah se souvenait du jour où elle avait couvé des yeux Emma qui faisait flotter son petit bateau dans le bassin du square, sur vingt centimètres d'eau. À la tombée de la nuit, lorsque les grenouilles commençaient à coasser, ils s'écroulaient comme une masse.

Puis les lits de roseaux et l'eau stagnante laissèrent place à de petits cours d'eau. Il y avait moins de mouches, mais un autre danger les menaçait à présent : les hippopotames qui se vautraient dans l'eau par dizaines, corpulents, irascibles. S'ils prenaient mal l'intrusion du canoë dans leur territoire, c'était la fin assurée. Joe hissait souvent le bateau hors de l'eau et préférait le porter plutôt que de les défier. Un jour qu'ils étaient partis très tôt et qu'ils passaient un coude de la rivière à bonne allure, ils tombèrent sur un troupeau d'hippopotames qui broutaient là. Aussitôt, les bêtes ouvrirent leurs énormes gueules et un gros mâle zébré de cicatrices se mit à rugir en leur fonçant dessus. La gorge nouée, Sarah serra Tanu contre elle. Langeveldt fouetta l'eau de sa perche, mais le monstre était là, juste à côté d'eux. Entre ses mâchoires béantes pointaient d'intimidantes défenses. Le canoë oscilla, Sarah cria et, à cet instant, Joe abattit la perche sur la tête de l'animal, qui plongea et disparut sous l'eau. Dans un silence pesant, Joe se remit à canoter. Sarah et lui savaient ce qui pourrait arriver quand l'hippopotame referait surface. Il était courant que de frêles embarcations soient ainsi renversées et fracassées, et peu y survivaient. Ils ne se détendirent enfin qu'en atteignant une eau calme et claire. Mais la nuit suivante, alors qu'ils reposaient au bord d'un étang, ils entendirent de sourds grognements.

— Tu crois que c'est lui ? souffla Sarah.

— Peut-être qu'il est du genre rancunier. Tais-toi et ne bouge pas.

Sarah ne se le fit pas dire deux fois. Elle prit Tanu contre elle et s'agrippa au genou de Joe. L'animal rôda jusqu'à l'aube en leur tournant autour. Ils partirent dès le lever du jour.

C'était un drôle de matin teinté de rose. Épuisée, vidée par ses émotions de la nuit, Sarah ressentait un étrange détachement. Un aigle pêcheur plongea et remonta en tenant dans ses serres un énorme poisson qui se débattait, mais elle ne fit aucun commentaire. Un long et pâle serpent d'eau ondula près du canoë, et elle contempla les bulles qu'il laissait dans son sillage tout en y trempant les doigts. Des nuées de petits oiseaux rasaient l'eau dans un doux frou-frou d'ailes. Était-ce pour boire, ou pour attraper de minuscules bestioles qu'eux seuls pouvaient discerner ? Sarah n'en avait cure.

Lorsqu'ils s'arrêtèrent, Joe se reposa tandis qu'elle préparait le repas. Du poisson, comme tous les jours, même s'il leur arrivait d'attraper des grenouilles ; une fois, ils avaient même dîné des restes d'une antilope des marais, abandonnés par un crocodile repu. Après qu'ils eurent mangé, Joe caressa le bras de Sarah.

— Mes compliments à la cuisinière. Je n'ai jamais goûté de poisson qui ait ce subtil goût de vase.

— C'est qu'il faut des années d'expérience, répliqua-t-elle. Je me demande si nous ferons un jour un vrai repas. Des pommes de terre, du melon, du pain, du beurre... tout cela me semble si exotique.

Elle regarda d'un air absent Tanu qui empilait des pierres. En imagination, elle voyait la table mise pour le déjeuner du dimanche, avec les napperons blancs et la saucière en argent.

— Quand on s'est écrasés, déclara soudain Joe, j'allais à Harare travailler dans une ferme. J'étais complètement fauché et ce type voulait me prendre comme gérant. C'était un bon gars, il avait besoin de quelqu'un qui soit poli avec sa femme, ses amis et ses filles, deux adolescentes. Je croyais que je pourrais faire l'affaire.

— Je te vois mal travailler pour quelqu'un, commenta Sarah. Si ce n'est pas toi le patron, tu ne marches pas.

— Il faut bien que je fasse quelque chose de ma vie, répondit-il avec lassitude. J'ai tellement glandé toutes ces années, je m'en rends compte aujourd'hui. Je n'ai rien construit, même pas posé de jalons. Dès que quelque chose me déplaisait, je levais l'ancre plutôt que de rester pour régler le problème. Dans un sens, je n'ai pas envie de rentrer. Je redoute le moment où je devrai prendre une décision.

— À mon avis, dit Sarah après un instant de réflexion, si tu le voulais vraiment, tu pourrais faire beaucoup pour l'Afrique... Non, non, ne ris pas, je suis sérieuse. Tu aimes tant ce pays, tu le connais si bien, dans toute sa beauté comme dans son horreur. Tu ne veux pas qu'il se transforme en parc d'attractions où les touristes s'extasient devant de pittoresques sauvages. Tu te fiches de nos critères occidentaux, et tu as bien raison. Ne te contente pas de trouver du boulot, Joe. Rends-toi utile.

Il sourit et s'étira dans la lumière du soleil.

— C'est moi, le nouvel Albert Schweitzer. Vous avez tendance à m'idéaliser, Sarah Hamilton, j'en ai peur.

Elle le regarda, étendu de tout son long, et se rappela comme elle l'avait cru féroce. Le nez en bec d'aigle était toujours là, mais le pli de sa bouche s'était adouci. Avant il semblait indéridable, à présent son visage s'éclairait souvent d'un sourire, même au repos, et ses traits s'étaient détendus. Il l'avait toujours intriguée, et maintenant qu'elle le connaissait, il n'avait rien perdu de son attrait, bien au contraire.

— Arrête de me fixer comme ça, murmura-t-il.

— Debout, espèce de mufle, répliqua-t-elle en lui éclaboussant la figure, tu ne vas pas roupiller toute la journée.

— Tu sais ce que j'aimerais faire...

Il se redressa souplement, l'attira à lui, et lui embrassa le cou. Elle ronronna de plaisir, mais il s'écarta bien vite. Tous deux jetèrent un coup d'œil à Tanu puis se sourirent. La présence de l'enfant modérait leurs ardeurs bien mieux que ne l'avait fait celle du pauvre Duffy.

Tanu n'était pas exigeante ni difficile ; pourtant, quand elle était en mal d'affection, elle avait un petit air mélancolique auquel on ne pouvait résister. Elle jouait gentiment et, dès que Joe ou Sarah participaient, elle rayonnait et riait de plaisir. Elle dormait seule, mais sitôt qu'on s'allongeait près d'elle, elle se tournait et se pelotonnait contre vous comme un petit écureuil câlin. C'est si facile de donner à l'enfant qui a si peu reçu. En retour, elle s'unissait à eux par un réseau invisible de petits fils qui prenait leurs cœurs au collet.

Ils n'évoquaient jamais son avenir, dans l'hypothèse où ils s'en sortiraient un jour. L'avenir semblait si irréel... Ils ne voyaient pas plus loin que le coude de la rivière. Pourtant, il était impensable qu'elle puisse vivre sans eux.

Chaque jour, le lit s'élargissait et les îles de roseaux allaient s'espaçant. Certaines fois, ils se croyaient dans un conte de fées, le canoë avançait au milieu des lis qui étendaient sur les étangs comme un tapis magique ; d'autres fois, des cohortes de crocodiles glissaient dans l'eau en les voyant passer, pleins d'espoir. Un jour vint où ils ne surent par où aller, tant les cours d'eau étaient nombreux.

— Si nous choisissons le mauvais, nous risquons de perdre beaucoup de temps, souligna Langeveldt.

Sarah acquiesça en murmurant. Elle ne s'inquiétait pas outre mesure, il n'y avait aucun moyen de savoir à quelle distance ils étaient de la frontière et elle avait perdu la notion du temps. Dans son esprit, ils étaient condamnés à rester là pour toujours et tous leurs efforts n'y changeraient rien. Joe fit avancer le canoë de-ci de-là en bougonnant, et opta enfin pour le plus rapide et le plus étroit des cours d'eau.

— Joe ! tu es sûr ? Il a l'air terriblement dangereux.

Un frisson d'anxiété vint troubler la torpeur confortable de Sarah. Le canoë n'avait jamais été très stable et les remous frangeaient d'écume blanche les rives du torrent.

— Au moins, ça mettra un peu d'animation, dit Joe, et elle sut à son sourire de loup qu'il avait choisi cette voie justement parce que c'était la plus dangereuse ; pendant que l'esprit de Sarah s'engourdissait au fil des jours, lui s'était ennuyé à mourir.

Elle n'eut pas le temps de protester. De toute façon, rien n'aurait pu l'arrêter. Il engagea donc le canoë dans l'embouchure du cours d'eau et, à partir de là, ils furent à la merci du courant. Debout à l'arrière, Joe maniait du mieux qu'il pouvait la perche malcommode. Ils passèrent entre des rochers noirs luisants comme des phoques. Bordée de rives abruptes, l'eau courait encore plus vite. Sarah agrippa Tanu, qui se cramponna à elle. L'avant du canoë heurta un rocher, rebondit, et fila de plus belle.

— Joe ! Arrête-le ! hurla-t-elle.

Elle crut l'entendre rire. Cela n'en finissait pas. Ils franchirent un coude, et se retrouvèrent embarqués dans un rapide. L'eau s'engouffrait dans le bateau, Sarah et Tanu étaient trempées des pieds à la tête. Le canoë râpait contre les rochers avec un bruit effrayant, puis il balançait et reprenait sa course folle. Les oreilles de Sarah s'emplirent d'un rugissement. Elle leva la tête une fois, et ce qu'elle vit à travers l'écume lui suffit. Elle serra la petite contre elle, ferma les yeux et attendit. Quand ils passèrent la chute, ce fut comme s'ils sautaient d'une falaise.

Sarah eut l'impression de tomber longtemps, puis d'être roulée dans l'eau verte ainsi que dans le tambour d'une machine à laver. En rouvrant les yeux, elle aperçut de la lumière bien au-dessus d'elle et chercha désespérément à remonter en battant des jambes. Enfin, elle arriva à l'air libre et gonfla ses poumons. Inerte, Tanu gisait dans ses bras tel un lapin écrasé. Tout en fendant les rapides, Sarah la secoua frénétiquement pour que l'eau s'écoule de sa bouche et de son nez. Puis elle tenta de lui insuffler de l'air ; mais elle était trop mauvaise nageuse, et elles se remirent à couler. Quelque chose de solide la heurta dans le dos ; machinalement, elle s'y agrippa. C'était le canoë. Ainsi amarrée, elle réussit à souffler un peu d'air dans les poumons de Tanu. L'enfant éternua violemment et retrouva sa respiration. De soulagement, Sarah faillit la lâcher.

Elle chercha Joe du regard, en vain. D'abord, elle refusa d'y croire. Il avait dû s'en sortir, Joe s'en sortait toujours ; mais où était-il ? Une terreur indicible l'envahit. Il était mort, il s'était noyé, elle se retrouvait toute seule.

— Joe ! Joe ! Joe ! gémit-elle en pleurant.

Il y eut un bruit d'eau de l'autre côté du canoë retourné.

— Tout va bien, je suis là, lança Joe. Et la petite ?

Il nagea pour la rejoindre. Les cheveux plaqués sur le crâne, il souriait.

— Brave fille, je savais que tu ne la lâcherais pas. Plutôt mouvementé comme voyage, hein ?

— Elle a failli se noyer ! s'exclama Sarah en s'étranglant.

Il regarda la tête pendante de Tanu, qui avait l'air plus morte que vive.

— Pauvre gosse, elle l'a échappé belle. Donne-la-moi, je vais l'emmener sur le rivage.

Il prit le petit corps et nagea jusqu'à la rive. Sous la chute, l'eau formait un bassin profond entouré d'arbres et de buissons. Joe coucha l'enfant sur une petite nappe d'argile et revint pour tirer le canoë.

Ce ne fut pas une mince affaire. Sarah s'efforçait de suivre les instructions que Joe lui criait. L'eau était très claire, elle voyait ses jambes pédaler au ralenti. Un floc familier attira son attention : depuis l'autre rive, un crocodile avançait droit sur eux sans se presser. Sarah ne dit mot, à quoi bon ? Craignant le pire, elle redoubla ses efforts. Heureusement, quand le canoë heurta le rivage, le crocodile était encore à plusieurs mètres. Il remballa son sourire d'ivoire[1] et

1. Expression tirée de *Alice au pays des merveilles*, de L. Carroll. (*N.d.T.*)

s'éloigna. Sous le choc, Sarah s'efforça de hisser le canoë hors de l'eau avec des doigts gourds.

Joe s'occupait de Tanu, il l'avait couchée sur le ventre pour que l'eau s'écoule de ses poumons. Elle toussait, vomissait, et il tentait de la rassurer en lui parlant doucement. Sarah vit rouge.

— Tout est ta faute ! s'écria-t-elle. Je t'avais dit que c'était dangereux, on pouvait prendre un autre chemin. Tanu a failli se noyer, le bateau est cassé, mais tu t'en fiches. Quant à moi, j'ai manqué me faire bouffer par un crocodile, si tu veux savoir ! Tu n'es qu'un maudit égoïste, Joe Langeveldt !

— Égoïste, moi qui t'ai nourrie, soignée, moi qui ai tué ceux qui essayaient de te violer ? Voilà comment tu me remercies ?

— Pour ce qui est du viol, tu n'as pas de leçons à donner, il me semble... Tu te fiches de nous, Joe, personne ne compte en dehors de toi !

Elle s'effondra en sanglotant. Il caressa ses cheveux emmêlés.

— Sarah, ma Sarah, comment peux-tu croire des choses pareilles ? Je t'aime tant. Tu es mon amour, je n'ai jamais voulu te faire de mal. J'ignorais qu'il y avait une chute à cet endroit, bon sang !

Sarah le regarda dans les yeux, et y vit une chose qu'elle n'avait encore jamais vue.

— Je t'ai cru mort, Joe. Et c'était à cause de toi que... Oh... à quoi bon ! Moi aussi, je t'aime. Et je me fiche de ce qui peut arriver pourvu que je t'aie. Mais j'ai eu si peur... Tu avais disparu !

Joe la prit dans ses bras et la serra presque à la broyer. Il resta un long moment, secoué de sanglots si violents qu'il paraissait pleurer pour la première fois de sa vie.

— Tu le penses vraiment ? lui demanda-t-il quand il se fut repris. Sinon, dis-le tout de suite. Je ne voulais pas, mais je n'ai pas pu m'empêcher de t'aimer, vacharde et courageuse comme tu es. Alors, ne joue pas avec moi. Tu peux me briser, Sarah.

Elle lui caressa tendrement le visage en essuyant ses larmes.

— Joe, mon chéri. Bien sûr que je t'aime, sale tête de cochon. Tu es si gentil et tu me rends si heureuse ! Je me fiche même du marais du moment que tu es avec moi ; mais là, vraiment, tu as exagéré... Tu t'es bien amusé, au moins ?

— Pas mal, répondit-il avec une petite moue. Regarde. Ce n'était pas si terrible.

Elle se retourna pour jeter un coup d'œil à la chute. C'était vrai : elle n'avait rien d'impressionnant, à voir ainsi. Tanu dormait à poings fermés. Autant en profiter, se dit Sarah en contemplant son amant, avec l'envie d'essayer une tout autre forme de noyade.

Les jours qui suivirent, il sembla à Sarah que le monde entier conspirait avec elle pour préserver leur fragile bulle de bonheur. La rivière était calme et paisible, le soleil brillait d'un nouvel éclat. Les poissons abondaient, ils en pêchaient de gros, gras et goûteux, et, malgré quelques dégâts dus à leur mésaventure, le canoë les transportait en descendant gentiment le courant. Sarah n'arrivait pas à croire qu'il y ait eu une époque où elle ne connaissait pas Joe. Quand il avançait à la perche, elle aimait s'appuyer contre ses genoux et le voir lui sourire dès qu'elle levait la tête. Le soir, lorsque le poisson grillé était particulièrement appétissant, elle lui en tendait de petits morceaux, et frissonnait au contact de ses lèvres. Il avait si faim d'elle ! Il ne supportait pas d'en être séparé, même par la longueur du canoë ; il fallait qu'il la touche, comme pour vérifier qu'elle se souciait vraiment de lui. Et, aux yeux de Sarah, Joe comptait tellement que cela l'effrayait – autant qu'Emma à sa naissance, à cet instant précis où elle avait compris que son bonheur et sa sérénité dépendaient du bien-être de ce petit bout d'humanité.

Chacun connaissait le corps de l'autre comme le sien. Sarah suivait du doigt les cicatrices de Joe. Et celle-ci, et celle-là, d'où venaient-elles ? La première, il la devait à un éléphant censé être mort, l'autre à un léopard blessé.

La nuit libératrice leur apportait un soulagement béni, quand Tanu dormait à poings fermés et qu'ils pouvaient enfin se prendre, se mordre, gémir et sangloter. Le point culminant de leur extase, c'étaient ces quelques secondes avant l'orgasme où leurs deux corps unis sentaient monter la vague puissante du plaisir. Ensuite, ils s'écartaient : le moment de grâce était passé.

— Sarah, Sarah, je voudrais te manger ! s'exclamait Joe avec un soupir de désespoir. T'avaler complètement. Comme ça, rien ne pourrait nous séparer. Qu'allons-nous devenir, Sarah ?

Elle riait, posait de petits baisers sur son cher visage, partageait son angoisse et s'apercevait que le désir revenait, en une exquise agonie. Il la reprenait inlassablement ; et Sarah, quoique pressée d'en finir pour enfin se reposer, savait bien qu'elle n'aurait pas supporté qu'il la laisse sur sa faim. Chaque jour se gravait dans son esprit comme un adieu.

La présence de Tanu les restreignait et les libérait à la fois, elle structurait leurs journées et les arrachait à leur ivresse captive. L'enfant commençait à comprendre quelques mots comme « non », « eau », « moi ». Cela rassurait Sarah, qui l'avait jusqu'alors trouvée anormalement lente. Ses propres filles étaient beaucoup plus vives, mais elles avaient progressé sur une voie royale alors que Tanu cheminait sur un sentier boueux, plein d'ornières. Malnutrition, peur, maladie, détresse, voilà à quoi elle avait eu droit à sa naissance. Maintenant, tout irait pour le mieux, Sarah se sentait capable d'accomplir des prodiges pour Tanu. Quand ils s'en seraient sortis... mais elle coupait court à sa réflexion. Inutile d'y penser. Il fallait profiter de ces journées lumineuses, de ce joyau précieux, et pour cela il suffisait tout simplement d'être en vie.

Langeveldt jouissait lui aussi de ces heures consacrées à dériver lentement au gré du courant. Toute impatience l'avait quitté. Des cigognes des marais battaient lourdement des ailes ; ou bien elles les regardaient passer, posées sur des îlots, la tête rentrée dans les épaules, telles de vieilles dames curieuses aux étoles de plumes frissonnant dans la brise. À deux reprises, ils virent un chasseur ou un pêcheur les fixer des yeux depuis la rive ; mais, dès que Joe les héla du canoë, ils prirent la fuite. Sarah sentit sa peur renaître. Bientôt, ils devraient de nouveau se confronter au monde des humains.

Elle songeait à Douglas et à son éventuel retour au foyer comme on évoque la vieillesse, une chose floue relevant d'un lointain futur. Quant à Joe, comblé, il ne se posait aucune question : Sarah faisait partie de lui, et lui d'elle. Sa hargne ancienne n'était plus que cendres – même si elle lui revenait parfois comme un soupçon d'amertume au bout de la langue, vite dissipé. Il était aimé, et rien ne serait plus comme avant.

Les semaines s'écoulèrent donc sans qu'ils en tiennent le compte. Enfin, dans la chaleur de l'après-midi, ils tombèrent sur un barrage en terre sans voir âme qui vive. Ils traversèrent la retenue d'eau en murmurant tout bas :

— Où sont les gens ?

— Ils dorment, à mon avis. C'est l'heure de la sieste. Ce barrage est en bon état... Regarde, il y a même une cabane de pêcheur. Sortons le bateau, et contournons-le avant que quelqu'un ne se pointe.

Sarah se hâta d'obéir, mais le canoë était lourd et, sous la chaleur, il semblait peser des tonnes. Pour le porter sur une cinquantaine de mètres, ils durent faire trois pauses durant lesquelles Joe guetta les sentiers d'un œil inquiet, tandis que Sarah reprenait son souffle et essayait de calmer les battements de son cœur. Elle s'en voulait de sa faiblesse. C'était si facile pour Joe, si difficile pour elle ! Ils s'apprêtaient à parcourir la dernière portion du trajet quand un appel résonna dans le silence. Sarah lâcha le canoë, qui tomba avec un grand bang.

— Soulève-le, espèce d'idiote ! rugit Joe.

Des gens accouraient vers eux. Des Noirs en uniforme kaki.

— Soulève ! commanda Joe d'un ton cinglant.

Elle se pencha pour obéir en vacillant sous le poids. Ils allaient se faire prendre !

Sans pouvoir s'en empêcher, elle lâcha de nouveau le canoë et s'effondra à terre, les mains sur la tête, en bégayant de peur. Les soldats les entouraient à présent. Elle ne voyait que leurs pieds. Il y eut un silence, peuplé du seul bruit léger de ses pleurs. Même Tanu se comportait mieux : elle restait plantée comme un piquet à côté d'elle. Honteuse, Sarah releva la tête. Joe se dressait entre elle et les soldats, il brandissait la perche comme un bâton de commandement. Elle se força à se remettre debout pour le rejoindre, tourmentée par une terrible envie de faire pipi. Un autre Noir arriva au pas de course ; il portait lui aussi un uniforme kaki, mais avec un béret vert. Il lança un ordre, puis fixa Joe d'un drôle d'air.

— Monsieur Langeveldt ? Je n'en crois pas mes

yeux ! Vous ne vous souvenez pas de moi ? Stephen Boekelo. J'étais l'un de vos gardes, à la réserve.

Joe abaissa lentement la perche.

— Steve ? Bon sang, que je sois damné ! Tu sais, Sarah, je crois qu'on a réussi. Ça y est... On est au Zimbabwe !

Il donna au garde-frontière une tape dans le dos, puis les deux hommes entreprirent de se raconter tout ce qu'ils avaient fait depuis le temps, comme s'ils venaient de se retrouver dans un bar pour boire une bière.

Sarah s'écroula à côté du canoë retourné. Elle se sentait malade, faible, frissonnante, et n'avait plus qu'une envie : dormir, sombrer dans le sommeil. À son réveil, elle serait en mesure d'affronter la situation. Tous ces gens intimidaient Tanu, qui se lova sur les genoux de Sarah, les doigts dans la bouche. Sarah la serra contre elle, ferma les yeux et s'endormit.

Quand elle rouvrit les yeux, Joe discutait toujours, enfoncé dans un fauteuil, un verre de bière à la main. Il lui parut changé et, au bout d'un moment, elle comprit pourquoi : il s'était lavé. S'il avait conservé son pantalon poussiéreux, il portait un T-shirt qu'on avait dû lui prêter, et sa peau avait un lustre qui lui faisait défaut depuis des mois. Ses cheveux bouclaient à la diable autour de ses oreilles, et des reflets dorés se mêlaient à leur couleur sable. Quel bel homme ! se dit-elle depuis sa couche, ce qui la fit rire tout bas. Il était toujours aussi grand et anguleux, avec un nez saillant comme un bec d'oiseau de proie ; mais pour elle, il incarnait l'homme idéal.

Elle se redressa en s'étirant, et du sable coula avec un crépitement sur le vieux canapé en cuir où elle était allongée. Les deux hommes se retournèrent pour la regarder.

— La Belle au bois dormant s'est réveillée, remarqua Joe, et il vint s'asseoir près d'elle. Tiens, de la bière, ajouta-t-il en approchant le verre de ses lèvres.

Elle avala une gorgée. C'était délicieux, à la fois onctueux, amer et fort.

— Je n'aime pas la bière, dit-elle en y repiquant.

— Moi oui, alors laisse-m'en un peu, femme.

— Tu as pris un bain, lui lança-t-elle d'un air accusateur.

— Oui. Et si tu es très, très gentille avec moi, tu auras le droit d'en prendre un aussi.

— Tiens, ta bière. Tu peux te la garder, répliqua-t-elle en lui tendant le verre presque vide avant de se lever d'un bond.

Le bungalow était petit, avec un plancher en bois et des murs en torchis. C'était un poste de frontière reculé sans grand confort, mais il y avait une salle de bains avec de l'eau bien chaude. Sarah se prélassa dans son bain, elle se frotta, se savonna jusqu'à ce que l'eau devienne froide ; quand elle en sortit, les bords de la baignoire étaient couverts d'un dépôt grisâtre. Elle la nettoya, puis passa au problème des vêtements.

— Joe ! appela-t-elle. J'ai besoin de toi. Vite !

Il entra dans la pièce emplie de vapeur, qui parut soudain ne plus être qu'un placard.

— Je n'ai rien à me mettre, souffla-t-elle. Tu crois que tu pourrais emprunter quelque chose ?

Il tira sur la serviette et lui pelota les seins.

— Arrête, Joe, il va entendre.

Mais les pointes de ses seins se dressaient, dures et frémissantes, la trahissant. Joe pencha la tête et les mordilla doucement jusqu'à ce que Sarah gémisse, rouge de confusion et de désir. Il ouvrit son pantalon, et elle s'empara de son sexe avec le même émoi qu'aux premiers temps. Il la pénétra, tandis qu'appuyée contre le mur, elle plongeait ses yeux bleu foncé dans son regard fauve et nouait ses mains autour de son cou. Il se retint jusqu'à ce qu'elle vienne, puis il l'attira contre lui et prit son plaisir.

Ils se séparèrent avec un rire coupable.

— Je n'ai toujours rien à me mettre ! murmura Sarah. Va lui demander.

— D'accord.

Il lui baisa l'épaule et sortit. Sarah s'essuya les jambes, en proie à un bonheur intense. Plus tard, elle regretterait de n'avoir pas su que c'était la dernière fois, mais aucune lueur de prémonition n'assombrit cette journée.

Il revint avec une pièce de tissu rouge imprimé de feuilles blanches. C'était ce que portaient les femmes de la région, elles s'en drapaient en faisant passer le tissu sur l'épaule ; mais, après plusieurs essais, Sarah ne réussit qu'à faire un tour et demi, et à le nouer au-dessus des seins. Il y avait si longtemps qu'elle n'avait pas porté de robe qu'un élan de coquetterie féminine la fit partir en quête d'un miroir. Elle en découvrit un dans la chambre où dormait Tanu, qui digérait le repas de sa vie. Sarah s'agenouilla doucement et essaya d'apprivoiser ses boucles folles. Son apparence la surprit : une peau lisse et brune qui faisait ressortir le blanc des dents et des yeux ; des pommettes hautes ; des joues creuses. Tout son corps avait une fermeté ascétique qu'elle ne lui avait jamais connue. Quelques rides s'étaient gravées au coin des yeux, et elle leur fit la grimace. Après ce qu'elle avait vécu, elle ne pouvait s'attendre à retrouver son visage d'enfant.

Sarah retourna au salon, sa robe ondoyant autour d'elle, et quand elle ouvrit la porte des voix lui parvinrent. Elle s'immobilisa à l'entrée de la pièce, et vit une femme se précipiter au-devant d'elle pour interrompre sa course, comme coupée dans son élan.

— Sarah, c'est toi ? Sarah ?

Sarah ne répondit pas. Cette femme apprêtée, trop maquillée, se pouvait-il que ce fût Susie ? Même à cette distance, elle sentait son odeur, un parfum lourd, entêtant. Et Sarah lisait dans les yeux de sa sœur la même incrédulité. Elle aussi devait la trouver changée...

— Susie...

Elle tendit les mains ; Susie les saisit avec force, puis la serra contre elle. Sarah faillit suffoquer tant le parfum lui montait au nez.

— On t'a crue morte, cela fait si longtemps... presque un an ! Oh, Sarah, Douglas a failli devenir fou d'inquiétude ! Il a pris deux fois l'avion pour venir ici ; et Jerry a remué ciel et terre, il a contacté tout le monde...

Sarah ferma son esprit au babillage de sa sœur et regarda Jerry. Lui aussi semblait étrange, pâle, trop propre, trop vêtu. Et il puait tout autant le parfum. Comment faisaient-ils pour ne pas s'en rendre compte ?

Elle chercha le regard de Langeveldt, dont les narines frémissaient, et pour la première fois elle rit.

— Tu dois être si heureuse ! C'est bien normal, après une telle épreuve...

— Ça n'a pas été si terrible. Joe a veillé sur moi, déclara Sarah en interrompant sa sœur.

Elle rejoignit Joe, lui prit la main.

Le regard de Susie passa de l'un à l'autre, puis à Jerry. C'était comme si un tocsin s'était mis à sonner dans sa tête. Elle fit un pas vers Sarah, mais recula ; ce type n'avait rien d'avenant. Quel air farouche...

— Tu vas être ravie, chérie, dit-elle vivement. La compagnie a loué l'avion, c'est pourquoi nous avons pu arriver si vite : nous sommes partis dès que nous avons appris la nouvelle. Benjamin est resté avec sa nounou. Mais tu ne connais pas Benjamin, bien sûr.

— Nous aussi nous avons un petit. Tanu... Une enfant trouvée, ajouta Sarah en voyant l'air consterné de sa sœur. Une fille du pays. Nous l'aimons beaucoup.

Jerry se joignit à la conversation.

— Ils sont très attachants, ces mômes, acquiesça-t-il. Allons, Sarah, il faut qu'on te ramène. Les journalistes sont aux aguets, ils nous traquent, et puis il y a Douglas... ton mari, souligna-t-il à dessein. Il a envoyé un télégramme. Il doit être dans un drôle d'état. Allons, Sarah, il faut partir.

— Oui, bien sûr, opina Sarah tout en cherchant une échappatoire. Est-ce qu'on tiendra tous dans l'avion ?

— Nous... nous ne comptions prendre que toi avec nous, dit Susie.

— Alors, je ne peux pas y aller, répliqua Sarah en s'installant sur le canapé en cuir.

Les grains de sable réunis au creux des boutons formaient de petits lacs dorés. Une minuscule bestiole s'y débattait, piégée. Sarah la secourut en la faisant monter sur son doigt.

— Sarah, il le faut.

— Oui, Sarah, il le faut.

Ils la fixaient, les yeux ronds. Pourquoi Joe n'intervenait-il pas ?

— Joe ? lui lança-t-elle avec désespoir.

— Il va falloir que tu ailles régler cette histoire, mon chou... Écoute, Steve veut un rapport complet sur tout ce qui s'est passé : les soldats, ce qui est arrivé à Bernard, etc. Cela prendra du temps. Toi et Tanu, partez en avant. Je vous rejoindrai dans un jour ou deux.

— Toutes seules ?

— Chérie, tu vas retrouver ta famille ! s'écria Susie en prenant sa sœur dans ses bras.

Sarah était trop polie pour dire que cela ne signifiait rien pour elle. Seul Joe comptait.

Jerry vit plus clair que sa femme.

— Et les filles, Sarah ? Emma et Joanne. Tu as envie de les voir, non ?

Oh, oui. Elle en avait mal au ventre, de ce désir longtemps réprimé. La gorge nouée, elle se leva.

— Tu viendras, n'est-ce pas, Joe ? Dans un jour ou deux ?

Il la prit dans ses bras et lui effleura les lèvres.

— Deux jours maximum, promis.

Les autres se détournèrent. Sarah et Joe faisaient l'amour avec les yeux, sans se soucier de rien ni de personne.

L'avion était minuscule, il fallait monter sur l'aile pour grimper dedans. Susie entra la première, on lui tendit Tanu, et Sarah se tourna pour dire au revoir à Joe tandis que Jerry se retirait avec tact au fond de l'avion.

— Joe, c'est affreux ! On devrait partir ensemble...

— Ce n'est pas possible, mon amour, dit-il avec un pauvre sourire. Bien sûr, depuis le temps qu'on vit collés l'un à l'autre, c'est comme si on nous coupait en deux, mais il faut que tu ailles régler certaines choses. Parler à ton mari, décider au sujet des enfants. Deux jours, c'est vite passé.

— Et tu viendras ?

— Tu sais que j'ai besoin de toi. Jamais je ne revivrai comme avant. À aucun prix.

Sarah frissonna d'appréhension.

— Ça ne me plaît pas, je veux que tu viennes ; je t'en prie, Joe... ce n'est sûrement pas...

Ses paroles se noyèrent dans le vrombissement du moteur. Il n'y avait rien à faire. Elle le serra contre elle comme si elle voulait se pénétrer de son âme, mais déjà Jerry la saisissait par le bras, Susie faisait la moue. Ils la tirèrent sans ménagement dans l'ouverture étroite et l'attachèrent à un siège. Elle eut une dernière vision de Joe : son visage n'exprimait rien, seuls ses poings serrés et ses yeux trop brillants trahissaient son émotion. Comment pouvait-elle le quitter alors qu'elle l'aimait tant ? Le petit avion cahota furieusement, le moteur rugit, et ils se retrouvèrent dans les airs.

9

Dans la rue, un passant ouvrit un paquet de cigarettes et laissa tomber le papier d'emballage, qui rejoignit les boîtes de Coca vides et autres détritus gisant dans le caniveau. Un bus bondé les croisa en crachant une épaisse fumée noire. Tanu voyait tout cela pour la première fois et, les yeux écarquillés, s'agrippait à Sarah. Quant à celle-ci, elle ne se sentait pas moins déphasée.

Cela faisait deux jours qu'elle avait dit au revoir à Joe. Depuis, Susie et Jerry exerçaient sur elle une pression constante. Ils l'avaient conduite chez eux, lui avaient trouvé des affaires de rechange, puis l'avaient emmenée à Harare. Leur seule conversation tournait autour de Douglas et des enfants, jamais ils n'évoquaient ce qui lui était arrivé. Manifestement, Tanu n'existait pas à leurs yeux. Sarah était certaine que Joe ignorait où elle se trouvait. Elle avait longuement insisté pour qu'ils lui envoient un télégramme ; en vain, semblait-il. Désarmée et impuissante, elle avait l'impression d'être aux frontières de la folie. Quelques minutes de marche sur le bitume avaient suffi à rendre ses pieds douloureux. Et tout semblait trop proche – les voitures qui la frôlaient, les immeubles qui se dressaient en masquant le ciel...

— Ça ne me plaît pas. J'aimerais que Joe soit là, bougonna-t-elle comme une vieille ronchon.

— Joe par-ci, Joe par-là, tu n'as rien d'autre à la bouche ? lança Jerry.

— Arrête, Jerry, le tança Susie, car elle avait pour sa part adopté envers Sarah une attitude lénifiante, qu'elle jugeait sans doute appropriée à son état de démence. Nous arriverons bientôt à l'hôtel, chérie. Regarde le paysage.

— Saleté et béton. Écoutez, inutile d'insister ; je ne retournerai pas avec Douglas. Mieux vaut que je rejoigne Joe au plus vite et que ce soit réglé. J'écrirai une lettre.

Jerry la prit par le bras et la fit pivoter face à lui. Il n'avait plus son air bonhomme.

— Pas question ! s'écria-t-il, rouge et couvert de sueur. Tu n'as pas idée de ce que Douglas a enduré à cause de toi. Deux fois, il est venu enquêter sur place en louant des avions de reconnaissance et, contre toute évidence, il a refusé d'abandonner les recherches. Ton mari et tes filles sont en miettes, et tu ne penses qu'à retrouver ton homme-singe. Tu ne peux pas faire ça, Sarah !

— Ce n'est pas à toi de me dire ce que je dois faire, Jerry, repartit Sarah avec douceur. Tu ne sais rien de Joe.

— J'en sais plus que tu ne crois. Tout le monde a entendu parler de Joe Langeveldt et de ses exploits. Il est connu comme le loup blanc. Quand il n'est pas aux prises avec un léopard blessé, il tue des éléphants avec un simple fusil à oiseaux. C'est peut-être très glorieux, mais toutes les portes lui sont fermées, et il n'y a plus un seul bar dans le pays dont il n'ait pas été chassé.

— Ça lui ressemble, dit Sarah avec un sourire.

— Je me demande bien ce que tu lui trouves, s'indigna Susie. Comment peux-tu imaginer un seul instant vivre avec lui ? Toi et Douglas, vous formez un couple idéal. Lorsque tu le verras, tout redeviendra comme avant. Tu es perturbée, tu ne te rends pas compte de tes actes.

— Vous ne comprenez pas, affirma Sarah en s'efforçant à la patience. Joe et moi, on doit rester ensemble. Ça coule de source, nous n'avons même pas eu besoin d'en discuter tellement c'est évident. Évidemment, Douglas aura de la peine, mais ce n'est pas moi qui ai décidé que cet avion s'écrase dans la brousse. Nous n'y sommes pour rien.

— Ce n'est pas la question ! s'exclama Jerry, exaspéré. Ce gars t'a tourné la tête, tu l'as dans la peau, mais ça te passera. C'est juste physique. Et ce n'est pas parce qu'il t'a baisée sous toutes les coutures pendant des mois que...

— Jerry ! s'exclama Susie.

— Quoi ? Autant appeler un chat un chat. Douglas a besoin de toi, Sarah. Tu l'as épousé... tu te souviens ? « pour le meilleur et pour le pire... jusqu'à ce que la mort nous sépare ». Et ce Joe Langeveldt n'a pas à y mettre son grain de sel.

— Tu es ignoble, repartit Sarah.

Mais c'était vrai, elle brûlait de désir pour Joe. Ne plus jamais être dans ses bras ni sentir son corps dur, avide, contre le sien ? Impossible, songea-t-elle.

Tendus, ils marchèrent jusqu'à l'hôtel sans prononcer une parole. Une lettre attendait Sarah à la réception, et elle reconnut l'écriture noire et serrée de Douglas. Douglas. Quelqu'un qu'elle avait connu jadis et qui ne signifiait plus rien, un souvenir flou, une ombre vague ; Joe et Tanu étaient bien réels, eux... Mais il y avait cette lettre. Soudain, elle éprouva un certain malaise, toute seule dans la chambre blanche et froide.

Ma chère Sarah,

Je n'arrive pas à y croire. C'est un vrai miracle, mais après tant de jours si sombres mon bonheur me fait presque mal. Je tiens la nouvelle de sources officielles. Ma chère, tu es une vraie célébrité. Un haut responsable du Foreign Office m'a téléphoné au bureau. Il a dû me prendre pour un fou, je n'arrêtais pas de passer du rire aux larmes ; mais il a été très gentil. Quand j'ai appris la chose à John Briggs, il a ouvert une caisse de champagne, et on s'est tous pintés joyeusement. Mes collègues m'ont témoigné beaucoup de compréhension ; tu sais, je n'ai guère été performant, ces derniers mois.

Mais tu dois avoir hâte que je te parle des filles. Je ne prétendrai pas que les choses ont été faciles. Elles étaient très proches de toi, toutes les deux. C'est souvent le cas, entre mères et filles. La scolarité d'Emma s'en est fortement ressentie, son niveau a chuté, et elle est devenue une enfant nerveuse, indocile, qui se met en colère pour un rien, parfois à la limite de l'hystérie. Depuis quelque temps, elle respire mal ; selon le docteur, c'est sans doute de l'asthme ; mais d'après moi, c'est nerveux. Quant à Joanne, on ne sait plus comment la prendre. Elle est intraitable. Ta mère n'a aucune autorité sur elle et, avant que ce miracle se produise, j'envisageais sérieusement de l'emmener voir un psychologue pour enfants. Je m'excuse de t'embêter avec tout ça, tu dois être encore si fatiguée, mais il valait mieux te prévenir. Je suis sûr que tout rentrera dans l'ordre dès que tu seras à la maison.

Ma chérie, je ne te quitterai plus jamais des yeux. J'ai dû être fou, pour t'avoir laissée partir comme ça. Je m'en veux. Si j'avais tenu bon au lieu de céder à vos pressions, aucun de nous n'aurait connu une telle épreuve. Mais oublions ce malheureux épisode ; surtout, n'y pensons plus. Je viens te chercher pour te ramener à la maison. Ma femme. Mon amour. Ma Sarah.

Ton Douglas.

Un souvenir revint à Sarah, celui d'un après-midi dans le jardin. Il faisait beau et chaud ; elle avait posé une jarre de citronnade sur la table de la terrasse. Douglas et elle étaient assis à l'ombre, sur des chaises longues, tandis que les filles se couraient après en vrombissant comme des voitures.

— Emma ! Joanne ! Arrêtez ce tapage, on dirait deux gosses des bidonvilles, avait explosé Douglas.

Les filles s'étaient interrompues dans leur course, interdites.

— Ne sois pas méchant, chéri, avait déclaré Sarah avec légèreté en caressant le bras de son mari. Lorsque tu étais petit, tu faisais bien pire : tu jouais à l'avion à réaction, c'est ta mère qui me l'a dit.

Douglas avait souri en répliquant que pour les garçons c'était différent, mais il avait laissé jouer les filles.

Et si, en perdant Douglas, elle perdait aussi ses enfants ? S'il refusait qu'elle les prenne avec elle ? C'était très possible, Douglas pouvait se montrer mesquin. Personne ne serait plus là pour faire le tampon et intercéder en leur faveur. Comment cela s'était-il passé les mois précédents ? Tout compte fait, c'était vrai, ils ne formaient pas un mauvais couple : Douglas l'avait entretenue et protégée pendant des années, quand elle ne désirait rien d'autre... Elle eut l'impression de se tenir au bord du gouffre, en équilibre sur une étroite corniche d'où elle tomberait inévitablement dès qu'elle aurait fait un pas de côté. Si seulement Joe était là, songea-t-elle avec un soupir.

Susie frappa, puis entra dans la pièce.

— Des nouvelles ? demanda-t-elle d'un air gêné.

— Rien d'important. Sue, est-ce que Joe sait où je suis ? Vous n'avez pas envoyé le télégramme, n'est-ce pas ?

Sa sœur rougit, mais ne détourna pas le regard.

— Non. Sarah, rends-toi compte. Quelle vie mènerais-tu avec cet homme ? Tu t'imagines recevoir des amis à dîner en sa présence ? Il ne peut s'empêcher de prendre les gens à rebrousse-poil, tu serais obligée de rappeler tes invités pour t'excuser de sa grossièreté. Et l'argent ? Jerry dit qu'il n'a pas un sou. On ne veut pas l'engager. Tu vois quelqu'un donner des ordres à ce sauvage ? Personne n'ose s'y frotter. Suppose que tu restes avec lui et que tu gardes cette pauvre petite, ajouta-t-elle avec dédain en montrant Tanu, endormie sur le lit. Quelle serait son identité ? Un esprit blanc, une peau noire. Ce serait une torture pour elle, ici comme ailleurs. Quelle que soit ta décision, il faut qu'elle aille à l'orphelinat.

Comme engourdie, Sarah se sentait incapable de faire face.

— Tu as aussi résolu ce problème, je suppose, dit-elle d'un air las.

— Oui, repartit vivement Susie. Il s'agit d'un orphelinat catholique très bien. Les sœurs t'écriront pour te donner de ses nouvelles. Elle recevra une éducation chrétienne. On lui trouvera même du travail dans une ferme quand elle en sortira... C'est le mieux, Sarah.

— Tu crois ? Mon Dieu, comme je voudrais que Joe soit là ! Je n'arrive pas à avoir les idées claires sans lui. Susie, je t'en prie, envoie-lui ce télégramme, il faut que je lui parle.

— S'il tient vraiment à te retrouver, il y parviendra. Mais, à mon avis, il t'oubliera vite. Un homme comme lui trouve toujours une femme avec qui coucher.

— Sue, comment peux-tu parler si mal de lui sans le connaître ? Mais tu as raison, Joe me retrouvera avec ou sans télégramme. Il faut seulement que j'imagine comment quitter Douglas sans faire trop de dégâts.

Susan traversa la pièce, la saisit par le bras et l'obligea à se lever.

— J'en ai assez de tes fantaisies, Sarah ! Redescends sur terre ! Tu dois prendre tes décisions en toute connaissance de cause. Qu'arrivera-t-il si tu annonces à Douglas que tu ne reviendras pas ? Je vais te le dire : cela l'achèvera pour de bon. Suppose qu'il te laisse la garde des enfants : il ne les reverra plus, puisqu'elles viendront vivre ici. Ça te paraît juste ? Il n'a rien fait pour mériter cela. Et s'il les garde, que feras-tu ? Es-tu prête à ne jamais les revoir ? Es-tu prête à ce que tes filles te détestent ? Moi, à leur place, je te haïrais.

— Il faut que je me repose, gémit Sarah en s'écartant.

Son vague mal de tête tournait à la vraie migraine. Elle se traîna jusqu'au lit et se lova contre Tanu. À son réveil, elle réglerait tous ces problèmes, elle s'expliquerait et trouverait une issue. Pour l'instant, il fallait qu'elle dorme.

Susie la contempla. En deux jours, Sarah avait perdu son hâle. Seuls ses cheveux et ses sourcils noirs ressortaient sur le dessus-de-lit blanc où elle était couchée, dans la robe blanche empruntée. Susie gagna la porte, puis pivota sur ses talons pour annoncer :

— Je vais demander aux sœurs de passer cet après-midi.

Comme Sarah restait sans réagir, elle haussa les épaules et sortit de la pièce.

On convia les deux religieuses à prendre place dans le petit salon. Dans leurs amples robes grises, elles ne manquaient pas de grâce. Tanu se percha sur les genoux de Sarah et joua avec les plis de sa jupe. La sœur noire ouvrit les bras, et Sarah lui tendit la petite en souriant. Tanu tripota la robe de la sœur en balançant ses jambes grêles.

Selon leurs dires, l'orphelinat était un vrai petit paradis ; les enfants y étaient soignés, choyés. L'institution possédait plusieurs propriétés à la campagne, et les sœurs en parlaient comme de camps de vacances. Des dames charmantes, pensa Sarah, douces, innocentes et drôles. Malgré le ronronnement du climatiseur, la pièce sentait le renfermé. Sarah prit soudain conscience de tous ces gens qui l'observaient, même s'ils détournaient les yeux quand elle croisait leur regard. Pas de paranoïa, se dit-elle. Mais elle avait besoin de sortir. En bafouillant une piètre excuse, elle gagna précipitamment le jardin. Là, parmi les fleurs et les petits oiseaux qui piaillaient gaiement, elle recouvra un peu de calme. Sa respiration s'apaisa, son cœur battit moins fort. À son retour, les religieuses avaient disparu. Tanu aussi.

— Susan ! s'écria-t-elle en jetant à sa sœur un regard accusateur.

— Ce n'est qu'un essai. Pour voir si ça marche.

De toute évidence, elle mentait.

— Tu m'as trahie... Venant de quelqu'un d'autre, je le comprendrais peut-être, mais toi ! Je n'aurais jamais cru qu'on pouvait changer à ce point. Tout ce que tu veux, c'est que je réintègre bien sagement ma petite boîte sans m'embarrasser d'une négrillonne dont les voisins seraient susceptibles de s'offusquer.

— Pense à Douglas, Sarah. Tu ne peux pas lui imposer ça. Et puis, tu n'arriveras jamais à lui faire quitter le pays. Tu n'as pas pensé aux problèmes que cela pose...

— Je te l'ai déjà dit. Je ne rentrerai pas.

Elle se rendit compte que son ton manquait de conviction.

Son café avait refroidi, mais elle le but sans y prêter attention. Si seulement elle avait eu le temps de réfléchir à tout ça, loin des gens, loin du bruit ! Tanu serait-elle mieux avec les siens, même au sein d'un orphelinat ? Peut-être. Se sentir étrangère au seul monde que l'on connaît et ne jamais réussir à s'y adapter n'était pas un sort enviable. Il suffisait de voir comme Joe avait souffert d'être entre deux sociétés sans appartenir vraiment à aucune. Seule sa force de caractère l'avait sauvé – sa force, sa gentillesse et son drôle d'esprit teinté d'amertume. Sarah sourit à cette évocation. Ah, comment savoir si elle avait eu raison de laisser partir Tanu ?

Parmi les pensées confuses qui tournoyaient dans son esprit, une seule réussissait à se cristalliser : jamais elle ne renoncerait à ses filles. Le nœud qui les unissait n'était pas de ceux qui peuvent être rompus. Quoi qu'il arrive, il lui serait impossible de vivre en sachant qu'elle les avait abandonnées. Pendant des mois, elle s'était réconfortée en les imaginant heureuses, en train de mener une vie simple, équilibrée, malgré son absence. Mais le tableau n'était pas du tout conforme à cette image, et elle avait du mal à l'accepter.

Elle sortit la lettre de son sac et la relut en prêtant aux mots un sens très différent de celui que Douglas avait voulu y mettre.

« Hystérie. » Emma avait-elle des crises ? En ce cas, pourquoi Douglas ne l'avait-il pas conduite chez un spécialiste ? Et un psychologue pour Joanne... Qu'était-il arrivé à ses filles heureuses et épanouies, que leur avait-il fait ? Les rares fois où elle avait songé au futur, l'issue du combat qui opposait Joe et Douglas ne laissait aucun doute dans son esprit. Sur son propre terrain, la brousse, Joe était invincible. Mais en ville, là où régnaient l'ordre et l'argent, qui l'emporterait ? Elle savait que Douglas ne lui permettrait jamais de prendre les filles, elle le voyait déjà le lui dire... et, sans elles, il n'y avait pas de bonheur possible.

— Tu n'es pas obligée de lui parler, si tu n'en as pas envie, lui glissa Susie, l'air de rien. Jerry s'en chargera.

— Quoi ? De qui parles-tu ?

— De Langeveldt. Tu n'es pas obligée de lui annoncer que tu rentres chez toi. Car tu le dois, Sarah ! Il n'y a rien d'autre à faire, si tu veux rester saine d'esprit.

Elle avait raison. Tous les doutes de Sarah se fondirent en une grise certitude. Non, il n'y avait rien d'autre à faire.

— Je lui dirai, déclara-t-elle sombrement en ravalant un sanglot. Mais je ne sais pas comment je m'en sortirai. Quand il est là, tout me sourit, le monde est un lieu accueillant où je me sens bien. Ce n'est pas qu'il me traite comme un bébé ni qu'il décide tout à ma place, mais... j'ai l'impression d'être perdue, lorsqu'il n'est pas là. Comme si la lumière du soleil disparaissait avec lui.

Susan lui tendit la main.

— Il n'est pas pour toi, chérie. Tu crois l'aimer sincèrement, mais c'est surtout de la gratitude. C'est vrai, je le reconnais, personne d'autre que lui n'aurait pu te tirer de là, mais ce n'est pas une raison pour gâcher ta vie. C'est un sauvage, et dans la famille tu es connue pour être la timide. C'est pourquoi nous nous sommes tous réjouis quand tu as épousé

Douglas, conclut Susan en arborant un sourire confiant pour insuffler à sa sœur ses propres certitudes.

— On finit bien par grandir un jour, dit Sarah en luttant pour refouler ses larmes.

Tout ce qu'elle voulait, c'était Joe, son homme-singe, son bon sauvage. Mais c'est Douglas qu'elle aurait.

— Sarah ! Ma chérie, ma petite chérie ! Mon Dieu, Sarah !

La voix de Douglas, rauque d'émotion, s'insinua dans son rêve. Il lui pressait la main à lui faire mal. À contrecœur, elle ouvrit les yeux.

Il avait la tête penchée, et elle découvrit ses cheveux striés de gris. Ses lunettes étaient jetées sur le lit et, quand il releva la tête, elle s'aperçut que son visage jadis carré et joufflu était gris lui aussi, et flasque par endroits. Il faisait beaucoup plus vieux qu'avant. Par sa faute.

— Oh, Douglas, dit-elle doucement, et elle lui tendit les bras.

— Comme tu es belle, répétait-il sans se lasser, je n'arrive pas à y croire, avec ce que tu as vécu.

Tout en parlant, il lui caressait l'épaule, et sa main descendit vers ses seins. Elle sursauta.

— Je ne sais par où commencer, murmura-t-elle alors qu'il couvrait sa gorge de baisers poisseux.

— Inutile de me raconter. Je ne te poserai pas de questions. Quant à toi, il ne faut plus y penser, ajouta-t-il en s'écartant un peu et en plongeant ses yeux dans les siens.

— Mais, Douglas... c'est arrivé.

— Oui, mais c'est fini, terminé, dépassé. Tu es sauvée, Sarah, c'est tout ce qui compte.

Il desserra sa cravate – comment pouvait-il en porter une par cette chaleur ? –, ôta ses chaussures et se dévêtit en hâte. Lorsqu'il s'introduisit dans le lit à côté d'elle, elle se mit à pleurer, étendue, sans bouger. Pauvre Joe. Pauvre chéri. C'était si terrible, si injuste !

— Ne pleure pas, chérie. Tu es en sécurité maintenant.

Tout en lui chuchotant pour la forme des mots de réconfort, Douglas lui monta dessus. Il était lourd, le contact de sa peau était froid et, quand il tenta de la pénétrer en haletant, elle sentit son haleine chargée d'ail. Avant elle l'aidait, mais là elle ne put qu'attendre. C'était une telle trahison ! Un grognement satisfait, et il entreprit de pousser en ahanant sans se soucier de sa femme qui gisait sous lui comme une morte. Enfin, il poussa un long soupir épuisé et roula sur le côté.

— Je m'excuse, chérie... je sais que tu es fatiguée, avança-t-il maladroitement.

C'était vrai, elle venait de se réveiller et elle était déjà exténuée.

— J'aimerais bien dormir un peu, déclara-t-elle.

— Je vais rester près de toi et dormir aussi, acquiesça-t-il.

Calant sa tête sur l'oreiller, il garda les yeux fixés sur son visage blême, mouillé de larmes. Sarah demeura un long moment étendue sans bouger. Puis, lorsqu'elle fut certaine qu'il dormait profondément, elle se glissa hors du lit et sortit.

Toujours vêtue de blanc, elle déambula dans les rues baignées de soleil, attirant l'attention des passants par ses longues foulées, son regard trop direct. Quand elle atteignit le terminus des bus, elle s'assit sous un flamboyant et attendit. Elle savait qu'il arriverait aujourd'hui. Les bus allaient et venaient, avalant et recrachant leurs passagers dans l'air chaud de la cité. Le sien fut long à venir. Malgré tout, le cœur de Sarah bondit quand elle le vit apparaître vêtu d'une saharienne aussi loqueteuse que celle qu'il portait lors de leur rencontre, avec son vieux fusil et son sac en bandoulière. Il souriait.

— Joe !

Elle se précipita dans ses bras et s'accrocha à lui, inspirant à pleins poumons son odeur aimée, familière, de cuir et de sueur mêlée.

— Je n'en pouvais plus, ma grande fille chérie ! s'exclama-t-il en enfouissant son visage dans son cou et en y plantant les dents sans trop de douceur.

Pleine de désir, elle s'arracha pourtant à son étreinte.

— Qu'est-ce qui te prend ?

— J'ai fait l'amour avec mon mari ce matin.

Il blêmit sous le hâle.

— Je ne te crois pas. Ne joue pas avec moi, Sarah, je t'en prie.

— Ce n'est pas un jeu. Je rentre avec lui. Voilà ce que je suis venue te dire. Si je le quitte, je perds mes enfants. Jamais il ne me les laissera, Joe, et... je leur dois le genre de vie que Douglas peut leur donner. Je n'y avais jamais réfléchi, tu comprends, je ne m'attendais pas à cette situation. J'ai fait un beau gâchis !

— Un beau gâchis... On dirait que tu parles des bêtises d'un chiot mal dressé. Écoute, je comprends : il a fait pression sur toi. Mais je suis là maintenant, je vais m'en occuper, arranger le coup pour les enfants, etc. Je m'en fiche pour ce matin, n'y pense plus. Je sais que tu m'aimes.

— Il ne m'a pas menacée. J'ai pris ma décision. Je t'aime plus que tu ne peux l'imaginer, mais cela ne suffit pas. Mes enfants ont besoin de moi, je ne suis pas libre de mes actes. Je dois rejoindre mon mari.

— Espèce de salope ! s'écria-t-il en l'empoignant et en lui meurtrissant les bras.

Son regard fauve, brûlant, plongea dans les yeux bleus de Sarah, vides et résignés.

Il la relâcha, puis passa les mains sur ses seins, son ventre, ses cuisses. Elle ne bougea pas.

— Tu m'as menti, garce !

Il la saisit à la gorge, et lui serra le cou en la fixant avec le regard avide d'un homme qui fait l'amour ; et pour Sarah cela y ressemblait, une pression de plus en plus forte qui toucherait vite à sa fin. Elle ne tenta pas de se défendre. Voilà l'issue qu'elle cherchait, c'était la meilleure solution. Qu'ils se débrouillent sans elle.

— Lâchez-la ! Lâchez-la !

Langeveldt ne broncha pas, mais quelqu'un essayait à présent de décrocher ses mains de la gorge de Sarah. Elle entendit des bruits de coups. Un voile noir lui couvrit les yeux, la pression diminua. Elle s'effondra sur place en aspirant l'air dans un râle.

Au bout d'un long moment, elle réussit à se relever.

— Assieds-toi, ma chérie. Oh, Sarah, ton pauvre cou !

Susie l'aida à gagner le banc. Jerry s'assit aussi, un œil à moitié fermé, le nez barbouillé de sang.

— On s'est dit que tu pourrais avoir besoin d'aide, déclara-t-il en manière d'excuse.

— Où est-il ? murmura-t-elle d'une voix rauque, la gorge en feu.

— Dieu seul le sait. Il t'a lâchée et il s'en est pris à moi. Ce type est cinglé, fou à lier, Sarah ! Heureusement, t'en voilà débarrassée, désormais.

— Tu ne sais pas ce que tu dis. Il en avait le droit.

— Le droit de quoi ? De te tuer ?

— Chut, Jerry, assez pour aujourd'hui, elle a son compte, intima Susan. Prenons un taxi et rentrons. On va lui tamponner la gorge avec de l'eau froide. Personne n'y verra rien, avec un peu de chance. Regarde, ses cheveux cachent les marques des doigts.

— Et moi ? demanda Jerry.

— Ce que tu peux être bêta ! Tu diras que tu t'es cogné contre une porte. Pas la peine d'en faire tout un plat. Allez, venez, vous deux.

Ce soir-là, il y eut un dîner de fête à l'hôtel. Sarah portait un fourreau en soie bleue que sa sœur lui avait prêté, ainsi qu'un large tour de cou en argent qui dissimulait sa gorge meurtrie. Pour justifier sa voix rauque, elle prétendit avoir pris froid. Ces mensonges, plus le sentiment intime qu'elle s'était détournée de son destin, contribuaient à renforcer son impression d'irréalité. Bientôt, le rêve finirait, et tout reprendrait sa place : Joe et elle seraient ensemble. Avec lui, pas besoin de faire semblant ; rien en elle ne semblait le gêner, il la prenait comme elle était, dans sa plénitude. Pourtant, elle l'avait repoussé... Mieux valait ne pas y penser. Son mari l'attendait au bas de l'escalier, aussi élégant et compassé qu'un cygne posé sur une eau tranquille. Avec grâce, elle descendit les marches pour le rejoindre.

Du bar, il observait la scène en se pintant au whisky, lentement, mais sûrement. Il ne voulait pas s'enivrer trop vite. Avec ce qu'il avait bu, il aurait déjà dû être soûl, pourtant. Pas de paix, nulle part. Est-ce qu'elle s'en fichait, tout compte fait ? Non, bien sûr que non. Durant des mois, il avait vu et pensé à travers elle, son esprit lui était aussi familier que le sien. Il la connaissait. Entre eux, il n'y avait pas eu de mensonge.

Ce qu'elle était belle, avec ses cheveux noirs, dans sa robe bleue striée d'argent ! Pourtant, à ses traits tirés, au pli de sa bouche dès qu'elle ne souriait plus, il voyait combien elle était tendue ; autant de signes qui échappaient sans doute aux autres. Quelle bêtise d'avoir perdu son sang-froid cet après-midi ! S'il avait réussi à garder son calme, il serait allé au fond des choses, il aurait crevé l'abcès. C'était sûrement les enfants, et son fichu sens du devoir. Il n'aurait pas dû sous-estimer son gendarme de sœur et le chien de garde qui lui servait de mari. Mais Joe ne leur en voulait pas d'être intervenus, au contraire, même si ça avait dégénéré en bagarre. Un peu plus, il l'aurait tuée.

Il vida son verre, en commanda un autre d'un air posé. Le client modèle. Il s'était même habillé pour la circonstance ; pantalon crème, veston, chemise brun foncé, cravate. Ce soir, il ne pouvait se permettre de se faire jeter dehors. Il s'imagina dans le caniveau, elle le regardant, tandis que son mari cherchait à l'entraîner loin de ce pitoyable spectacle. Douglas. Un type propre sur lui. Sûrement plein aux as. Un homme arrivé, qui sirotait son champagne du bout des lèvres, comme s'il n'était pas assez bon pour lui. Et Sarah qui trouvait ça drôle. Comment peut-elle rire, après ce qu'elle m'a fait ? Il faillit se lever. Non, pas encore. Il désirait qu'elle vienne à lui de sa propre initiative. Il serait raisonnable, aimant, il ne ferait rien qui puisse l'effrayer. Il lui dirait qu'il venait juste prendre des nouvelles de Tanu ; pauvre gosse, ça n'avait pas traîné, ils s'en étaient vite débarrassés...

Douglas caressa le bras nu de Sarah, où un bleu transparaissait sous le maquillage. Langeveldt se raidit, il manqua renverser son verre de whisky, qui goutta sur son pantalon. Ce type la touchait, il la touchait comme un amant, avec l'aplomb tout britannique de celui qui se sait si supérieur aux autres qu'il n'est nul besoin de le prouver. Soudain, il les imagina, cet homme nu et Sarah...

— Vous vous sentez bien, monsieur ?

Langeveldt regarda le verre qu'il venait de broyer dans sa main.

— Grands dieux... Je ne connais pas ma force ! s'excusa-t-il en parodiant consciemment le Douglas imaginaire. Une éponge, s'il vous plaît, et un autre scotch, commanda-t-il au barman, qui s'exécuta sans sourciller.

Bon Dieu, ce qu'il détestait les villes ! Tout était tellement toc ici... Hé, voilà Sarah qui se lève. Elle va aux toilettes.

Il se précipita vers elle alors qu'elle quittait la salle à manger ; mais, au lieu de la rejoindre dans un coin abrité des regards, ainsi qu'il l'avait prévu, il l'arrêta au beau milieu du vestibule.

— Tu t'es blessé la main, dit-elle en pâlissant.

— Quoi ? Tiens, c'est vrai.

Le sang qui coulait de sa paume entaillée gouttait par terre ; il en était tombé sur son pantalon, déjà maculé de whisky. Sarah sortit la pochette de sa poche de poitrine et lui en enveloppa la main.

— Je croyais que ce truc était juste décoratif, remarqua-t-il.

— Tu n'es pas vraiment taillé pour jouer au mannequin, Joe. Que fais-tu là ?

— Oh, je suis juste venu boire un verre... Sarah, je m'excuse.

— De quoi ?

— J'ai failli te tuer.

— Oui, mais je le méritais. Tu n'aurais pas dû t'arrêter. Maintenant, il faut que j'en prenne mon parti. On s'en va demain, par l'avion de deux heures.

Il lui prit la main, mais gentiment. Surtout, ne pas s'énerver.

— Sarah, tu ne te souviens pas ? Ces nuits dans le marais, rien que toi et moi...

— ... et les mouches, les crocos et les hippos ! Oh, Joe, je t'aime tant !

— Alors, reste ! s'écria-t-il avec véhémence, attirant

les regards. Je te donnerai tout ce que tu désires. Tu vivras dans un château, et si c'est des gosses que tu veux, je t'en ferai treize à la douzaine.

— C'est Emma et Joanne que je veux. Mes filles. Et je veux aussi que Douglas soit heureux. Je le lui dois, Joe.

C'en était trop. Sous le fragile vernis de politesse, déjà bien craquelé, le bon vieux Joe Langeveldt réapparut, avec son nez en bec d'aigle, ses yeux qui lançaient des éclairs, sa bouche au pli serré.

— Tu me préfères ce péteux, cette espèce de richard à la noix ! Tu souhaites retrouver ta petite vie bien pépère, après ce que nous avons connu ? J'aurais dû te laisser crever quand tu étais malade ; j'aurais dû te livrer à ces salopards, qu'ils t'écartèlent et que les hyènes te sucent les os. Je t'ai sauvée ! Tu me dois la vie ! Et toi, que m'as-tu servi en échange ? Des mensonges, du malheur et de la haine !

Il la secouait maintenant en enfonçant les doigts dans sa chair meurtrie. Des serveurs et des employés avançaient sur eux en phalange.

— Joe, il faut que tu comprennes ! s'écria Sarah. Tu t'en sortiras ! Tu survivras ! Il faut que je veille sur ma famille !

Il la relâcha, écumant de rage. Elle vit poindre une lueur dans ses yeux, comme un soudain éclair de conscience ; observant son poing levé, prêt à s'abattre, elle attendit le coup. À cet instant, les serveurs bondirent sur Joe et tentèrent de l'embarquer vers la sortie. On aurait dit Gulliver à Lilliput, il en avait trois à chaque bras, qui valdinguaient de part et d'autre. Sarah replia ses bras sur elle en sanglotant.

— Viens, chérie. Ne fais pas attention, tu n'y es pour rien.

La masse des lutteurs alla s'effondrer dans la rue. Sarah regarda son mari.

— Tu ne comprends pas...

— Plus que tu ne le crois. C'est fini, maintenant. Retournons boire cet horrible champagne.

Hébétée, elle le suivit. Dehors, les cris, les bruits de pas s'atténuèrent et moururent.

Le lendemain, Douglas sortit acheter des cadeaux pour les filles. Il refusa qu'elle l'accompagne, disant qu'elle avait besoin de repos. Ce n'était pas vrai. Seule dans la pièce, fixant sa valise bouclée, elle n'avait plus qu'à penser. Son corps réclamait du mouvement, son esprit tournait comme un rat en cage, il fallait qu'elle fasse quelque chose. Une idée lui vint : elle irait voir Tanu, lui faire de vrais adieux et lui offrir un cadeau. C'était un minimum. Elle choisit un jeu où des pièces de formes différentes s'emboîtaient dans des creux. C'était peut-être un peu bébé pour la petite, mais en ce domaine, Tanu n'était encore qu'un bébé. Entre la maladie, la faim, la peur, il y a peu de temps pour s'amuser, et l'enfant avait connu ces divers maux lors de sa courte existence. Si seulement... tout serait différent.

Sarah héla un taxi et donna au chauffeur le nom de l'orphelinat. Il dit que c'était trop loin ; aussitôt, elle ouvrit son porte-monnaie. Les yeux de l'homme s'arrondirent, pleins d'espoir, et elle n'eut aucun scrupule à se faire rouler, car elle était décidée à effectuer le trajet, aussi long qu'il fût. Les tours et les parcs élégants cédèrent vite la place à des rues bordées de maisons aux toits de tôle écrasés par le soleil. Le taxi filait sans que sa passagère ait envie de s'attarder pour admirer les marchés, leurs fruits exotiques, leurs échoppes d'artisans. À une autre époque, elle se serait arrêtée pour acheter quelque chose, prendre une photo ; mais Sarah la touriste avait disparu, et pour longtemps. Le voyage, ce jeu pour adultes, avait perdu de son attrait. Comme Tanu, elle évoluait dans une autre dimension.

Ils arrivèrent enfin à un long mur jaune creusé d'une seule porte.

— L'orphelinat ? s'enquit-elle, et le chauffeur acquiesça.

Sarah lui demanda d'attendre ; ça ne changeait rien, il ne trouverait pas de client pour retourner en ville. Elle descendit de la voiture, lissa sa jupe trempée de sueur et tira la grosse clochette à l'entrée. Le son résonna dans l'air chaud et immobile, mais pendant de longues minutes personne ne vint. Le chauffeur inclina son chapeau sur son front pour s'offrir un somme, et Sarah allait sonner de nouveau quand la porte s'ouvrit sans bruit. Une petite sœur noire lui lança un sourire éclatant de blancheur.

— Euh... puis-je voir la mère supérieure ? demanda Sarah en se disant que c'était peut-être un ordre où l'on faisait vœu de silence. Je... euh... je viens prendre des nouvelles d'un enfant – mon enfant, ajouta-t-elle d'un ton revendicatif, prise d'une soudaine défiance.

La sœur était trop polie pour exprimer ses doutes.

— Vous avez un enfant chez nous ? s'enquit-elle gentiment.

— J'en suis responsable, en effet, affirma Sarah, et j'aimerais discuter de son avenir avec la mère supérieure. Si c'est possible.

Elle avança et franchit le pas de la porte. Possible ou non, elle entrerait.

La sœur fut désarmante de civilité.

— Nous sommes toujours ravies d'accueillir ceux ou celles qui s'intéressent aux enfants, dit-elle doucement, et Sarah rougit.

À force de vivre avec Joe, elle avait oublié que les chemins les plus rapides ne sont pas toujours les plus directs. Son tact en avait pris un coup.

Sa guide la conduisit par des corridors frais, ornés de crucifix ou d'images de la Vierge. Quand elles se rencontraient, les nonnes ne faisaient qu'incliner la tête. Dans cette atmosphère recueillie, la présence de Sarah semblait passer inaperçue. La sœur finit par s'arrêter devant une porte.

— Si vous voulez bien patienter un court instant, la pria-t-elle en lui décochant un de ses blancs sourires, et durant les quelques secondes que dura l'attente Sarah eut le temps de regretter d'être venue en un endroit pareil.

Il y eut un murmure de voix derrière la porte, puis la sœur réapparut et l'invita à entrer, ce que fit Sarah, d'un air décidé.

La mère supérieure se leva pour l'accueillir, et réintégra vite son fauteuil, derrière le bureau. Elle avait l'aspect desséché de quelqu'un qui a vécu trop longtemps sous les tropiques. Même ses yeux n'avaient plus de couleur, ils étaient comme délavés.

— Si je comprends bien, vous êtes madame Hamilton.

Elle lui tendit la main, et Sarah fut surprise de sentir une poignée ferme, une peau calleuse. On voyait pourtant mal cette vieille dame gracieuse travailler la terre.

— Je suis mère Simone. Je me demandais si vous vous préoccuperiez de l'enfant. Votre sœur m'a tout expliqué.

— Ah.

Pour ça, on pouvait faire confiance à Susie. Le récit n'avait sans doute pas été flatteur ; à son habitude, sa sœur avait dû en profiter pour la dénigrer. Il ne faut jamais sous-estimer la jalousie entre sœurs, même si elle s'accompagne souvent de beaucoup d'amour.

— J'espérais vous rencontrer. J'ai tellement entendu parler de vous. Vous avez traversé une rude épreuve... mais vous vous êtes montrée pleine de ressources.

Sarah fit la moue.

— C'est ce que tout le monde veut croire, ma mère. La vérité, c'est que sans Joe, Joe Langeveldt, je n'aurais jamais survécu. Il a été si gentil.

Sa gorge se serra, et elle ne put en dire davantage.

La nonne la fixa, l'air pensif, puis elle se leva.

— Venez, ma chère. Je vais vous conduire à la nurserie.

Elles passèrent de la calme fraîcheur du couvent à une cour intérieure faite de terre battue, où quelques arbres chétifs protégeaient mal du soleil ardent. Une classe d'enfants écoutait une histoire – les filles vêtues d'une blouse en coton rose, les garçons d'un short gris. Tous étaient noirs, et chacun tourna la tête pour regarder Sarah qui avançait avec la mère supérieure vers le long bâtiment bas, l'orphelinat proprement dit. Ce n'était pas le grand luxe – murs de béton, toit de tôle rouillé, intérieur tout aussi sommaire, avec des planchers nus et des fenêtres sans rideaux. Ces détails étaient de peu d'importance, se dit Sarah. Elle avait tellement envie que l'endroit lui plaise, pour se persuader qu'elle faisait le bon choix ! Tanu vivrait heureuse ici.

Elles s'arrêtèrent devant une classe d'enfants de huit ans. Une sœur désignait des mots écrits au tableau noir, et chaque élève devait les lire à tour de rôle. Il y en avait une cinquantaine.

Sarah se tourna vers sa compagne.

— N'est-ce pas difficile avec autant d'enfants ?

— Si, acquiesça la mère en souriant.

Ensuite, elles arrivèrent à une salle pleine de petits lits-cages. Dans chacun, un poupon noir, un biberon fiché dans la bouche.

— L'heure du repas, déclara la nonne. Le seul moment où c'est calme.

Sarah sentit sa gorge se serrer. On aurait dit un élevage en batterie.

— D'où viennent-ils ?

— Beaucoup sont des réfugiés du Mandoto. Certains des enfants illégitimes. Quand une société rurale s'effondre et que les gens viennent à la ville pour travailler, de nombreuses filles se retrouvent enceintes et seules. Autrefois, la grand-mère aurait élevé ces enfants. Maintenant, c'est nous.

— C'est si... froid, si inhumain.

— Nous faisons notre possible. Mais il y en a trop.

Elles descendirent le corridor jusqu'à la pouponnière. Quand Sarah entra, les enfants s'agglutinèrent autour d'elle en marchant debout ou à quatre pattes, et elle chercha en vain Tanu parmi toutes ces petites figures noires. Mais alors elle entendit crier – un son aigu, désespéré. Flottant dans une robe en coton rose, la fillette lui tendait les bras en hurlant. Sarah la prit contre elle, pour s'efforcer de la calmer, et peu à peu les cris de Tanu se muèrent en sanglots.

En proie à un terrible désarroi, Sarah décida qu'elle ne la laisserait pas. La nonne l'observait. Comme Sarah se lançait dans une explication confuse, elle la stoppa net en levant la main.

— Je sais, ma chère, je sais. Oui, libre à vous de l'emmener. Mais j'aimerais que vous compreniez... Voudriez-vous me raccompagner à mon bureau ?

Serrant Tanu contre elle, Sarah la suivit.

— Bon, reprit la mère quand elles se furent assises. Vous êtes choquée, je le vois bien. Tant mieux, parce que nous avons besoin d'aide. Trop d'enfants, trop peu d'argent et surtout trop d'indifférence. Nous élevons ces petits pour travailler sur des fermes où les ouvriers sont déjà pléthore, mais c'est tout ce que nous pouvons leur offrir. Vous emmènerez cette petite et lui offrirez bien davantage. Cependant, je voudrais que tous en profitent.

— Euh... qu'attendez-vous de moi ?

Sarah commençait à se sentir piégée... La sœur abattit sa main sur le bureau.

— De la publicité ! Une campagne d'information. Vous êtes célèbre, vous avez la possibilité de parler de nous à tout le monde, même aux journaux anglais. Ils enverront des photographes. Alors, nous toucherons des fonds, nous pourrons construire de nouvelles salles de classe, une crèche digne de ce nom...

La liste n'en finissait pas. Au bout d'un moment, Sarah se leva et tenta de prendre congé en s'excusant. Les yeux délavés de la sœur étincelèrent, elle attrapa Sarah par le bras et la retint. Il n'y avait pas d'échappatoire... avec son air fanatique, cette femme semblait sortie d'une tragédie grecque. « Il faut nous aider ! » criait-elle. Une mèche de cheveux, grise et drue, s'était échappée de son voile. Elle refusait de lâcher Sarah et il se faisait tard.

— Je ferai mon possible, je vous le promets...

— J'ai votre parole ? demanda la nonne d'un air féroce.

— Oui, oui, ma mère. Au revoir. Je dois m'en aller.

Elle se libéra, et descendit les couloirs en courant. Derrière elle, la mère supérieure claironna :

— J'ai votre parole ! Votre parole !

Enfin la rue. Sarah s'effondra dans le taxi et ferma les yeux, soulagée. Cette femme était folle à lier, mais c'était comme si elle avait pris une hypothèque sur son âme, Sarah n'en sortait pas indemne. Comme Tanu s'agitait sur le siège, elle lui donna la boîte de jeux après en avoir ôté l'emballage. D'un air absorbé, Tanu enfonça les pièces dans les trous, les en sortit, puis recommença. Sarah se sentit complètement déprimée. Qu'allait-elle faire de cette enfant ? Comment ses filles prendraient-elles la chose, lorsqu'elles la verraient débarquer avec un bébé noir réclamant tout l'amour et l'attention dont elles avaient manqué ? Et Douglas ? De son propre aveu, il n'était déjà pas à l'aise avec ses filles ; or, Tanu n'était pas une gosse attirante, avec ses jambes malingres, ses cheveux clairsemés ; elle ne savait pas parler, seulement s'accrocher à vous. C'était sans espoir : jamais sa famille ne l'accepterait en son sein.

— Oh, mon Dieu, murmura Sarah. Il faut que j'aille voir Joe.

Une nuit dans le marais, quand la chaleur pesait comme un couvercle et que les mouches les tourmentaient sans répit, ils s'étaient couchés et avaient évoqué des gens, des endroits. Joe avait parlé d'un ami à lui, un ancien chasseur qui avait décidé de se reconvertir en ouvrant un bordel à Harare. Le Wakamba. Sarah se pencha en avant et donna le nom au chauffeur. Il la fixa en roulant des yeux effarés.

— Le Wakamba ?

— Oui, s'il vous plaît. Et vite.

Elle lâcha un billet de banque par-dessus l'épaule de l'homme, qui marmonna et accéléra en lui jetant des coups d'œil inquiets dans le rétroviseur. Ça devait lui sembler bizarre, de passer du couvent au bordel, mais c'était la vie et ses montagnes russes. Et tant pis si ça vous fichait mal au cœur.

Ils prirent des rues où les hommes flânaient de porte en porte en reluquant les filles qui s'affichaient nonchalamment aux fenêtres des étages. On ne pouvait rater le Wakamba. À chaque bout, en travers de la rue, son nom clignotait en grosses lettres orange surmontées d'une silhouette de femme nue en néon. Le chauffeur refusa d'attendre. Après une courte discussion, Sarah sortit du taxi et se précipita dans l'immeuble avec Tanu. Comme elle n'avait pas payé la course, il en serait pour sa poche s'il se défilait.

Son arrivée en trombe ne passa pas inaperçue. Il y avait une dizaine de clients au bar et leurs yeux se rivèrent sur elle. Les murs étaient couverts de photographies dont elle détourna vite les yeux tout en s'étonnant de l'ingéniosité humaine. Où allaient-ils chercher tout ça ! Intriguée, elle fixa un rideau de perles crasseux qui masquait l'entrée d'une pièce.

Cramponnant Tanu comme preuve de sa respectabilité, elle s'approcha d'un gros barbu ventripotent qui essuyait des verres derrière le bar.

— Vous êtes Bill Saunders ?

— Oui. Vous voulez travailler ?

— Pas pour l'instant, merci. Je cherche Joe Langeveldt.

L'homme s'interrompit et contourna le bar pour la rejoindre. Il s'arrêta à quelques centimètres d'elle.

— C'est vous la salope en question ?

— Euh... c'est possible. Il faut que je le voie. Il est là ?

— Sortez.

— Il est là ?

— Je vous ai dit de ficher le camp. Ici, c'est chez moi, et c'est bien trop beau pour une ordure dans votre genre. Dehors !

Sarah soupira de lassitude.

— C'est important. Il faut que je le voie et je suis certaine qu'il est ici.

Emportée par un élan soudain, elle dépassa son interlocuteur pour franchir le rideau de perles. Il faisait sombre et la pièce sentait le parfum bon marché. Deux ou trois types étaient allongés sur des canapés, chacun avec une fille noire en robe de satin. Personne ne leva les yeux ; ils se pelotaient comme des ados dans une boum. Joe n'était pas parmi eux. Le gros homme se traîna derrière elle.

— Vous dérangez mes clients...

— Alors, où est-il ? S'il apprend que vous m'avez empêchée de lui parler, il ne sera pas content du tout, et vous savez ce qui se passe quand Joe s'énerve...

L'ombre d'un sourire traversa le visage de Saunders.

— Vous venez de marquer un point, ma chère. En haut, deuxième porte à gauche. S'il vous tue, il ne faudra pas m'en vouloir.

— Merci.

Elle monta rapidement, frappa et entra. Joe était nu, allongé sur le lit à côté d'une Noire aux énormes seins tombants. À la vue de Sarah, elle bondit du lit et se rua dehors, craignant sans doute la visite surprise d'une épouse outragée. Joe ne tourna même pas la tête.

Sarah se laissa tomber sur un fauteuil bancal.

— Tu n'as pas perdu de temps, hein ? Susie disait que c'était ton genre, mais je ne la croyais pas.

— Une pute en vaut bien une autre, répondit-il en se redressant pour prendre une bouteille de whisky posée à côté du lit. Pourquoi es-tu venue ? Tu ne te figures pas que je vais encore ramper à tes pieds ? J'ai mon compte. Retourne à ta petite vie douillette et laisse-moi tranquille. Vous avez dû bien vous foutre de ma gueule, toi et ta chiffe molle de mari !

Il but une autre lampée. Elle ne s'attendait pas à lui trouver aussi mauvaise mine. Le blanc des yeux jauni, les traits tirés. Elle avança la main et lui toucha le bras, mais il s'écarta d'un bond et se rallongea face au mur.

— Laisse-moi ! Je t'ai tout donné. Si tu te sens coupable, tant mieux. Je veux que tu te réveilles la nuit à cause de ce que tu m'as fait. Sale garce !

Couché en boule avec sa bouteille, on aurait dit un bébé géant. Sarah se retenait pour ne pas le prendre dans ses bras. Elle en avait mal au ventre.

— J'ai amené Tanu, dit-elle enfin ; (et, comme il ne répondait pas, elle ajouta :) je l'ai amenée pour que tu veilles sur elle.

Il resta sans réagir. La fillette s'était endormie sur ses genoux. Sarah baisa avec tendresse son petit crâne crêpu, puis se pencha pour placer l'enfant au creux de Joe, ainsi que la boîte de jeux en plastique.

— Je t'aime, Joe. Prends soin d'elle.

Ensuite, elle tourna les talons et s'esquiva pour regagner le taxi.

La chambre était très calme sans elle, un îlot de silence perdu dans un océan de bruits provenant du bar et de la rue en dessous – rires aigus des femmes, tintement des verres contre les bouteilles, passage de voitures qui cahotaient. Ce lieu lui était aussi étranger qu'une planète lointaine, et il se sentait mal, perdu, terriblement seul. Elle était partie. C'était fini, bien fini, et c'était plus qu'il n'en pouvait supporter.

Il porta la bouteille à ses lèvres, abruti par l'alcool ; après quoi, il la jeta violemment contre le mur, où elle explosa. L'enfant se réveilla en criant, puis, tout en restant couchée, les yeux grands ouverts et tremblante, elle chercha à attraper Joe par le cou avec de faibles miaulements. Elle était moite et sentait l'aigre. Joe regarda ses genoux cagneux, ses cheveux rêches et clairsemés.

— Il ne manquait plus que toi, marmonna-t-il.

La petite s'agrippait à lui, raide de peur, craignant d'être abandonnée. Soudain, une immense fatigue envahit Joe. Avec une douceur dont il ne se serait pas cru capable, il la prit contre lui et la berça jusqu'à ce qu'ils s'endorment tous les deux.

10

— Tu rentreras à l'heure ce soir, chéri ? demanda Sarah, qui beurrait des tartines tout en écoutant d'une oreille Joanne faire sa lecture.

— Aucune idée. Nos clients de Hambourg viennent déjeuner... ça risque de se prolonger. Pourquoi ? s'enquit Douglas.

— Je dois me rendre à une réunion organisée par la fondation « Sauvez les enfants ». Je te laisserai ton dîner dans le four. Ça ira ?

Il porta la main à ses lunettes, l'air complètement ébahi.

— Bien sûr que non ! Tu as toute la journée pour te rendre à ces réunions. Dieu sait que je ne te reproche pas de t'occuper de bonnes œuvres, c'est même tout à fait légitime pour une femme de ta condition, du moment que cela ne perturbe pas notre vie quotidienne...

— Ton petit confort, tu veux dire. Ne t'inquiète pas, je te préparerai un bon petit plat, suivi d'un fondant au chocolat. Je ne peux pas faire autrement : ils vont sans doute exposer trois de mes tableaux à la bibliothèque, des portraits de la petite Africaine.

— Tous tes tableaux représentent la petite Africaine, répliqua Douglas d'un ton mordant.

— Non, pas tous, repartit Sarah.

En fait, Douglas n'était pas loin de la vérité. Même

le prof de l'école des beaux-arts en avait fait la réflexion à Sarah, et pour s'en défendre elle avait barbouillé en vitesse quelques études d'arbres et de nénuphars. Mais elle était vite revenue à son sujet de prédilection : Tanu accroupie dans la poussière, endormie sur l'herbe ou debout, près d'une jambe de pantalon non identifiée.

Douglas la fixait et, à son air, elle savait qu'il n'en resterait pas là.

— Chérie, il serait temps que tu te débarrasses de cette obsession pour l'Afrique, commença-t-il. Après la croisade que tu as menée tambour battant en faveur des enfants affamés – tout en négligeant les tiens, soit dit en passant...

Elle ouvrit la bouche pour protester, mais il l'en empêcha.

— ... tu t'es lancée tête baissée dans la peinture. Je croyais cette occupation inoffensive, mais je me suis trompé. Quand tu n'es pas à une réunion, c'est que tu fais un discours à un gala de charité ; et, durant le peu de temps qui te reste, tu te précipites à l'école des beaux-arts pour rejoindre ce Smithers.

— Ne t'en fais pas, chéri, il est homo, l'interrompit Sarah.

Mais cette précision ne produisit pas l'effet escompté.

— Et tu t'affiches avec un type pareil ! Alors là, c'est le comble ! s'exclama Douglas avec rage. Je n'arrive pas à croire que tu es vraiment la femme que j'ai épousée ! C'est ma faute, j'aurais dû mettre un frein à toutes ces fantaisies, mais j'ai cru que tu étais encore sous le choc. Te connaissant, je n'ai pas besoin de te demander comment tu t'es comportée durant cette épreuve, mais...

— Dans ce cas, pourquoi ne cesses-tu d'y faire

allusion ? rétorqua Sarah. Si tu veux savoir ce qui s'est passé, rien de plus simple : demande-le-moi.

De toute façon, je ne te le raconterai pas, se promit-elle. Douglas ruminait déjà sur la base de simples soupçons ; s'ils tournaient en certitudes, il deviendrait enragé. Au début, il s'était réjoui de son retour sans se poser de questions. Mais, avec le temps, cette inquisition et ces insinuations étaient devenues permanentes.

— Laissons cela de côté, déclara-t-il. J'insiste pour que tu arrêtes de vadrouiller. Tu n'as pas besoin de suivre ces cours aux beaux-arts. Tu peins très bien, même si je préférerais que tu choisisses des sujets plus convenables, des couleurs plus subtiles... Mais de là à exposer tes œuvres... Bientôt, tu vas m'annoncer que tu comptes les vendre.

— Oh, cela sera très discret. Seuls les gens intéressés pourront, s'ils le désirent, consulter la liste des prix, précisa Sarah.

Douglas vira au rouge.

— Tu veux dire que ma femme va se vendre, comme n'importe quelle pute de Soho ? s'écria-t-il.

Sarah entendit hoqueter Emma. Dès qu'on élevait la voix, elle fondait en larmes.

— Voyons, Douglas, il n'y a pas beaucoup d'artistes peintres, chez ces dames, commenta-t-elle sans perdre patience. Et puis, tous les bénéfices iront à la fondation ; personne ne s'imaginera que tu as fait faillite.

— Ça suffit ! J'exige que tu téléphones aujourd'hui pour annuler la réunion et expliquer que tu ne pourras pas mettre en vente tes tableaux pour l'exposition. Est-ce clair, Sarah ?

Elle s'était penchée sur Emma pour tenter, vainement, de la calmer.

— Quoi ? Bien sûr, Douglas, c'est très clair, comme toujours, répondit-elle distraitement.

À part Joanne qui le regardait les yeux ronds, l'air fasciné, Douglas n'avait plus de public. Il sortit de scène en claquant la porte comme ún gamin.

Emma haletait, signe que la crise d'asthme était imminente.

— Cours chercher l'inhalateur, s'il te plaît, Joanne.

La petite fille s'empressa. C'était une enfant serviable, d'une vivacité d'esprit parfois dérangeante. En l'absence de Sarah, Douglas l'avait trop souvent réduite au silence, partant du principe que les enfants n'ont pas droit à la parole. D'où ces crises de rage où Joanne trépignait en hurlant de frustration, crises qui avaient cessé comme par miracle dès que Sarah avait réapparu pour lui prêter une oreille attentive. Si seulement les problèmes d'Emma avaient été aussi simples à résoudre !

— Je vais encore être en retard ! gémit Emma.

— Je t'accompagnerai, la rassura Sarah en lui caressant les cheveux. De toute façon, il faut que je parle avec ta maîtresse ; tu as beaucoup trop de devoirs.

— Non, maman, je t'en prie ! Toutes les autres y arrivent. Elle va me prendre pour une idiote.

— Je m'en fiche. Si tu veux savoir, je préférerais que tu retournes à l'école St. John. Tu y étais bien plus heureuse.

— Papa trouvait les autres enfants vulgaires, répondit Emma d'une voix oppressée. Il dit que ça va pour les petits, mais qu'il faut changer de fréquentation quand on grandit.

— Eh bien, je ne suis pas d'accord. Rachel n'était pas vulgaire, c'était ta meilleure amie.

— Papa ne l'aime pas.

— Ah.

Et voilà. Encore une fois, Douglas voulait mettre ses

filles dans des moules qui ne leur convenaient pas. Cela inquiétait Sarah, qui connaissait mieux que personne la pression autoritaire et insidieuse que Douglas savait exercer sur ses proches. Avant l'Afrique, elle avait vécu dans un état de complète dépendance, si bien assujettie à sa volonté qu'elle se faisait un monde de tout et de rien. Douglas n'était pas foncièrement méchant, seulement il avait des idées bien arrêtées et exigeait que tout le monde les partage. L'erreur, c'était de lui céder.

— Tu n'iras pas à la réunion, n'est-ce pas ? s'enquit Emma d'un air angoissé.

— Je ne peux guère faire autrement, ma chérie. Et ce n'est pas souvent que je sors le soir, contrairement à ton père.

— Mais vous allez encore vous disputer. Papa va se mettre à crier...

— Et alors ? Ne crains rien, ma chérie, assura Sarah, qui savait en vérité combien sa fille souffrait de leurs querelles.

Quel souci ! Cette enfant nerveuse, hypersensible, était si mal préparée à affronter la vie. Comment était-elle avant le départ de sa mère pour l'Afrique ? Timide, oui ; mais sous sa protection, songeait Sarah, elle s'en sortait plutôt bien. Peut-être qu'avec le temps elle retrouverait un peu d'équilibre.

— J'ai une idée, reprit Sarah. Déposons Joanne à l'école. Ensuite, on ira toutes les deux au parc donner du pain aux canards. On peut emmener nos cahiers de dessin, ce sera amusant.

— Et l'école ? lança Emma, éberluée. Ils vont me gronder.

— Mais non. J'écrirai un mot disant que tu as eu mal au ventre. Je sais, ça ne se fait pas, mais pour une fois...

— Je veux venir aussi, intervint Joanne, l'air buté.

— Quoi, tu raterais ton cours de sciences ? Ça m'étonne de toi, repartit sa mère.

La petite fille réfléchit un instant, et choisit d'aller à l'école. Ces leçons de sciences consistaient surtout à faire de la bouillasse en mélangeant divers ingrédients – sable, sucre, sel et eau –, tandis que la maîtresse cherchait à leur inculquer quelques notions. Il ne leur en resterait sans doute pas grand-chose, à part quelques taches sur leurs tabliers, mais les enfants adoraient ça.

Plus tard, tandis qu'Emma, assise sur un banc, coloriait le canard dessiné par sa mère, Sarah marchait de long en large, les feuilles mortes couleur de bronze bruissant sous ses pas, et elle réfléchissait. Elle et Douglas se heurtaient si souvent ces derniers temps, dès qu'elle montrait la moindre volonté d'indépendance ! Il voulait l'ancienne Sarah, cette fourmi tranquille, obéissante, dont toute l'existence tournait autour de son mari et de son foyer. Peut-être pourrait-elle redevenir comme avant, se soumettre et rentrer dans un trou à présent beaucoup trop petit pour elle... Après tout, c'était cette femme que Douglas avait épousée. Il n'avait pas changé du tout, elle beaucoup trop.

Mais les filles ? Joanne s'en sortirait toujours, il faudrait quelqu'un de plus fort que Douglas pour dominer cette petite virago ; cependant, quels coups de griffe devrait-elle donner pour échapper à son emprise ! Quant à Emma, la gentille et timide Emma, elle serait écrasée dans la bataille.

Si seulement il lui avait été possible d'en discuter avec Joe ! se disait follement Sarah. Il était si lucide... ou était-ce simplement qu'avec lui elle disait ce qu'elle pensait parce qu'elle ne craignait pas ses réactions ? Avec Douglas, il fallait toujours prendre des gants. Souvent, elle se sentait comme le loup habillé en agneau, qui cache sa férocité sous des dehors doux et placides.

Emma jouait avec un caniche ; elle lui jetait un bâton qu'il lui rapportait en frétillant.

— Viens, ma chérie, c'est l'heure du déjeuner.

— On ne pourrait pas avoir un chien, maman ? s'exclama-t-elle, les joues roses d'excitation. Un petit comme celui-ci ? Il est si mignon !

— Je regrette, chérie. Papa n'aime pas les chiens.

— Mais toi, tu les aimes, non ?

— Bien sûr. Nous en avons toujours eu quand j'étais petite.

— Alors, pourquoi pas nous ? Je déteste papa. C'est vrai, je le déteste.

— Ne dis pas de bêtises. Papa nous aime, il travaille très dur pour nous faire vivre. On ne peut pas le détester.

— Eh bien, moi si.

Sarah soupira, et son malaise grandit. Quelle journée, décidément !

— Allons déjeuner chez grand-mère, proposa-t-elle, pour couronner le tout.

Mme Melling fut ravie de les voir.

— Entrez, entrez, claironna-t-elle. Emma n'est pas bien ?

— Elle a mal au ventre, dit Sarah avec naturel. Mais ça va déjà mieux.

Emma rougit et baissa les yeux. Elle ne saurait jamais mentir, pensa Sarah, saisie de pitié. C'est drôle comme une mère et sa fille peuvent être différentes.

— Venez près du feu, mes chéries, il fait un vent glacial aujourd'hui. On dit que l'hiver sera dur... Alors, qu'est-ce qui vous ferait plaisir pour le déjeuner ? Je n'ai pas grand-chose en réserve. Avec ma maigre pension...

— Ça ira, maman, j'ai apporté des sandwichs. Il doit bien te rester un sachet de soupe instantanée.

Sarah n'était pas d'humeur à écouter sa mère se plaindre comme d'habitude de son maigre train de vie, d'autant que Douglas avait versé mille livres sur son compte le mois précédent. Il n'avait pas que des mauvais côtés ; peu d'hommes auraient supporté les dépenses extravagantes d'une Mme Melling.

— Ah. Oui, bien sûr. Emma, reste au chaud pendant que maman et moi préparons le déjeuner. Tu as l'air mal fichue.

Une fois dans la cuisine, comme les deux femmes se heurtaient en se croisant, Sarah pria sa mère de s'asseoir.

— Comment va Douglas ? demanda Mme Melling à dessein tandis que Sarah s'activait.

— Très bien. Mais il exige que je reste cloîtrée à la maison.

— Il a raison. Tu devrais te poser un peu. Depuis cette terrible mésaventure, tu ne tiens plus en place. Estime-toi heureuse d'avoir un mari aussi patient que Douglas. Et puis tu te négliges, ma fille, permets-moi de te le dire. Toi qui étais toujours si élégante ! Ça fait des siècles que je ne t'ai vue porter quelque chose de nouveau.

— Je n'ai pas le temps de faire les boutiques, déclara Sarah avec un soupir.

Ni l'envie, ajouta-t-elle en son for intérieur. Non, elle ne voulait plus faire la belle, la charmante, elle voulait être vraie.

— Maman, lança-t-elle soudain, que dirais-tu si je quittais Douglas ?

Sa mère en demeura bouche bée.

— Quitter ton mari ? finit-elle par répondre. Je dirais que tu es folle.

— Au train où vont les choses, je vais finir par le devenir.

— Tu le soupçonnes de quelque chose ? Aurait-il une liaison ? Je sais qu'il rentre souvent tard, mais c'est pour son travail, ma chérie. Douglas t'adore.

— Non, je ne crois pas. Il adore la gentille Sarah, aimante, élégante, parfaite maîtresse de maison. Ce n'est pas du tout moi, et dès que je sors de ce rôle, il juge ma conduite inconvenante, il exige que j'en change. Mais, le pire, c'est qu'il fait pareil avec les filles. Joanne est assez forte pour lui tenir tête, mais pas Emma. À cause de lui, c'est une vraie boule de nerfs.

— Eh bien..., hésita Mme Melling en se passant la main dans les cheveux. C'est vrai, pendant ton absence, j'ai remarqué son côté tatillon. Il punissait les filles quand elles ne pliaient pas leurs habits avant de se coucher... Il prend les choses un peu trop au sérieux... mais il a toujours été comme ça, chérie. Avant, ça ne te gênait pas.

— Mais si. C'est pour ça que j'ai insisté pour aller retrouver Susie. C'est la seule chose sur laquelle je n'ai pas cédé durant toutes nos années de vie commune. Je n'aurais pas dû partir, je m'en rends compte maintenant ; j'aurais dû rester dans ma petite cage dorée et surmonter mon ennui, mon impression de vide. Mais j'y suis allée. Et je suis enfin devenue adulte. Tu sais, maman, je n'ai pas besoin qu'on veille sur moi, en tout cas pas comme Douglas le conçoit.

— Chérie, aucune femme ne peut se passer entièrement des hommes. Tu ne sais pas combien la vie est difficile pour celles qui vivent seules, ajouta Mme Melling en fourrageant dans le tiroir.

— Si, je le sais... Mais vois-tu, maman, on peut vivre en couple et se reposer l'un sur l'autre tout en étant soi-même. C'est possible.

Soudain, Mme Melling se tourna vers elle.

— C'est à cet homme que tu penses, n'est-ce pas ? celui dont Susie m'a parlé... C'est lui que tu veux, pas Douglas. Sarah, tu devrais avoir honte !

Sarah fixa le sol carrelé de la cuisine. À cet instant, la soupe déborda. D'un commun accord, elles changèrent de sujet de conversation.

Sur le chemin du retour, après avoir pris Joanne au passage, Sarah fit quelques courses. Puis, sitôt arrivée chez elle, elle téléphona pour repousser au lendemain matin la réunion prévue le soir même. Ce serait agréable de passer une soirée seule au coin du feu, rideaux tirés, alors qu'il pleuvait au-dehors. Le climat anglais n'était guère clément, mais il y avait un charme certain dans cette ambiance douillette et feutrée. Une tasse de chocolat chaud, un bon fauteuil, tout cela devait laisser Joe complètement froid, pensa-t-elle. Mais comment savoir, avec lui ?

Il était neuf heures et demie quand Douglas rentra, transi et de mauvaise humeur. En voyant sa femme, il se dérida.

— Je suis content de voir que tu respectes parfois mes volontés, Sarah.

— Tes désirs sont des ordres, lui lança-t-elle gaiement en l'embrassant sur la joue. Quel temps sinistre !... Tu veux ton dîner sur un plateau ?

— Ce serait très gentil, ma chérie.

Après avoir mangé, il devint magnanime : puisque les tableaux de Sarah ne seraient pas exposés à la bibliothèque, elle pourrait en accrocher un chez eux dans un endroit discret, peut-être sur le palier du premier. Lorsqu'il lui fit cette suggestion, Sarah parut gênée ; elle rougit, ses yeux s'assombrirent. Comme elle est belle ! songea-t-il distraitement. Il ne se lassait jamais de la regarder.

— Je suis désolée, Douglas, déclara-t-elle, mal à l'aise. L'exposition est toujours prévue. J'ai remis la réunion à demain matin, voilà tout.

Il ferma les yeux un moment, et porta théâtralement une main à son front en soupirant.

— C'est sans doute ma faute : je n'ai pas dû être assez clair. Tu ne feras pas d'exposition, tu ne vendras pas tes tableaux. Il n'est pas question que ma femme trempe dans ce genre d'activités. J'ai dit non et c'est non !

Sarah serra les poings et se força à garder son calme.

— Je ne suis pas une enfant. Je me passerai de ta permission, je n'ai pas à m'incliner devant tes volontés. Quand me laisseras-tu avoir un peu de vie à moi ? Je n'en peux plus ! Dès que je prends la moindre initiative, tu t'y opposes. Et ces querelles incessantes ont un effet déplorable sur l'état nerveux d'Emma !

— Mets-toi un peu à ma place, repartit Douglas. Je te donne tout ce que tu veux. Est-ce trop te demander de remplir ta part du marché ? D'être pour moi une femme dévouée et fidèle ?

— Dévouée ou fidèle ? riposta férocement Sarah.

Douglas se racla la gorge.

— Les deux, répondit-il.

Il y eut un long silence.

— Tu disais qu'on n'en parlerait jamais, remarqua Sarah.

— Je ne pensais pas y être un jour obligé.

— Je suis revenue. N'est-ce pas suffisant ?

Douglas refusa de la regarder.

— Tu n'es pas la même.

— Ah, fit-elle avec un rire amer, le contrat stipulait donc que je reste aussi naïve et stupide que le jour où je t'ai épousé ? Je l'ignorais. Pardonne-moi, Douglas, je regrette de te contrarier. Mais... je suis comme je suis, je ne peux pas me forcer à être une autre. Nous en reparlerons demain, si tu veux bien. Je vais me coucher.

Étendue dans le noir, Sarah attendit longtemps qu'il monte. Lorsque enfin il la rejoignit, elle fit mine de dormir. Mais il grimpa sur elle, et la prit sans préliminaires. Sarah n'en fut pas étonnée. Autrefois il y mettait des formes, il sacrifiait à son plaisir ; maintenant il préférait la punir. Peut-être avait-il besoin de cette brusquerie. Quelque chose l'excitait dans ce manque d'égards, Sarah le savait – l'impression de coucher avec une inconnue, sans doute. Une fois, elle lui avait demandé de prendre son temps, mais après les caresses et les baisers, il s'était bloqué. Sarah en gardait un souvenir terrible. Douglas avait déclaré qu'il n'avait plus envie « après tous ces chichis », et elle n'avait compris que plus tard ce qui s'était passé. Ils étaient retournés à leurs brusques étreintes dans le noir.

Le lendemain matin, la dispute couvait toujours comme un sombre nuage au-dessus du petit déjeuner. Emma ne put rien avaler. Joanne, au contraire, engloutit une assiette de tartines grillées.

— Je peux aller jouer dehors ? demanda-t-elle.

Sarah jeta un coup d'œil à la pendule.

— Oui, chérie, tu as le temps. Toi aussi, Emma.

— Vous resterez à table l'une et l'autre jusqu'à ce que tout le monde ait fini, déclara Douglas sans prendre la peine de baisser son journal.

— Quelle importance, chéri ? De toute façon, elles devront bientôt s'en aller..., avança Sarah, conciliante.

Mais elle n'obtint pas de réponse. Un morne silence s'installa, juste perturbé par Joanne qui tapait du pied contre la chaise et Emma qui respirait bruyamment.

— Va chercher ton inhalateur, Emma, dit Sarah.

Le journal s'abaissa.

— Elle n'a pas besoin de ce truc. Tu la dorlotes

trop. Un peu de discipline, voilà ce qui vous manque, mademoiselle.

— Je m'excuse... je vais essayer..., s'étrangla Emma, pâle, les yeux cernés.

La peur ne faisait qu'empirer son état.

— Ce qu'il faut, c'est te concentrer pour respirer normalement, affirma Douglas avec fermeté. Regarde, fais comme moi.

Il inspira profondément plusieurs fois de suite, et Emma tenta de l'imiter. En vain. Des gouttes de sueur perlèrent à son front. Et comme elle craignait la colère de son père, sa respiration devint encore plus poussive et saccadée.

Sarah courut chercher l'inhalateur, et le lui donna. La petite inspira avec gratitude, mais soudain Douglas le lui arracha des mains.

— Elle n'en pas besoin ! Elle y arrivait très bien. Et si je dis qu'elle peut s'en passer, elle s'en passera.

— Rends-le-moi, Douglas, repartit calmement Sarah. Inutile de mêler les enfants à cette dispute. Tu ne gagneras rien à les faire souffrir.

Il fourra l'inhalateur dans sa poche, puis se rassit en se replongeant dans le journal. Emma haletait, terrorisée. Joanne se mit à pleurer.

— Il fait mal à Emma. Papa fait mal à Emma, murmura-t-elle en se pétrissant les joues.

— Douglas, redonne-le-lui ! s'écria Sarah, à bout de patience.

Il leva les yeux d'un air innocent.

— Je croyais que tu avais un rendez-vous.

— Ne fais pas de chantage, Douglas ! C'est ta fille, elle souffre, s'exclama Sarah en regardant la figure congestionnée d'Emma, qui luttait désespérément pour reprendre son souffle.

— Tous les torts sont de ton côté, ma chère : c'est

toi qui fais passer tes propres intérêts avant ceux de tes proches.

Emma toussa et, pendant un instant, elle cessa même de respirer. Enfin, elle émit un râle si déchirant que Sarah n'y tint plus.

— Je n'irai pas ! Je ne sortirai plus jamais de cette maison si tu me donnes l'inhalateur. Je ferai tout ce que tu veux, mais donne-le-moi ! Je t'en prie !

— J'espère que tu tiendras ta promesse, ma chère, dit-il en jubilant, une lueur de triomphe dans les yeux. Que nous n'ayons plus à revenir là-dessus.

— Je ne ferai plus jamais rien qui te déplaise, Douglas, affirma Sarah en tendant la main.

Au bout d'un moment, Douglas daigna y laisser tomber l'inhalateur. Aussitôt, Sarah se pencha sur Emma pour l'apaiser et la réconforter.

Une cuillère à thé vola par-dessus la table, et atteignit Douglas à la joue.

— Joanne !

— Méchant ! lança l'enfant avec défi en fronçant les sourcils.

Douglas la frappa sur le bras. Joanne hurla avant de plonger sous la table en braillant.

— Sors de là, petit démon ! rugit Douglas, et il chercha à attraper les jambes potelées qui lui jetaient des ruades.

— Au nom du ciel, va travailler ! cria Sarah. Pars, et laisse-moi m'en occuper.

Douglas se leva, la cravate de travers, les cheveux en bataille.

— C'est une vraie maison de fous ! s'écria-t-il en contemplant le désastre.

Il savait qu'il était allé trop loin. Mais c'était sa faute à elle, c'était Sarah la coupable. Si elle s'était conduite normalement, rien ne serait arrivé, et ses propres filles ne le regarderaient pas avec ces yeux-là, des yeux emplis de peur et de haine.

— Je te tiens pour responsable de ce qui s'est passé, déclara-t-il d'une voix tremblante en pointant un doigt sur sa femme. Je te rappelle ta promesse. Attention, Sarah. Fais très attention !

— Vas-y. On en reparlera ce soir.

Sarah attendit que la voiture ait quitté l'allée, puis elle s'assit sur les talons et sanglota. S'il y avait eu un fusil dans la maison, elle aurait tué Douglas pour avoir ainsi torturé Emma. Comment avait-il pu se servir des enfants et les mêler à leur conflit pour arriver à ses fins ? C'était odieux. Pourtant ça avait marché, et ça remarcherait. Il n'aurait qu'à la menacer de recommencer, et elle ferait exactement ce qu'il voudrait...

Joanne, qui était toujours accroupie sous la nappe, l'épiait d'un œil mauvais.

— Sors de là, petit démon, dit Sarah, et elle la prit sur ses genoux.

On ne punit pas un enfant pour son courage, pensa-t-elle.

— Je vais être en retard à l'école, souffla Emma, qui respirait bien mieux depuis le départ de son père.

— Tu n'iras pas. Ni toi non plus, Joanne. Mettez vos manteaux, et sortez jouer dans le jardin. On partira plus tard.

— Pour aller où ?

— Je ne sais pas encore.

Une fois seule, Sarah sirota d'un air pensif sa tasse de café froid. Après la scène du matin, il fallait quitter Douglas, sinon cette scène se répéterait encore et encore, et aucune d'elles ne pourrait le supporter. Mais où aller ? Pas chez sa mère : ce serait le premier endroit que Douglas vérifierait après avoir trouvé la maison vide. Il n'y avait qu'une solution : rejoindre Susie... et Joe. Joe, le merveilleux, le capable, qu'elle avait autrefois accusé de cruauté. Jamais il n'aurait agi comme Douglas aujourd'hui. Ce qu'on peut se tromper sur les gens !

Sarah éprouva un violent besoin d'être près de lui, en lieu sûr. Bizarrement, depuis son retour, elle ne s'était pas sentie en sécurité sous le feu roulant des questions de Douglas, de ses menaces, de ses exigences. Même ses propres envies constituaient un danger. Il n'y avait rien de stable dans sa vie : tout était changeant, fragile. Parfois, seule dans la grande et somptueuse demeure, elle était envahie par des vagues de panique qu'elle réprimait en luttant de tout son être contre ses sentiments et ce qu'ils pourraient provoquer si elle les laissait s'exprimer. Elle avait vécu dans le mensonge. Il était temps d'y mettre fin.

Elle monta préparer leurs bagages, une énorme valise pour elles trois, et deux sacs de voyage contenant de quoi répondre à leurs besoins immédiats. Dieu merci, les noms des enfants étaient inscrits sur son passeport... Les visas datant de son dernier voyage devaient toujours être valables ; sinon, elle blufferait et s'arrangerait pour passer les formalités. Quant aux vaccins, elles aviseraient sur place. Susie se moquait toujours des Anglais et de leur manie des piqûres ; dans un premier temps, il leur faudrait juste faire attention à l'eau et à la nourriture. Restait le problème de l'argent ; mais si elle réglait les billets avec sa carte de crédit et vidait le compte usuel, elle aurait de quoi tenir quelques semaines. Elle ne se faisait aucune illusion : une fois qu'elles seraient parties, Douglas les laisserait mourir de faim plutôt que de leur donner un sou. Oui, elles seraient bien plus en sécurité en Afrique.

Lorsqu'elle téléphona à l'agence de voyages, elle craignit un moment qu'il n'y ait pas de places, et faillit pleurer de soulagement quand on lui annonça qu'elles pourraient prendre le vol de midi. Il leur faudrait faire vite pour arriver jusqu'à Heathrow, mais elles n'avaient pas le choix.

Elle appela les filles, qui la rejoignirent avec un air anxieux.

— On s'en va, dit-elle gauchement en arborant une expression sereine et confiante.

— Sans papa ? demanda Joanne, l'air belliqueux.

— Sans papa. On va prendre l'avion, pour aller voir tante Susie en Afrique, et je veux que vous vous conduisiez bien toutes les deux. Vous comprenez ?

— On reviendra ? demanda Emma nerveusement.

— Je ne sais pas encore, mes chéries. Je ne sais pas ce que nous ferons, mais je vous promets que tout ira bien. Je prendrai soin de vous, et vous aimerez tante Susie. On se débrouillera, ne vous en faites pas.

— Papa va être drôlement fâché, observa Emma.

C'est peu dire, songea Sarah.

Elle laissa un mot à Douglas :

Cher Douglas,

Après ce matin, je pense que nous avons besoin d'un peu de temps pour réfléchir. C'est le mieux. J'ai donc emmené les filles en vacances. On ira peut-être en Écosse. Je n'ai pas encore décidé. De toute façon, je t'écrirai pour te faire part de nos projets. Crois-moi, je regrette sincèrement que les choses aient si mal tourné. Mais je suis sûre qu'à la réflexion tu verras que c'est la meilleure solution.

Sarah.

Voilà. Cela évoquait l'éventualité d'une rupture définitive tout en lui donnant le temps de respirer. Douglas tenterait de retrouver sa trace et y parviendrait peut-être, mais Sarah n'avait pas envie de l'avoir tout de suite sur les talons. Elle plaça le mot sur la table, ferma la porte derrière elle, et mit la clef sous le paillasson.

11

Comme Sarah avait l'air pâle et fatigué ! songeait Susie. Il y avait en elle une nervosité, une impatience qu'elle ne lui avait jamais connues. Par exemple, elle s'arrêtait souvent au beau milieu d'une phrase par crainte que ses paroles soient mal interprétées, comme lorsqu'on fait une déclaration à la police.

— Mais quels sont les torts de Douglas ? insista Susie.

Sarah secoua la tête avec lassitude. Elle ne voulait pas entrer dans les détails, raconter par le menu ses petits déboires conjugaux pour que sa sœur pèse le pour et le contre, et juge si elle avait vraiment eu raison de quitter son mari.

— On ne pouvait pas continuer comme ça, c'est tout, conclut-elle. On se disputait sans arrêt, et l'asthme d'Emma s'est tellement aggravé à cause de ça que j'ai décidé de partir.

— Mais tu aurais pu rester en Angleterre, non ?

— Euh... non. Douglas nous aurait cherché des noises. Je ne veux pas qu'il sache où nous sommes.

Il y eut un petit silence. Sarah se hâta de poursuivre.

— Ne t'inquiète pas, je n'ai pas l'intention de me reposer sur vous indéfiniment. J'ai pensé à joindre Joe. Seulement, je ne sais pas du tout où il peut se trouver. Il ne sera pas ravi de me voir, je présume, mais j'ai besoin de son aide. Et il ne m'a jamais laissée tomber.

Sarah s'en voulut de ce ton geignard. Elle qui l'avait abandonné, elle perdrait toute confiance en ce monde si jamais il la lâchait... Mais, comme chaque fois qu'elle parlait de Joe, Susie se cabra.

— Et maman, sait-elle au moins où tu es ? demanda-t-elle d'un ton mordant.

— Non. Je n'ai pas eu le temps de la prévenir. Et puis, Douglas aurait vite fait de lui tirer les vers du nez. J'ai pensé que tu pourrais lui écrire un mot en restant dans le vague. Lui dire que tu as reçu une lettre, par exemple... Je ne sais pas.

— Décidément, tu ne sais pas grand-chose ! Pour l'argent, comment vas-tu faire ? Et les études des filles, tu y as pensé ? Je me demande comment tu as réussi à entrer dans le pays sans avoir les papiers nécessaires. Quels sont tes projets, exactement ? Où allez-vous vivre ?

Sarah se sentit confuse et malheureuse. Au lieu de l'aider, Susie la harcelait. Elle prit une profonde inspiration.

— Je l'ignore encore, rétorqua-t-elle. Inutile de s'étendre là-dessus. Dans un premier temps, il faut que je retrouve Joe Langeveldt. Je pourrais aller me renseigner au Wakamba, mais je n'ai guère envie d'y retourner. Ce type voulait déjà m'engager, la dernière fois...

— C'est sans doute la meilleure offre d'emploi que tu auras dans ce pays, répliqua sa sœur. En tout cas, tu peux oublier Joe Langeveldt. Il est reparti au Mandoto, et plongé jusqu'au cou dans les histoires de réfugiés. Entre la guerre et la famine, c'est la pagaille complète, là-bas. Un endroit rêvé pour un type comme lui. Il doit être le seul Blanc à des kilomètres à la ronde.

— Mais... et les organismes d'aide humanitaire ? Ils sont bien sur place, non ?

En Angleterre, il n'y avait pas eu d'échos depuis un moment sur le Mandoto ; Sarah avait donc supposé que tout y était rentré dans l'ordre. Mais il est vrai que les médias ont tendance à se lasser des conflits qui s'éternisent.

— Personne ne gouverne véritablement le pays, et comme les combats font toujours rage, rien ne passe, ni l'information ni l'aide humanitaire, expliqua Susan en haussant les épaules. Si nous sommes au courant, c'est parce qu'un reporter de nos amis a survolé les cultures et les villages en avion, mais il a vite fait demi-tour quand on lui a tiré dessus... Personne n'a envie de vivre tes mésaventures, Sarah, ajouta-t-elle avec un petit sourire. Les seules nouvelles proviennent de Joe Langeveldt. Des lettres furibondes exigeant qu'on fasse quelque chose. Et le gouvernement s'arrange pour qu'elles s'égarent en cours de route.

Sarah en resta sans voix.

— Mais c'est terrible ! s'insurgea-t-elle. Tu veux dire que Joe est là-bas tout seul et qu'il crie dans le désert ? Pourquoi ne fais-tu rien, Susie ? Ces gens vont mourir de faim.

— Mais que peut-on faire ?

— Des tas de choses. Je parie que Joe ne reste pas les bras ballants, lui, remarqua Sarah en se levant. Alors, après tout ce temps, ils n'ont toujours pas reçu d'aide ! Imagine comment ce doit être là-bas. Et les enfants..., poursuivit-elle en arpentant la pièce. Pas étonnant que Joe y soit retourné.

Elle pensa à Tanu et frémit en l'imaginant replongée dans ce cauchemar, affamée, terrifiée. Mais non, Joe s'était sûrement occupé d'elle. Dire qu'il avait réclamé de l'aide, lui si orgueilleux, et que personne ne répondait à ses appels au secours ! Et elle, y répondrait-elle ? Ç'aurait été si facile de faire la sourde oreille : elle avait ses problèmes personnels à résoudre, des responsabilités à assumer ; et puis, comme disait Susie, que pouvait-on y faire... à part agir selon son cœur ?

Sarah se tourna vers sa sœur.

— Susie, est-ce que je pourrais te laisser les filles ? Pas pour longtemps, je te le promets. Tu les inscrirais à une école dans le coin. Elles ont l'air de si bien s'adapter : Emma n'a pas eu une seule crise depuis notre arrivée... Tout ce que je te demande, c'est de ne rien dire à Douglas.

— Bien sûr que je garderai les filles, tu le sais. Mais où comptes-tu aller ?

Elle lut la réponse dans les yeux de sa sœur, et devint blême.

— Sarah... tu ne peux pas !

— Oh si, je peux. Je partirai après-demain.

Les heures qui suivirent furent mouvementées. Il lui fallut rencontrer des officiels, répondre aux innombrables questions qu'on lui posait, remplir un bon nombre de formulaires. Par chance, elle avait emporté le livret édité par la fondation « Sauvez les enfants » pour accompagner l'exposition prévue. Elle y apparaissait comme Mme Sarah Hamilton, artiste et membre du comité ; de là, il n'y avait qu'un pas à franchir pour devenir Sarah Hamilton, représentante de la fondation et chargée du secteur du Mandoto.

— Depuis mon séjour là-bas, je me suis beaucoup inquiétée des conditions de vie sur place, déclara-t-elle au directeur de la compagnie minière auprès duquel elle s'était introduite en se réclamant de Jerry. Nous avons des raisons de croire qu'on a délibérément voulu dissimuler les problèmes, et j'ai été chargée de faire une enquête complète sur le sujet. Une équipe de télévision devrait arriver sous peu.

À l'idée d'un reportage télévisé insistant sur les graves manquements des compagnies minières et les énormes disparités de salaires qu'elles pratiquaient, le directeur s'était empressé de fournir à Sarah une Land Rover avec chauffeur et provisions.

— À cause de toi, Jerry va perdre son travail ! se lamenta Susan. J'aimerais que tu sois plus réfléchie, Sarah.

— Je n'en ai pas le temps. Écoute, il doit exister de meilleures cartes que celle-ci : elle me permet seulement de situer Joe quelque part dans cette grosse tache foncée qui fait environ sept cents kilomètres carrés. On doit pouvoir trouver mieux, Susie.

Sa sœur était au bord de la crise de nerfs.

— Tu ne peux pas y aller, ce n'est pas possible ! gémit-elle. Tu dois être devenue folle, pour quitter Douglas et vouloir te jeter en plein milieu d'une guerre, dans une Land Rover obtenue sur de fausses références...

— Pas tout à fait..., objecta Sarah. Je fais bien partie du comité local. On organise des ventes de charité.

— ... et sans même savoir où tu vas précisément, poursuivit Susan. Je ne m'étonne pas que Douglas ait eu du mal à te supporter. Qui le pourrait...

— Joe ne s'en plaignait pas, commenta Sarah, l'air absent. Dis-moi, par quel moyen ses lettres arrivent-elles ?

— C'est un Noir qui les apporte. Vraiment, Sarah...

— Jerry sait-il de qui il s'agit ? Pourrait-il le retrouver pour moi ?

— Eh bien... je l'ignore. Tu as vraiment l'intention d'aller jusqu'au bout, n'est-ce pas ?

— Oui, Susan. J'en ai bien l'intention.

La Land Rover avançait en cahotant sur les routes poussiéreuses et pleines d'ornières. Cramponnée à son siège, Sarah avait depuis longtemps laissé tomber sa carte pour se fier uniquement aux indications du drôle d'énergumène qui se tenait à l'arrière. C'était un vieil homme au visage fin et ridé, dont les cheveux crépus grisonnaient aux tempes ; il portait une chemise et un short déchirés, et des sandales ingénieusement façonnées à partir de vieux pneus. Il parlait peu, mais tapait régulièrement sur l'épaule de Sarah pour indiquer une direction ou une autre, en agitant des mains aux doigts souples et mobiles comme en ont souvent les Africains. Il lui inspirait plutôt confiance, et Jerry lui avait assuré qu'il savait où se trouvait Joe. Pourtant, Sarah était reconnaissante envers son beau-frère de lui avoir donné un pistolet, qu'elle s'était empressée de fourrer sous son siège.

C'était le seul soutien que Jerry lui avait apporté. Totalement opposé à son projet, il avait menacé de la dénoncer aux autorités comme élément subversif, pour l'empêcher de quitter le pays. Mais sa belle-sœur l'ayant pour sa part menacé de lui défoncer le crâne s'il osait, il avait dû renoncer à ce projet. Sarah était partie avant l'aube, quand tout le monde dormait encore, et elle avait passé en douce un poste frontière avant qu'il fasse jour.

Au dire de tous, elle ne se rendait pas compte du danger... Tu parles ! Elle était malade de trouille et, deux ou trois fois par nuit, elle revoyait dans ses rêves le visage de celui qui avait tué Duffy. S'ils l'attrapaient ce coup-ci... sa main chercha le pistolet. Certaines fois, il valait bien mieux être mort que vivant.

Que diable faisait-elle dans cette fournaise qui vous enlevait toute force, toute volonté ! Elle avait oublié qu'une pareille chaleur pouvait exister ; son siège était trempé de sueur. Sa veste saharienne lui collait à la peau, et son pantalon kaki frottait contre ses jambes comme une grosse toile à sac. Mais le chauffeur, lui, ne semblait pas souffrir du soleil, il s'obstinait à avancer péniblement d'heure en heure. Ils communiquaient surtout par signes : elle avait rarement besoin d'être plus explicite. Ses deux compagnons la guidaient et la nourrissaient, ils lui donnaient de l'eau et décidaient quand faire halte. La nuit, ils montaient pour elle une petite tente de brousse où elle se réfugiait vite, soulagée de retrouver un peu d'intimité. Sans doute par habitude des safaris, ils observaient un strict protocole et la poussaient inexorablement dans le rôle de la « memsahib ». Il lui fallait donc accepter tous leurs services comme un dû, sans jamais se rendre utile, ce qui lui pesait à la longue. Le troisième soir, elle avait écarté gentiment mais fermement le chauffeur du feu de camp et s'était mise à cuisiner. Mais, en levant les yeux, elle avait vu à son air qu'elle l'avait vexé... il avait cru qu'elle n'appréciait pas sa cuisine !

— Je m'excuse, je voulais seulement... Bon, faites-le vous-même !

Elle s'était empressée de s'éloigner, et il avait repris sa place avec raideur, pour bien montrer qu'elle l'avait offensé. Ensuite, elle ne s'y était plus risquée et les avait laissés agir à leur aise.

La nuit, ils campaient toujours bien à l'écart de la route, en s'abritant derrière des arbres ou des dunes, une fois même contre une fourmilière. À deux reprises, ils entendirent des coups de feu venant de l'est et, un soir, un convoi de camions passa sur la route en perçant la nuit de ses phares. Sans dire un mot, ils jetèrent de l'eau sur le feu et s'accroupirent dans le noir, Sarah le pistolet au poing. Ses deux compagnons étaient nerveux, ils chuchotaient d'un air effrayé tandis que les camions approchaient. La lune était pleine ce soir-là, la nuit si claire... Allaient-ils repérer leurs traces ? Mais les camions avaient poursuivi leur route. Sarah ne connaîtrait jamais ces voyageurs ni leur destination.

Leur itinéraire était bien sinueux ; sans doute pour éviter les soldats, se disait-elle. Ils serpentaient sur de mauvais chemins et des pistes de chasse, croisant plus souvent des antilopes et des pintades effrayées que des gens. Quatre jours, cinq jours, une semaine... Sarah s'endurcissait le corps et l'esprit ; pour la première fois depuis des mois, elle acceptait le lot de chaque jour sans regimber ni chercher à y remédier. Il fallait juste attendre, transpirer à grosses gouttes, gratter les mille piqûres d'insectes dont sa peau était constellée, et penser à Joe.

Peut-être qu'il la détestait cordialement, comme il l'avait aimée sans réserve. Ce qu'elle lui avait infligé était terrible : elle lui avait jeté son amour à la figure et l'avait atteint au plus profond de sa fierté, de sa dignité d'homme. Si seulement il avait tenté de comprendre... mais Joe n'était pas comme ça. Dans la brousse, c'est elle qui manquait de clairvoyance ; de même, les problèmes d'une petite vie civilisée dépassaient Joe, ils n'étaient pas de son ressort. Oui, elle méritait d'avoir vécu toute cette année de malheur, ne serait-ce que pour payer ce qu'elle avait fait à Joe.

Le guide lui tapa sur l'épaule en indiquant la gauche. Après avoir opiné de la tête, elle transmit le message au chauffeur. Les Noirs avaient les paumes des mains roses, striées de fines lignes plus foncées, comme ces tissus qu'on a noués et liés avant de les teindre. Les mains de Joe étaient immenses, très bronzées, couvertes d'un fin duvet blond. Des mains puissantes, et pourtant si douces. En songeant à ces mains sur son corps durant les longues nuits étoilées, Sarah en gémissait presque. Tout désir s'était endormi en elle depuis qu'elle l'avait quitté ; les étreintes de Douglas lui semblaient si puériles, si maladroites... Seul

Joe lui faisait cet effet ; c'était lui que son corps réclamait, dans le vide et la solitude. Rien qu'en l'évoquant, elle brûlait de désir, et la rugosité de son pantalon de toile lui agaçait la peau. Mais il n'était plus temps de parler d'amour : elle n'avait plus droit à sa tendresse. Non, tout ce qu'elle pouvait faire, c'était lui offrir son aide.

Le pays était d'une sécheresse effrayante. Près de la frontière, ils avaient vu de pauvres villages avec un peu de bétail et des champs grillés par le soleil. Mais ils ne rencontraient plus âme qui vive et, s'il y avait eu des villages, ils avaient été incendiés ou abandonnés.

— Où sont-ils tous passés ? demanda-t-elle, car si quelques réfugiés avaient traversé la frontière, aucun exode massif n'avait été signalé.

— Langeveldt, répondit simplement le guide en hochant la tête. Langeveldt.

Elle supposa qu'il avait mal compris, mais après une autre tentative, comme elle obtenait la même réponse, elle renonça.

— Bientôt, ajouta l'homme. Bientôt Langeveldt.

Il hocha de nouveau la tête et sourit en montrant des gencives édentées. Elle sourit en retour, puis regarda par-delà la plaine aride. À part des fourmilières et des broussailles d'épineux, elle ne voyait rien... Si, au loin, une mince rangée d'arbres sur la gauche, au pied de petites collines. Le guide lui tapa sur l'épaule et les lui désigna. Aussitôt, le chauffeur suivit son indication.

Ils traversèrent une terre craquelée d'où la poussière jaillissait en panache. En approchant, Sarah distingua des huttes construites parmi les arbres et à flanc de colline ; elle comprit que ces arbres marquaient le cours d'une rivière. Deux vautours s'envolèrent lourdement à leur passage. Pour la première fois, une véritable appréhension saisit la jeune femme à l'idée de ce qui l'attendait. La famine, la guerre... et la rancœur de Joe.

En scrutant à travers la poussière, elle distingua des silhouettes parmi les arbres. Le guide tapa sur le siège, signe qu'il fallait s'arrêter, et la Land Rover ralentit. Ils en descendirent, tout ankylosés ; leurs visages n'étaient plus que trois masques couverts de terre, presque identiques, où seuls les dents et les yeux paraissaient vivants. Ils firent les derniers cent mètres à pas lents, sans rien emporter. Sarah songea avec regret à son pistolet, lorsqu'un homme s'approcha d'eux en criant quelques mots qu'elle ne comprit pas ; mais le guide courut en avant, étonnamment agile pour quelqu'un de son âge, en lançant un salut. Sarah s'arrêta et mit sa main en visière. Aucune trace de Langeveldt. Elle s'avança, pénétra enfin dans l'ombre accueillante des arbres.

Des huttes partout, regroupées par six ou huit, dont les toits de chaume se confondaient avec le feuillage environnant. Ces hommes qui la fixaient des yeux sans rien exprimer qu'une sorte d'attente étaient des guerriers. Chacun était armé d'un fusil ou d'un javelot, et il régnait dans le campement un ordre et un agencement propres à la discipline militaire.

— Langeveldt, dit-elle soudain. Joe Langeveldt.

Un jeune gringalet lui jeta un regard oblique.

— Tu es venue aider ? s'enquit-il, méfiant, et elle se réjouit de l'entendre parler sa langue.

— Oui. Je viens du Zimbabwe. Je veux aider les enfants.

Aussitôt, il s'approcha d'elle.

— De l'autre côté de la rivière. Langeveldt, enfants. Viens.

Il lui prit le bras, l'entraîna à travers les arbres jusqu'à la rive. Autrefois, c'était un cours d'eau large et puissant ; maintenant, il arrivait à peine aux genoux, et son eau était trouble, stagnante. Ils le traversèrent jusqu'à l'autre bord, où des femmes lavaient du linge. Il ne serait guère plus propre quand elles auraient fini, pensa Sarah en contemplant avec nervosité leurs faces émaciées.

Elle s'arrêta pour reprendre son souffle et regarda autour d'elle, sans tenir compte de son guide qui la pressait d'avancer. Comment avait-elle pu croire qu'il n'y avait rien ici ? Sous le couvert des arbres, l'endroit grouillait de monde ; il y en avait partout – des gens assis, couchés, debout, accroupis ; des vieux avec des cannes ; des filles dont les yeux mangeaient le visage. Une vieille était étendue dans la poussière, les paupières fermées, et les mouches s'agglutinaient sur sa figure sans qu'elle s'en soucie. Sarah se demanda même si elle était encore en vie.

— Les enfants. Viens voir les enfants.

L'homme la tirait par le bras en la forçant à avancer ; mais, alors qu'elle était venue de son plein gré, Sarah ne pouvait s'empêcher de résister. Un tel calme, quand les Africains devaient être l'un des peuples les plus bruyants et les plus expansifs de la Terre... Pas de rire, ni de chant, pas même un murmure de voix. Jadis il y avait eu de l'herbe ici, près de l'eau, mais les gens l'avaient piétinée. Au-dessus du camp flottaient des odeurs fétides, une puanteur due à tout cet entassement humain. Ils croisèrent un long abri couvert de feuilles de palme où des gens gisaient alignés et d'où s'exhalait une plainte faible, continue. Un garçon d'une dizaine d'années était assis dans la poussière et pleurait, il avait une plaie au coin de la bouche. Il n'y avait donc personne pour le consoler ?

Ils étaient arrivés à destination. Les mères, regroupées dans un enclos fait de buissons d'aubépine, s'abritaient du soleil sous des auvents de chaume. Il y en avait une centaine, peut-être plus, chacune avec un bébé. Sarah s'efforça d'avancer en aveugle parmi les corps. Mais partout, c'était la même vision de mort, des bébés tout ratatinés qui n'avaient plus l'air humain, avec des têtes trop grosses dodelinant sur des cous trop frêles, et toujours ce ventre gonflé. Ils geignaient faiblement, pendus à des seins depuis longtemps taris.

Une main tira sur son pantalon, et elle croisa les yeux d'une jeune mère à la peau grise, aux pommettes saillantes. Son bébé miaulait en gigotant dans ses bras avec une force étonnante, pour un petit corps si grêle. Quand la femme tendit la main – sans plainte ni récrimination, avec seulement une morne acceptation de l'inévitable, Sarah ne put que se détourner. Le jeune qui l'avait conduite jusque-là restait patiemment à côté d'elle.

— Ça fait combien de temps que ces enfants sont là ? s'enquit faiblement Sarah.

Il haussa les épaules.

— Il en arrive tous les jours. Beaucoup meurent... Là-bas, dit-il en indiquant l'est, on se bat. Alors, les gens viennent ici. À présent, nous n'avons plus rien... Langeveldt homme bon, ajouta le jeune. Il les prend, les nourrit, il amène des hommes pour monter la garde. Mais comme tout le monde entend parler de Langeveldt, ils viennent tous ici. Et on n'a plus rien à manger maintenant.

— Oui, oui, je comprends, répondit Sarah, prise de vertige.

Combien étaient déjà morts, combien mourraient avant le matin ? Saisie de nausée, Sarah s'éloigna en hâte, forcée d'enjamber les corps alors qu'elle avait envie de courir.

À l'extérieur de l'enclos, c'était moins terrible, pensa-t-elle en découvrant des visages ravagés, mais encore humains. Puis elle vit un homme, assis sur le sol, qui n'avait pas de pieds. Et une vieille femme dont le bras bandé n'était plus qu'un moignon sanglant. Son guide surprit son regard.

— Big Bang expliqua-t-il en simulant un avion qui largue ses bombes. Boum !

— Oui, je comprends, répondit-elle laconiquement, malade de dégoût et d'impuissance.

Voilà donc pourquoi le camp était ainsi camouflé. Les morts n'ont pas d'histoire, et quelques bombes auraient suffi pour les faire disparaître. Mais on pouvait compter sur Joe pour trouver une planque comme celle-ci.

— Langeveldt ! répéta-t-elle encore. Langeveldt ?

Il fallait qu'elle le voie, qu'il la rassure. Il devait maîtriser la situation. Bien sûr, comme elle était sous le choc, elle voyait tout en noir. Mais Joe lui expliquerait...

Le jeune gravit la colline, et ils prirent un sentier qui serpentait entre les arbres, lui marchant devant, pieds nus, sans se soucier des ronces. Il était très affable, il se retournait pour désigner à Sarah des plantes, des pierres qui pourraient l'intéresser. Elle souriait poliment, mais d'autres images l'obsédaient, celles d'une enfance flétrie dont l'avenir tombe en poussière.

Ils arrivèrent à une clairière située à flanc de coteau. Des hommes creusaient la terre, près de cadavres enveloppés d'un suaire. Quatre, cinq, six paquets bien alignés, dont l'un était tout petit. Une silhouette se redressa. Langeveldt.

Elle sut que c'était lui bien avant qu'il ait levé la tête : elle l'avait deviné à la façon dont il était penché sur sa pelle. Ce fut comme si on lui enlevait un grand poids de la poitrine. La dernière fois qu'elle l'avait vu, c'était dans cette petite pièce sordide qui puait l'alcool et le malheur ; une image, la seule, qu'elle n'avait jamais évoquée depuis. Cela lui faisait si mal de se rappeler Joe dans cet état qu'elle avait envie de pleurer ; d'ailleurs, elle pleurait maintenant : les larmes roulaient doucement sur ses joues, laissant de longues traînées dans la crasse qui lui recouvrait le visage. On aurait dit une enfant ayant un gros chagrin.

— Sarah !

Il ne fut pas surpris de la voir. Entre les sauterelles, les bombes et les pluies qui n'arrivaient toujours pas, il ne s'étonnait plus de rien.

— J'ai vu... en bas... les enfants.

Il hocha la tête, lentement, et sa grande carcasse s'affaissa.

— Il y en a trop. On n'a pas de quoi les nourrir, et ils sont trop faibles pour reprendre la route. J'ai réclamé de l'aide, mais rien ne vient.

Il se demanda si elle était bien réelle. Parfois, la nuit, il avait rêvé d'elle de façon si vivante qu'en s'éveillant il l'avait cherchée près de lui. Et, lorsqu'il y pensait, la blessure était toujours là : c'était une plaie ouverte, inguérissable. Mais ces dernières semaines, il était devenu comme insensible à la douleur, incapable d'éprouver le moindre sentiment... C'est un luxe qu'on ne peut se permettre, quand on lutte chaque jour pour ne pas mourir de faim.

— Tu as apporté de quoi manger ?

— Un peu. Pas assez. Je ne me doutais pas qu'ils seraient si nombreux.

— Nous non plus, répliqua-t-il en ricanant. Une marée humaine, sortie de la brousse. Des indésirables. On devrait les laisser mourir, personne n'en veut. Ces enfants sont une perte sèche pour l'économie. C'est pour ça que personne ne nous aidera.

Il vacilla, et Sarah le rattrapa en l'attirant contre elle. Elle retrouva son odeur en une réminiscence puissante, vibrante. Mais le soir tombait, elle était épuisée. Et dans quel état devait-il être, lui qui vivait là depuis des jours et des jours !

— Il faut que tu dormes, Joe. Tu es à deux doigts de t'effondrer. Laisse les autres terminer, tu en as assez fait.

— Tous ces efforts ne riment à rien. Tu te rappelles les prières que nous avons dites pour ce pauvre Duffy ? À qui s'adressaient-elles, Sarah ? Peux-tu contempler ces enfants mourants, ces gens qui savent leur fin toute proche, et croire encore en Dieu ? Pas moi. Il n'y a que l'enfer, et c'est ici !

— Viens, maintenant, répondit-elle d'une voix douce. Je vais distribuer les provisions que j'ai apportées, et demain matin nous aviserons. Ça ira mieux demain.

— Je n'ai pas besoin d'une maman, lança-t-il avec une pointe d'amertume.

Mais il entreprit de descendre le sentier en titubant.

Joe dormait dans une hutte construite sur le flanc de la colline, un peu à l'écart. Le vent chaud bruissait dans les feuilles. Devant la porte une gamine jouait à creuser des rigoles dans la terre – une enfant à la peau satinée, aux cheveux d'un noir profond.

— C'est... c'est Tanu ? demanda Sarah en faisant les yeux ronds.

— C'est elle, dit Joe avant d'aller s'effondrer dans la hutte.

Sarah l'aida à s'allonger sur un matelas de paille, tandis que la petite l'observait. Elle plongea une tasse en métal dans une cruche d'eau et fit boire Joe ; puis elle la remplit de nouveau, et l'offrit à Tanu. Penchant la tête, la fillette but, les yeux rivés sur Sarah.

— Je vais chercher de quoi manger, lui dit celle-ci sans savoir si elle pouvait la comprendre. Attends ici. Je reviens.

Sarah dévala le sentier, et pénétra dans le le camp en se demandant combien de temps il lui faudrait pour ne plus s'apitoyer. Son sentiment d'horreur s'était déjà un peu émoussé, mais elle évita délibérément le coin des mères et des enfants. On ne peut s'habituer à un tel spectacle.

Durant son absence, on avait garé la Land Rover sous la voûte des arbres. Sarah traversa la rivière, et trouva son fidèle chauffeur qui montait la garde. Ils n'avaient pas apporté grand-chose, à part des bidons d'essence fixés aux flancs et sur le toit du véhicule : de la farine, de la viande séchée, quelques boîtes de conserve... C'était presque insultant, face à tant de misère. Sarah prit un sac et le remplit de provisions pour Joe, Tanu et elle, en sachant que c'était mal : ils n'avaient pas plus droit à la vie que tous ces gens, mais parce qu'ils comptaient pour elle, ils seraient rassasiés et les autres non. Valait-il mieux que certains vivent et que d'autres meurent, ou que tous aient trop peu pour survivre ? Joe s'était passé de nourriture pendant des jours, et ce qui était sûr, c'est qu'il faisait peine à voir.

Le chauffeur aida Sarah à trier les provisions pour les distribuer. La patience de ces gens la surprit. Debout, ils regardaient en silence, à mesure qu'on transportait les sacs à travers la foule et qu'on trouvait des récipients pour répartir les portions. Mais, lorsqu'ils virent la nourriture, ils réalisèrent vraiment, et ce fut la bousculade. La foule silencieuse et statique se mua en une horde déferlante et hurlante. Sarah essaya désespérément de les refouler. Ceux qui étaient aux premiers rangs brandissaient des bols en criant, en implorant et en montrant des dents qui paraissaient énormes dans ces visages décharnés ; et ceux de derrière, craignant qu'il ne reste rien, jouaient des poings et des coudes pour approcher. Ils allaient tout piétiner, les provisions seraient gâchées ! Mais alors on entendit des bruits de coups et des cris de souffrance. Peu à peu, la foule recula en gesticulant, tandis que quatre soldats se frayaient un chemin dans la cohue, armés de matraques. Ils laissèrent des corps gémissants dans leur sillage. Sarah se cacha la figure, épouvantée. Elle n'appréciait pas du tout ces soldats entraînés à exercer une violence quotidienne, banale. Ils ne mourraient pas de faim, eux. Pourtant, cette intervention était nécessaire, elle le savait. Ici, on ne faisait pas dans la dentelle.

Les soldats se rangèrent autour de son petit poste de ravitaillement et, sous leur surveillance, Sarah put enfin donner à chacun une mesure de farine et une mesure de viande. Ceux qui tentaient de revenir à la charge en étaient dissuadés par un coup de matraque...

Le stock fut vite épuisé, et certains parmi les plus vieux n'avaient encore rien reçu. Refoulés à l'arrière, ils tenaient leurs bols vides, résignés. Une vieille femme maugréa entre des gencives édentées ; elle portait des anneaux d'acier aux oreilles, mais ses lobes avaient tant fondu qu'on aurait dit deux morceaux de cuir.

Saisissant son sac de provisions, Sarah s'empressa de remonter le sentier. Tanu était assise dans la hutte. Quand Sarah entra, elle se réfugia dans un coin, comme une petite bête sauvage.

— Tout va bien, Tanu, lui dit Sarah. Regarde, j'ai apporté de quoi manger.

Elle ouvrit le sac, mais l'enfant ne bougea pas. Sarah se tourna vers Joe. Il dormait comme une masse, et son visage maigre avait un air encore plus farouche que d'habitude. Sarah sentit un frisson la traverser, mêlé d'appréhension et de désir. Avait-elle envie d'aimer Joe à nouveau ? C'est douloureux d'aimer ainsi, de s'abandonner à une souffrance qui vous prend votre âme pour la donner à un autre. Il n'y a pas de mal à se protéger un peu...

Sarah ouvrit une conserve de mortadelle, en donna quelques tranches à la petite. Tanu s'accroupit dans un coin pour manger ; ensuite, Sarah lui offrit des biscuits durs et cassants. Elle mangea un peu elle aussi, l'estomac noué par la culpabilité. Le soir tombait, bientôt l'enfant s'endormirait, la figure toute luisante de graisse. Sarah s'assit et regarda la fin du jour, le ballet des chauves-souris plongeant dans les arbres. Le bourdonnement des insectes était assourdissant ; pas de famine pour les mouches et les moustiques.

— Est-ce toi, ou ton fantôme ?

Elle se tourna vers lui dans la pénombre.

— C'est bien moi. J'ai apporté un peu de nourriture, mais pas assez... Je ne sais pas quoi faire.

Joe se hissa sur son coude.

— T'en aller, voilà ce que tu peux faire ! s'exclama-t-il plein de rage. Toi et tes mensonges... Ça va, j'ai eu mon compte. Tu n'avais pas ta dose d'émotions fortes en Angleterre, pour venir jusqu'ici zyeuter une famine ? Qu'est-ce qui a pu te faire penser que je t'accueillerais à bras ouverts ?

Sarah sentit sa gorge se nouer.

— Tiens, je t'ai apporté de quoi manger.

Elle lui tendit les restes de mortadelle, mais Joe n'en prit pas.

— Je ne peux pas manger ça quand des bébés meurent de faim...

— Eux sont incapables d'aider. Toi si.

Et, comme il s'obstinait, elle s'écria :

— Mange ça, bon sang ! J'ai fait tout ce satané chemin pour te l'apporter ! Tu pourrais au moins le manger !

Elle l'entendit grogner dans le noir, mais il saisit la tranche qu'elle lui tendait.

— Notre généreuse bienfaitrice n'aime pas qu'on fasse le difficile. Qu'est-ce qu'il y a d'autre ?

— Des conserves, un peu de farine... j'ai distribué le reste. Et du lait en poudre pour Tanu. Je m'en suis voulu de le garder, mais je préfère que vous viviez, tous les deux.

— Quelle sollicitude ! Il y a un an, tu ne t'en faisais pas autant pour nous. Tu nous as jetés comme des malpropres !

Sa voix se cassa. De colère ou de chagrin, Sarah ne le sut pas.

— Je l'ai payé assez cher, murmura-t-elle.

Elle lui tendit les biscuits, et il finit le paquet.

— Ils sont infects, commenta-t-il, à nouveau maître de lui.

— Quand je suis montée ici, il arrivait encore du monde. D'où viennent tous ces gens, et pourquoi ?

— À l'est, ça barde. Ils se réfugient chez nous pour échapper aux combats. Ici, c'est plus sûr : le camp est sous la protection d'une bande de guérilleros... tu as dû les voir. Ce ne sont pas de mauvais gars, ils ne tirent pas sur les réfugiés ; mais dès qu'il y a quelque chose à prendre, ils ont vite fait de mettre le grappin dessus. Pourtant, ça vaut mieux que de tomber dans les mains de l'armée gouvernementale ; eux massacrent tout le monde, rien ne les arrête. Il y a une ou deux semaines, on avait encore de quoi manger. J'ai vu le truc venir depuis des mois, mais personne n'a rien voulu savoir. Sais-tu que je suis allé jusqu'au Zimbabwe, tout ça pour qu'un crétin me jette de son bureau avant que je sois parvenu à lui expliquer ce qui se passait ici ? J'ai rapporté ce que j'ai pu obtenir en mendiant à droite à gauche ; ça suffisait pour le nombre que nous étions. Mais comme les pluies ne venaient pas, il est arrivé d'autres gens. Les récoltes ont séché sur pied, et ça fait longtemps que le dernier bétail a été abattu. J'ai écrit des lettres, des dizaines de lettres... certaines ont dû passer. Rien. Tout le monde s'en fout.

— Mais non, Joe. Seulement, tu t'y es mal pris.

— Je m'y suis mal pris ? s'écria-t-il, hors de lui, en la cherchant dans la pénombre pour l'agripper. Et qu'est-ce que je pourrais faire de plus, espèce d'idiote ? Je me démène comme un fou pendant que ces gros veaux se prélassent dans leurs bureaux climatisés... Ces types s'en fichent, je te dis, ils ne lèveront pas le petit doigt !

Ses ongles lui entraient dans la chair. Elle lutta pour se dégager, mais il la retint.

— Pourquoi ne pas en parler à d'autres, Joe ? répliqua-t-elle en haletant. Contacter les journaux, les œuvres de bienfaisance, la Croix-Rouge ? Tu n'as vu que des politiciens en place. Bien sûr que ces gens-là s'en fichent... Ils s'en ficheront tant qu'on ne les obligera pas à y mettre le nez. Je parie que tu n'as pas pris une seule photo. Comment veux-tu qu'on te croie ? Ce dingue de Joe Langeveldt, cet allumé qui ne fait rien comme tout le monde...

Il sentit l'odeur de ses cheveux, tiède et douce, et il se souvint.

— Je suis tombé amoureux, comme tout le monde, dit-il doucement, et il desserra son étreinte.

— Là n'est pas la question, répondit-elle en s'écartant vite.

— Ça aurait changé quelque chose, d'envoyer des photos ? s'enquit-il après un silence.

— Bien sûr, Joe. Ça aurait tout changé, si tu avais pu toucher ne serait-ce qu'un journal. Un dur à cuire tel que toi se dévouant corps et âme pour sauver les enfants affamés... Ils auraient adoré. Au fait, sais-tu que je représente la fondation « Sauvez les enfants », en tant que déléguée au Mandoto ?

— Non ! s'exclama Joe.

— Eh bien, pas tout à fait, à vrai dire. Mais c'est ce que croient les gens – autrement on ne m'aurait pas laissée arriver jusqu'ici, tu penses bien.

Il rit, sincèrement amusé, cette fois.

— Bon Dieu, je n'en reviens pas ! Quand je me rappelle comme tu avais peur de ton ombre, je me demande si tu es la même femme...

— Douglas me l'a souvent reproché, dit Sarah en réprimant un sanglot.

Soudain, elle se leva, et sortit de la hutte. C'en était trop ; pendant tous ces derniers mois, elle avait souffert, lutté et tenu bon parce qu'il le fallait. À présent, elle se sentait mal, et incapable de faire face. Joe lui crachait sa hargne et, l'instant d'après, il avait la voix rauque de désir. Le chaos régnait partout, au-dedans d'elle comme au-dehors ; il n'y avait rien à quoi se raccrocher.

Les arbres masquaient le ciel, mais par une trouée on apercevait les étoiles. Elles brillaient, bien loin de tout ce malheur, de tous ces morts.

Joe se tenait à l'entrée de la hutte.

— Tu as assez d'essence pour retourner au Zimbabwe ? demanda-t-il d'un air pensif.

— Oui. Enfin, je l'espère. Le trajet est si long.

— Tu n'as pas pris le chemin le plus court. Demain, on repartira toi et moi. Ici, je ne peux rien faire, à part attendre et compter les morts. On va essayer ta méthode. On verra bien.

— Et Tanu ?

— Tanu ? répéta-t-il, étonné. Je l'emmène partout avec moi. Contrairement à toi, j'assume mes responsabilités.

Sarah fut piquée au vif.

— Salaud ! C'est justement parce que j'assume mes responsabilités que je suis partie. C'est même l'unique raison, et tu le sais très bien. Si quelqu'un te demandait d'abandonner Tanu pour aller t'amuser autre part, tu réagirais exactement comme moi, mais tu es bien trop buté pour l'admettre.

— Sarah, je ne suis pas d'humeur à me battre, répondit-il avec un soupir.

— C'est bien la première fois.

— Si on allait se coucher ? Une dure journée nous attend.

— Ma parole, on dirait Douglas, lança-t-elle avec hargne, et elle le poussa pour pénétrer dans la hutte.

Ils étaient étendus à quelques centimètres l'un de l'autre. La hutte n'était pas faite pour trois, et Tanu s'étalait de tout son long. Joe gardait les yeux ouverts dans le noir. Il avait connu bien des femmes après Sarah, il était passé de corps en corps sans jamais être satisfait. Comble d'ironie, Sarah lui avait laissé une soif qu'il ne pouvait étancher. Il avait essayé les putains, les dames, les Noires, les Blanches, en se livrant à tous les excès. Mais jamais il n'avait retrouvé la plénitude qu'il éprouvait quand il faisait simplement l'amour avec Sarah. Il se rappelait comme elle avait pleuré la première fois, et comment il avait eu presque plus de plaisir à la réconforter qu'à la prendre. Instinctivement, il avança la main, et sentit la courbe de ses seins, leur chair chaude et douce. En retenant son souffle, il voulut la caresser, mais elle grogna dans son sommeil et se retourna. Langeveldt resta prostré, brûlant de désir.

Il la réveilla avant l'aube.

— Allons-y. Mieux vaut éviter que les femmes nous balancent leurs mômes en voyant partir la voiture.

Il prit son fusil, bourra ses poches de balles.

— Pourquoi feraient-elles ça ? demanda Sarah, encore engourdie.

— Pour leur donner une chance de survivre. Bon Dieu, ce que tu peux être bouchée !

Toute frémissante, la jeune femme alla réveiller Tanu. Joe était à cran, et elle n'en comprenait pas la raison.

Ils traversèrent le camp endormi, Tanu juchée sur les épaules de Joe. C'était une petite créature docile, qui n'avait aucune exigence. Sans doute savait-elle que Joe faisait déjà tout ce qu'il pouvait pour elle.

Sarah croisa un corps recroquevillé dans une curieuse position. Mort, sans doute. La maladie finirait par emporter tout le monde : des organismes aussi affaiblis ne résistaient à rien. Si le choléra ou la dysenterie apparaissaient, en quelques jours cet endroit deviendrait un cimetière. Elle s'empressa de suivre Joe. Chaque minute comptait.

Ils franchirent la rivière, et après l'air vicié qui pesait sur le camp, Sarah retrouva l'eau avec soulagement, si trouble qu'elle fût. Le jour se levait, l'horizon se teintait d'une lueur orange sur laquelle la silhouette des arbres se découpait. Tout près, une grenouille coassa. En voilà une qui ne vivrait pas vieille.

Joe installa Tanu dans la voiture, fourra le fusil derrière le siège, puis s'approcha d'une hutte. À son appel, un jeune homme en sortit, à moitié endormi. Joe entreprit de le convaincre de quelque chose. À la fin, le jeune hocha la tête, ils se serrèrent la main, et Joe rejoignit Sarah.

— Qu'est-ce qu'il disait ? demanda-t-elle.

— Il veut emmener ses hommes et se retirer dans les collines. D'après lui, ici, c'est sans espoir. Je lui ai demandé d'attendre mon retour, dans une semaine tout au plus.

— Une semaine ! Mais, Joe, on n'y arrivera pas en si peu de temps.

— Il le faudra.

Il démarra la Land Rover. Soudain, il y eut un cri suivi d'un beuglement. Le chauffeur sortit de dessous la voiture en braillant. Sarah ne comprit pas un traître mot de ce qu'il lui disait, mais elle devina sans mal la teneur de ses propos. Comment pouvait-elle l'abandonner dans ce lieu de cauchemar après tout ce qu'il avait fait pour elle ! Sans compter qu'ils avaient failli l'écraser ! Elle savait pourtant bien qu'il dormait sous la voiture ! Oui, mais elle l'avait oublié.

— On peut l'emmener, Joe ? demanda-t-elle.

— Il faut bien, répondit-il en soupirant.

Il fit signe à l'homme de monter à l'arrière, et celui-ci s'empressa d'obéir.

Bon sang, il ne leur manquait plus qu'un chaperon, pensa Joe. Il appuya sur l'accélérateur, et la Land Rover démarra en trombe.

12

Le plaisir du voyage, c'est d'aller à son rythme, sans se presser. Or, il n'y avait rien de plaisant dans cette quête éperdue. Sous la pression, le radiateur de la voiture se mit à fuir. Ils ne pouvaient rouler plus de deux heures d'affilée tant le moteur chauffait, et pas plus de vingt minutes en pleine journée. Joe s'arrêta sous l'ombre maigrelette d'arbres dénudés.

— Il faut attendre que le moteur refroidisse. Il vaudrait mieux rouler la nuit.

— On va finir par bousiller la voiture, constata Sarah avec un soupir, résignée.

— Si tu préfères t'asseoir sur le capot pour alimenter en eau ce fichu radiateur, libre à toi, ronchonna-t-il en sautant du véhicule.

Toute la matinée, Joe avait été d'une humeur de chien. Il donna quelques consignes au chauffeur désœuvré, et celui-ci s'empressa de faire du feu pour préparer le thé.

— À l'aller, il s'est occupé de tout, je n'ai pas pu lever le petit doigt, remarqua Sarah.

— Ça n'a pas dû beaucoup te déranger, de jouer la grande dame ; je te vois très bien dans ce rôle, répliqua Joe en dissimulant un sourire devant son air outragé.

Que faisait-elle ici ? Où étaient Douglas et les enfants ? Pourquoi diable était-elle venue ? Il ne cessait de s'interroger à son sujet. Mais il était résolu à ne plus jamais rien lui demander. Il sirota son thé en la fixant d'un air mauvais.

La nuit, Joe et le chauffeur se relayèrent au volant sur un chemin de terre cahotant et hasardeux. Ils atteignirent peu avant l'aube une route principale où des plaques de goudron alternaient avec la poussière.

— Si on fait une mauvaise rencontre, rappelle-toi que tu es de la Croix-Rouge, recommanda Langeveldt. Et surtout, n'en démords pas. Quant à moi, ils sauront qui je suis, inutile de prétendre autre chose.

— Que feras-tu ? demanda Sarah, mais il ne répondit pas.

Elle jeta un coup d'œil sur Tanu, qui suçait son pouce en dormant, et l'angoisse lui noua le ventre.

Au lever du soleil, ils tombèrent sur un convoi de camions. Sarah et Joe s'accroupirent au fond de la voiture pendant que le chauffeur saluait les soldats en leur adressant un signe de la main. Après coup, Langeveldt et lui eurent un rire complice, et se mirent à discuter. Sarah se sentait exclue. Personne ne lui parlait. Ils quittèrent la route pour se reposer au creux d'un ravin. Mais, contrairement à eux, Tanu n'était pas fatiguée, elle gambadait en chantant à tue-tête et les empêchait de dormir.

— Bon sang, Sarah, tu ne peux pas la faire taire ? se plaignit Joe, qui ne parvenait pas à être sévère avec la petite.

— Je croyais qu'elle était sous ta responsabilité.

— C'est toi qui l'as trouvée.

— C'est toi qui l'as gardée.

— Mais je n'avais rien demandé ; l'idée n'était pas de moi, rappelle-toi. Même si tu as eu vite fait de nous oublier, une fois rentrée dans ton petit nid douillet...

— Joe, si tu savais !... Viens, Tanu. Regarde, tu peux dessiner.

Sarah prit un bout de bois, et esquissa dans la poussière Tanu, Joe, Sarah et le chauffeur. Puis elle donna le bout de bois à Tanu, et s'installa pour somnoler. Au bout d'un moment, elle alla voir ce que la fillette avait dessiné.

— Qui est-ce, Tanu ? demanda-t-elle avec innocence, en montrant les petits personnages en bâtons alignés sur le sol.

— Des morts. Tous morts, répondit Tanu avant de se remettre à dessiner.

Ils repartirent quand le soleil fut bas sur l'horizon. Mais une fois la nuit tombée, avant que la lune se lève, la voiture plongea dans un trou d'obus. Le choc les fit sauter en l'air et se cogner de tous côtés. Tanu se mit à pleurer.

— Qu'est-ce qu'il y a, Tanu, tu t'es fait mal ? s'enquit Joe avec inquiétude. Elle a dû recevoir un bidon sur la tête, ajouta-t-il à l'attention de Sarah, avant de demander à l'enfant : Ça va, ma chérie ?

Non, ça n'allait pas : Tanu avait une entaille sur le front, du sang lui coulait dans les yeux, et elle braillait de douleur et de peur.

— Est-ce qu'elle saigne ? Là, donne-la-moi.

Joe la prit sur ses genoux, et aussitôt l'enfant se calma. Après avoir trempé un chiffon dans de l'eau, Sarah lava la plaie, en proie à une émotion qu'elle n'avait guère envie de définir. Joe aimait cette petite, songeait-elle, il l'aimait à la folie. On ne peut être jaloux d'un enfant.

Muni d'une torche, le chauffeur inspectait l'avant du véhicule. Une roue s'était profondément enfoncée dans le cratère, et la grille du radiateur était bosselée d'un côté, ce qui donnait à la Land Rover un air presque comique. Joe confia Tanu à Sarah, et alla constater les dégâts.

— Il va falloir la sortir de là, déclara-t-il.

— C'est impossible.

— Mets-toi au volant, passe en conduite quatre-quatre et démarre, lui ordonna-t-il. Il suffit que l'avant se soulève ne serait-ce qu'une seconde. Dès que les roues arrière toucheront terre, tu enclencheras la marche arrière. Grouille-toi.

Sarah suivit ses consignes et, à son signal, elle posa le pied sur la pédale d'embrayage tandis que le chauffeur et lui se mettaient en position. « Vas-y ! » lui cria Joe. Les deux hommes bandèrent leurs muscles et soulevèrent l'avant du véhicule. Alors, Sarah embraya tout en appuyant à fond sur l'accélérateur. La voiture bondit en arrière.

Quand elle leva les yeux, elle découvrit Joe et le chauffeur le nez dans la poussière.

— Ça va ? s'enquit-elle avec nervosité.

Joe se leva lentement, et le chauffeur grogna en se frottant le coude. Les deux hommes lui jetèrent un regard furieux.

— Si tu veux me tuer, dis-le tout de suite, déclara Joe d'une voix glaciale.

— Il fallait être plus clair si tu voulais que j'aille plus doucement, rétorqua Sarah. Et puis, il n'y a pas de temps à perdre.

Joe et le chauffeur remontèrent en grommelant et en se frottant les bras. Ils échangèrent des commentaires dont Sarah se douta qu'ils n'étaient guère flatteurs pour elle.

— Ça ne se fait pas de parler des gens quand ils ne peuvent pas comprendre, remarqua-t-elle.

— Tu n'as qu'à apprendre la langue, dit Joe en prenant le volant.

— Ne t'inquiète pas, c'est bien mon intention, répliqua-t-elle.

Joe agrippa le volant avec une force soudaine.

Quels étaient donc ses projets ? Il lui jeta un coup d'œil ; elle était assise dans le noir derrière lui, les cheveux serrés sous un foulard, la chemise ouverte sur la naissance de ses seins. Dans la chaleur de l'après-midi, elle s'était rafraîchi le visage et le cou en laissant goutter l'eau dans son décolleté. Mais lorsqu'elle l'avait surpris en train de la regarder, elle s'était détournée en rougissant. Alors qu'il connaissait son corps aussi bien que le sien, mieux même. Il aurait pu en dresser la carte, du moindre grain de beauté aux replis les plus secrets... Une onde de désir monta en lui. S'ils avaient été seuls, il aurait stoppé la voiture et l'aurait prise, avec ou sans son consentement. En attendant, quand Sarah voulut essuyer la vitre avec un chiffon, il lui écarta la main en grognant.

— Espèce de salaud mal embouché, lança-t-elle méchamment, mais il refusa de la regarder.

Ils atteignirent la frontière à la pointe du jour. Ce n'était pas trop tôt : ils avaient vidé le dernier bidon d'essence dans le réservoir, et il restait si peu à manger que seule Tanu avait eu son content. Les gardes-frontières avaient l'air inquiets, agités, ils traitèrent Langeveldt avec une déférence mêlée de crainte. Même le chauffeur eut droit à des égards.

— Il paraît... que ça va très mal au Mandoto, avança l'un d'eux.

— Je me demande pourquoi si peu de réfugiés essaient de passer la frontière, répondit Sarah avec diplomatie.

— Ils meurent avant d'arriver ici, répliqua Joe d'un ton mordant, et le garde se retira dans sa guérite... il avait entendu parler de ce Langeveldt et de ce qui arrivait à ceux qui osaient le contrarier.

C'est Sarah qui leur posait problème. Elle n'avait aucun papier officiel et on ne comprenait pas comment elle avait fait pour entrer au Mandoto. Les gardes délibérèrent, passèrent des coups de téléphone, et Joe finit par se lasser.

— Vous voulez qu'on prenne racine ici ? s'informa-t-il d'un ton doucereux qui n'augurait rien de bon. Il va vous falloir combien d'heures pour décider si elle est ou non une espionne ? Vous savez très bien qui elle est et où elle va. D'ailleurs, on se tire.

Il prit Sarah par le bras et l'entraîna jusqu'à la voiture.

— Suppose qu'ils nous arrêtent ? s'enquit-elle nerveusement.

— Qu'ils essaient un peu, pour voir.

Quelques heures plus tard, ils firent halte à une station-service située dans un faubourg de la ville, et Sarah dut entamer son petit magot pour payer l'essence. Ils chargèrent le chauffeur de veiller sur Tanu ; Joe le menaça de mort si jamais il osait s'enivrer. L'homme s'éloigna en direction d'un café avec en poche un peu d'argent donné par Sarah, Tanu gambadant à son côté.

— Elle a l'air si épanouie ! s'émerveilla Sarah.

— N'est-ce pas ? acquiesça Joe, et ils échangèrent un regard de fierté, comme deux parents comblés.

Joe faillit demander à Sarah des nouvelles de ses filles et de Douglas, mais elle farfouillait dans ses poches pour compter son argent.

— Je n'ai plus grand-chose, remarqua-t-elle, un peu anxieuse, et Joe se contenta de grommeler.

L'instant de grâce était passé.

Il ne leur restait plus qu'à gagner chacun leurs toilettes respectives pour tenter de se rendre présentables. Sarah en sortit vêtue d'une jupe en toile kaki et d'un corsage blanc, Joe habillé d'un pantalon un peu plus soigné que le précédent et d'une vieille chemise toute chiffonnée.

— Tu ne t'achètes donc jamais de vêtements neufs ? s'étonna Sarah.

— Euh... non, répondit Joe en se grattant la tête. D'abord, je n'ai jamais un sou devant moi, et puis c'est la croix et la bannière pour trouver des trucs à ma taille. Pourquoi, ça ne va pas ?

Sarah le contempla, immense et brun, avec sa chemise qui sortait de son pantalon, et elle se sentit fondre de tendresse.

— Si, Joe, ça va..., dit-elle dans un souffle, et elle avança dans la rue.

Ils firent leur première escale dans les bureaux d'un journal et pénétrèrent dans un hall luxueux, colonnes de marbre, plantes luxuriantes comme on en voit dans les lieux publics en Afrique. Avec son fusil en bandoulière, Joe ne passait pas inaperçu. Les gens se retournaient sur eux deux, intrigués de voir une aussi jolie femme escortée de ce broussard, mais ni Joe ni Sarah ne s'en souciaient.

– Je veux voir le rédacteur en chef, déclara Joe à l'hôtesse, une blonde oxygénée en corsage de soie rose.

La fille lui décocha un sourire fabriqué.

— Vous avez rendez-vous ?

— Non. Mais il faut qu'on le voie. C'est important.

— Si vous me dites votre nom, je téléphonerai à sa secrétaire pour me renseigner, avança-t-elle, mais vous préféreriez peut-être voir M. Matthews...

— Le rédacteur en chef, répéta Joe en la fixant d'un regard d'acier. Je m'appelle Langeveldt.

— Euh... seriez-vous par hasard... Joe Langeveldt ?

— Ça se pourrait.

La fille rougit ; elle lui lança un regard admiratif et appela la secrétaire du rédacteur en chef. Quelques minutes plus tard, ils se retrouvaient dans l'ascenseur, en route vers le dernier étage.

— Tu vois, Joe, on ne résiste pas à ton charme, dit Sarah.

— Tu es la preuve du contraire.

— Je suis là, non ? lança-t-elle par-dessus son épaule en sortant de l'ascenseur pour pénétrer la première dans le bureau.

Le rédacteur du *New Africa Chronicle* était habitué à chevaucher la tempête en se laissant porter par les événements. Les révolutions et les gouvernements valsaient, mais lui et son journal tenaient bon. C'était un type mince au crâne dégarni, à l'air anxieux et aux yeux saillants et attentifs, qui n'aimait pas se mettre les gens à dos. La liberté de la presse était une bonne chose, mais si son journal coulait, il coulerait avec lui. Il se leva pour échanger une poignée de main avec ses interlocuteurs.

— Asseyez-vous. Je m'appelle Mark Tomlinson.

— Enchantée, dit Sarah avec un gracieux sourire en croisant ses longues jambes bronzées.

Joe ne perdit pas de temps en civilités, il se jeta dans un fauteuil et déclara tout de go :

— Nous sommes venus à propos de la famine qui sévit au Mandoto. Je m'occupe d'un camp, là-bas – enfin, un camp, c'est beaucoup dire... –, et les gens meurent de faim. Le gouvernement s'en soucie comme d'une guigne, il faut qu'on en parle dans les journaux pour obtenir de l'aide. Alors j'ai apporté des photos des enfants, et quand vous les verrez...

— Hé, attendez une minute ! l'interrompit Tomlinson en levant la main.

Joe fouillait dans un classeur. Il releva la tête.

— Oui, monsieur Tomlinson ? demanda-t-il doucement tandis que ses yeux fauves soutenaient le regard gris pâle du journaliste.

Tomlinson rajusta sa cravate.

— C'est que... nous ne faisons rien sur le Mandoto

pour l'instant. C'est un sujet très sensible, politiquement.

Joe abattit le classeur sur la table.

— Je vous crois ! On laisse des milliers de gens mourir de faim, et tout le monde s'en fiche, y compris vous et vos journaux de merde. À la frontière, les journalistes ne passent pas, les consignes sont très claires, et les gardes sont encore plus nerveux quand des gens reviennent de là-bas. Si vous croyez que je vais rester là à ne rien faire pendant que...

— Joe !

Sarah lui saisit le bras alors qu'il se levait, dominant de toute sa hauteur un M. Tomlinson un peu pâle. Elle le força à se calmer.

— Laisse-moi parler, insista-t-elle, et il acquiesça avec raideur.

Il n'aurait pas dû s'énerver, mais quand il pensait aux enfants... Il serra les dents et attendit.

— Voyez-vous, monsieur Tomlinson, je viens d'Angleterre, déclara posément Sarah. J'ai visité le camp de M. Langeveldt, et la situation y est vraiment désespérée. Bien sûr, quand je rentrerai, d'ici un jour ou deux, j'irai voir les journaux anglais ainsi que les œuvres caritatives, et l'aide finira par arriver... Mais on risque de trouver curieux que les journaux d'ici, en particulier un journal aussi réputé que le *New Africa Chronicle*, aient refusé de traiter le sujet. C'est par courtoisie que nous avons cru devoir vous informer en priorité.

Elle sourit à M. Tomlinson et se mit à passer un long doigt mince sur le tissu de sa jupe. Personne ne dit rien.

Tomlinson se racla la gorge.

— Eh bien... Dans ce cas, répondit-il avec une certaine raideur, il serait bon que je fasse appel à l'un de mes journalistes – un ancien, précisa-t-il en jetant à

Joe un regard nerveux, pour voir ce qu'on peut tirer de cette histoire... L'article ne sera sans doute pas aussi fourni que vous l'espérez, ajouta-t-il, préférant essuyer les plâtres tout de suite plutôt que de recevoir des menaces de mort dans les jours à venir et de devoir quitter les lieux pour un temps indéterminé. Mais nous pourrions mettre l'accent sur les aspects personnels de cette affaire. Vous êtes connu à travers tout le continent, monsieur Langeveldt.

— Ce serait parfait, commenta Sarah, d'une voix apaisante.

— Publiez une photo, dit Langeveldt en jetant une épreuve sur le bureau.

Tomlinson y jeta un coup d'œil et blêmit. Après ça, aucun de ses lecteurs ne pourrait avaler son petit déjeuner. Mais s'il pouvait ajouter une photo du drôle de couple assis en face de lui, le jeu en vaudrait la chandelle. Et si par miracle c'était cette femme qui avait erré dans la brousse avec Langeveldt l'année d'avant, alors banco, il marcherait, avec ou sans l'accord du gouvernement. Quel super-canon ! Et ce Langeveldt avait beau être une vraie tête de cochon, lui aussi valait le coup. Pour autant qu'il sache, personne n'avait encore réussi à l'interviewer, même si la rumeur parlait d'un journaliste estropié à vie. Dans le doute, il convoqua l'un des plus vieux membres de son équipe.

Quand Sarah et Joe sortirent de son bureau, une heure plus tard, ils jubilaient.

— Tu vois ce qu'on obtient avec un peu de chantage, déclara-t-elle d'un air triomphant. Bon, allons voir les autres journaux ; quand nous leur dirons que le *Chronicle* va publier un article, ils voudront tous faire pareil. Ensuite, on ira trouver les organismes caritatifs, pour leur apprendre que les journaux sont sur le coup et qu'ils risquent de poser des questions gênantes sur le manque d'aide apportée. Et, pour finir, on ira voir les politiques pour leur proposer d'intervenir avant que tout le monde ne les montre du doigt. D'ici demain soir, ça devrait bouger.

Joe se mit à rire.

— Je n'en crois pas mes yeux, Sarah Hamilton. Pourquoi m'y suis-je pris comme un manche ?

— À mon avis, c'est une question d'entraînement, répondit-elle d'un air pensif. Si tu parlais davantage avec les gens, tu apprendrais à faire ça dans les règles.

Les seules règles qu'il connaissait, c'étaient les siennes, songea Joe, celles d'un individualiste forcené. Il n'avait jamais voulu jouer le jeu. Et maintenant qu'il souhaitait témoigner, réclamer, il ne savait comment s'y prendre. S'il se trompait, Sarah partirait encore. Il lui semblait avoir vécu dans une boîte tous ces derniers mois, muré dans le malheur et le désespoir. Pourquoi ? Mystère. Auprès de Sarah, il se sentait libre alors même qu'il était son prisonnier. Il était près de la haïr à force de l'aimer autant. Quand elle était là, il voyait le monde par ses yeux – même cette ville devenait supportable, elle n'était plus ce milieu hostile et étouffant qu'il avait en horreur. Dans ces sombres tunnels où ils avançaient, c'était Sarah qui tenait la lumière. Il aurait été stupéfait d'apprendre que, pour elle, la lumière c'était lui.

— Allons-y, dit-il d'un ton bourru en lui prenant le bras, un geste apparemment anodin, mais tout à fait volontaire.

Dès qu'il en avait l'occasion, il la touchait l'air de rien, sans soupçonner les frissons qu'elle ressentait au contact de ses mains sur sa peau.

Ils continuèrent leur pèlerinage en répétant leur histoire jusqu'à en être saturés. Le responsable d'une fondation promit de dégager immédiatement des produits de première nécessité, et une femme se mit à pleurer quand Joe, à bout d'arguments, lui conta la mort d'un garçon de huit ans. Elle avait un gosse du même âge, et lorsqu'il lui rapporta à quel point ce petit gars avait été heureux et serviable avant de tomber malade, elle bredouilla des « oui, oui » larmoyants, comme s'il lui décrivait son propre fils.

— En voilà une qui serait utile au Mandoto, persifla-t-il lorsqu'ils sortirent, mais Sarah vit qu'il était surpris.

Les gens étaient touchés par ce qui se passait ; mais, pour y croire, il fallait leur apporter des fragments de réalité, des morceaux de souffrance, et non une liste froide de statistiques. Et leur dire, de façon précise, comment ils pouvaient aider.

Là, Joe excellait. Il connaissait exactement les besoins en matière de nourriture et de santé, et il rejetait les projets qui ne leur correspondaient pas. Sans le vouloir, il impressionnait les gens en s'exprimant simplement. Il disait sans détours ce qu'il désirait et on appréciait sa franchise, même un peu brutale.

— Vous êtes un sacré bonhomme, monsieur Langeveldt, dit le directeur d'une fondation alors qu'ils se serraient la main.

— Il est un peu trop tôt pour se taper dans le dos, répliqua Joe d'un air narquois. Obtenons d'abord des résultats avant de nous congratuler. Tu viens, Sarah ?

Il passa un bras autour de sa taille et ils sortirent, laissant le pauvre directeur interloqué.

— Tu n'avais pas besoin de le rudoyer, lui reprocha Sarah tandis qu'ils descendaient la rue.

— Encore un peu, et il m'aurait embrassé... Il y a quand même des limites.

— Tu veux bien ralentir le pas ? Je n'en peux plus, déclara Sarah en s'arrêtant près d'un réverbère pour souffler un peu. On étouffe, ici. Je déteste les villes africaines.

Joe regarda l'heure à sa montre – une vieille breloque qui se remontait à la main, offerte en échange de réparations sur un fusil. Ses montres ne duraient jamais longtemps et il s'en passait volontiers, mais en ville c'était utile.

— Il est temps d'aller retrouver Tanu. De toute façon, c'est l'heure de fermeture des bureaux. On ne pourra rien faire de plus aujourd'hui.

Ils remontèrent les rues, le corps et l'esprit las, et regagnèrent vite l'endroit où ils avaient laissé le chauffeur et Tanu. Mais d'eux, il n'y avait pas trace. Joe alla au café jeter un coup d'œil ; ils n'y étaient pas.

— Peut-être qu'ils sont retournés à la voiture, suggéra Sarah.

Mais la Land Rover, toujours garée dans une rue transversale, était vide. Joe commença à s'inquiéter.

— Bon sang, qu'est-ce qui m'a pris de lui confier Tanu... ? On aurait dû l'emmener avec nous.

Sarah aussi était inquiète. Cependant, pour avoir déjà vécu cette situation avec ses filles, elle s'efforçait de garder son sang-froid. Un jour, Emma avait disparu dans un grand magasin. Ils l'avaient retrouvée dix minutes plus tard, cachée dans les rayons. Un autre jour, c'était Joanne qui s'était trop éloignée sur la plage ; un monsieur l'avait ramenée au bout d'une demi-heure. Les deux fois, Sarah avait cru mourir d'angoisse, puis défaillir de bonheur.

— On va chercher dans les bars, décida-t-elle d'un ton résolu, et elle s'élança.

— Tu prends ça bien calmement, lança Joe avec hargne.

— Inutile qu'on devienne tous les deux hystériques.

— Je ne suis pas hystérique ! Mais quand je songe à ce que ce type a pu lui faire...

— Qu'est-ce que tu vas imaginer ! C'est un gars bien, il a sûrement une tribu de marmots ; il a dû l'emmener jouer quelque part...

— Quelque part..., répéta Joe. Bon Dieu, quelle plaie, ces enfants ! Je savais bien que je n'aurais jamais dû en avoir.

— À qui le dis-tu ! acquiesça Sarah. Remonte de ce côté de la rue, moi je vais voir sur le trottoir d'en face.

Ils firent la tournée des bars, passant la tête, interrompant des conversations... en vain. C'était au tour de Sarah de paniquer. Elle se mit à pleurer.

— Où peuvent-ils être ? On devrait aller à la police, mais ils ne feront rien ; et comme Tanu n'est pas vraiment à nous, ils risquent de nous la prendre si jamais ils la retrouvent... Joe, que peut-on faire ?

— Je ne sais pas, répondit-il avec un soupir en la prenant contre lui. Continuer à chercher... Retournons à la voiture et sillonnons toutes les ruelles à partir de là. Si on ne les rejoint pas d'ici une heure, on ira au commissariat.

Malgré son angoisse, il sentait son âme s'apaiser, de la tenir ainsi contre lui. Sarah s'écarta.

— Regarde comme je t'ai salopé, c'est malin, dit-elle en frottant le devant de sa chemise. Dépêchons-nous, Joe.

Ils refirent le chemin en arpentant méthodiquement les rues chaudes et poussiéreuses. Les échoppes étaient surtout tenues par des Asiatiques. Sarah lorgna avec envie de gros melons empilés sur un étal, mais chaque seconde comptait. Elle courait presque, maintenant.

— Ralentis, sinon tu vas tomber dans les pommes, lui lança Joe. Allons par là, ajouta-t-il en la poussant dans un minuscule passage jonché d'ordures, qui longeait les arrière-boutiques.

À mi-chemin, elle aperçut un enfant qui jouait dans la poussière.

— Tanu !

Ils se précipitèrent. Sarah arriva la première, elle prit la petite et la serra contre elle.

— Tanu, Tanu, Tanu, où étais-tu passée, vilaine fille ? Tu nous as fait une de ces peurs !

Elle sanglotait presque. Quant à Joe, il eut comme un malaise, soudain. La tête lui tournait. Il s'appuya contre un mur en se demandant s'il connaîtrait jamais un tel bonheur.

Il avait Tanu et... peut-être qu'il aurait Sarah, qui sait ? Son cœur battait à tout rompre, et il avait envie de boire un coup. C'est alors qu'il repéra le chauffeur, prostré sur les marches d'un escalier. Il le poussa durement du pied, le chauffeur grogna.

— J'aurais dû me douter qu'il se cuiterait, déclara Joe. Au moins, on n'a pas besoin de le payer. Il n'osera pas venir réclamer son dû.

— Ce n'est pas très gentil.

— Tu voudrais qu'on soit gentils, après la peur qu'il nous a faite !

Mais Sarah sortit l'argent qu'il lui restait, le compta soigneusement, puis glissa un seul billet dans la poche de l'homme.

— C'est tout ce que je peux me permettre, dit-elle avant de rejoindre Joe.

— Tu as le cœur trop tendre, marmonna-t-il.

— Le tien est bien trop dur.

Couché dans la chambre d'un petit hôtel bon marché, en proie à la plus grande confusion, Joe n'arrivait pas à dormir. Qu'est-ce que mijotait Sarah ? Qu'avait-elle en tête ? Elle tombait du ciel sans autre explication, faisait comme si elle n'était jamais partie. Aujourd'hui, ils avaient été si proches... elle s'était réfugiée dans ses bras, et il l'avait réconfortée. Mais ce soir, alors qu'il la voulait, qu'il avait besoin d'elle, Sarah lui avait tourné le dos en prenant Tanu contre elle, face au mur... Il savait qu'elle feignait de dormir, et il mourait d'envie de la toucher. Elle risquait sa vie pour lui venir en aide, puis elle le rembarrait. Il l'aurait volontiers étranglée.

Il se permit de rêver un peu. C'était un luxe dangereux qu'il ne s'accordait pas souvent, car cela lui sapait le moral. Dans ses rêves, ils avaient une petite ferme au Mandoto, et ils essayaient d'aider les gens à refaire leur vie. Ironie du sort, les combats se calmaient à cause de la famine... Oui, une jolie maison construite sous les arbres près de la rivière, avec des plafonds hauts et de grands lits... Il en avait assez de vivre dans un monde construit pour des demi-portions. Et Sarah... Rien que de penser à elle, il en perdait le souffle... elle dormirait dans son lit et il se nourrirait d'elle, il la ferait mourir de plaisir... À la réflexion, il leur faudrait une grande maison, sinon les enfants risqueraient de les entendre. Bon sang, c'était reparti, alors qu'il le savait très bien : rien de tout ça n'arriverait ! Mais il n'avait pas envie d'abandonner tout espoir.

La chambre était chaude et sentait le renfermé, elle s'emplissait des bruits de la ville. Soudain, Joe ne supporta plus de rester couché à ruminer dans ce trou puant ; il avait besoin de respirer. Il sauta du lit, s'habilla et sortit en coup de vent. Sarah se redressa pour le chercher du regard dans la pénombre. Elle l'avait blessé, mais c'était préférable. Si elle avait fait l'amour avec lui, il en aurait conclu que tout allait bien, et c'était loin d'être le cas. D'accord, elle l'aimait, il était comme de l'eau pour son âme assoiffée. Mais il n'avait pas d'avenir. Si l'amour avait suffi, elle aurait uni son sort au sien sans l'ombre d'un regret. Mais il lui fallait construire le futur, sinon pour elle, du moins pour ses filles, et Joe ne vivait que pour le présent. Comment Emma, si fragile et sensible, s'entendrait-elle avec ce grand malotru ? Et Joanne, la forte tête, quand elle se heurterait à l'implacable Langeveldt, quelles tempêtes en perspective ! Pourtant, Joe plaisait toujours aux enfants, bizarrement. Ils avaient l'impression d'être en sécurité avec lui. Peut-être que s'il avait un foyer, tout irait bien, ils se débrouilleraient pour gagner de l'argent ; mais Joe n'avait aucun endroit à lui. C'était un nomade, et ce mode de vie lui convenait. Contrairement à Sarah.

Quelle nuit terrible ! Elle n'avait pas réussi à le regarder, tant il la désirait. Et elle avait envie de lui, tellement envie ! Ah... le sentir plonger en elle, tous deux brûlants, à l'agonie... Mais il ne s'en doutait pas et elle ne le lui dirait pas, car sa décision était prise : demain, elle partirait.

Joe retourna à la chambre à l'heure où même la ville est calme. Sarah dormait, un bras sur Tanu, la pâleur de sa peau ressortant contre le noir lustré de l'enfant. Il sut alors qu'il ne la laisserait jamais partir. Tant pis pour elle... la moitié du temps, cette fichue bonne femme ne savait pas ce qu'elle voulait. Elle devait pourtant se douter qu'il lui donnerait la Lune si elle restait. Pourquoi refusait-elle de lui parler, de lui raconter ce qui lui était arrivé ? Il avança une main pour la réveiller, se ravisa. Tant qu'elle était avec lui, le reste importait peu.

Au matin, ils avaient le visage chiffonné, les paupières lourdes, et rien de propre à se mettre. Sarah lava une robe en coton rose pour Tanu, qui sécha sur la petite en quelques minutes. Elle-même avait la sensation d'être sale et négligée, au-dedans comme au-dehors. Une vraie clocharde.

— Je me sens moche, dit-elle de mauvaise humeur, et Joe la fixa, sidéré.

Il l'avait toujours trouvée belle. Et elle avait l'air vraie. Bien plus que si elle avait porté de la soie ou du satin.

— Ne fais pas l'idiote, répliqua-t-il avec mépris, et Sarah rougit.

Fallait-il qu'il soit si désagréable pour leur dernier jour passé ensemble ? Il aurait pu la rassurer, lui dire qu'elle était très bien comme ça... Pourtant, peut-être valait-il mieux que Joe se mette en rogne. La colère donne de la force.

— J'ai faim, j'ai faim, répétait Tanu avec espoir, et Sarah lui prit la main.

— Je vais aller acheter de quoi manger à cette petite, puisque je suis la seule ici à avoir de l'argent, lança-t-elle méchamment en sortant la première avec l'enfant.

Joe les suivit d'un air penaud. Sarah avait vraiment l'air en pétard.

La matinée confirma leur attente : grâce à eux, le mouvement était impulsé. Leur photo se trouvait en pleine page du *New Africa Chronicle* ; où qu'ils aillent, on les harcelait de coups de téléphone ; et surtout, un organisme caritatif enverrait l'après-midi même une équipe en éclaireur, avec des vivres.

— Ainsi, nous pourrons évaluer la situation et faire un rapport, assura l'organisateur, un jeune enthousiaste résolu à changer le monde en une nuit.

Langeveldt répondit à son sourire naïf par un regard d'acier trempé.

— Vous constaterez que je n'ai pas dramatisé la situation, remarqua-t-il, maussade. Quelles dispositions comptez-vous prendre pour garder le convoi, les camions et la nourriture ? Ils vont exciter les convoitises.

— Nous n'avons pris aucune disposition, répondit le jeune homme d'un air un peu affolé. On s'est dit qu'avec les croix sur les camions...

— Ah... Eh bien, je ne partage pas votre optimisme.

Sentant l'indécision et la nervosité de son interlocuteur, Langeveldt se mit à rire.

— Si je comprends bien, vous venez aussi. Ne vous en faites pas, je veillerai sur vous. Comment vous appelez-vous ?

— James Morrison. Je n'ai encore jamais vécu ce genre d'expérience...

— Ce ne sera sans doute pas aussi excitant que vous l'espérez... Bon, soyez prêt à partir à quatorze heures, James Morrison, sinon tant pis : vous resterez planté là.

Joe consulta sa montre et, s'apercevant que le cadran était fêlé, jura intérieurement. Décidément, rien de ce que fabriquait le monde civilisé ne convenait aux gens comme lui.

À deux heures de l'après-midi, lui et Sarah contemplaient le petit convoi constitué de quatre vieux camions bourrés à craquer.

— C'est un début, dit Langeveldt.

— Un très bon début ; ils ont même apporté du matériel médical pour alimenter les bébés les plus affaiblis. Tiens, prends le pistolet de mon beau-frère. Tu as fait provision de balles ?

— Oui. Tu as encore de l'argent ?

— Plus un sou. Et toi ?

— Moi non plus, répondit-il en souriant. Heureusement que nous quittons cette sacrée ville. Ici, on ne fait rien sans argent.

Sarah inspira profondément.

— Je ne pars pas, Joe.

Ah. Enfin, elle y venait. On pouvait dire qu'elle avait mis le temps...

— Alors, que comptes-tu faire ? demanda-t-il en s'émerveillant du calme de sa voix.

Son estomac était si noué qu'il avait du mal à se maintenir droit. Elle haussa les épaules.

— Je ne sais pas. Retourner chez Susie, récupérer les enfants et chercher du travail. J'ai quitté Douglas, tu comprends. Mais il me faut un foyer... pour les filles.

Les camions démarraient.

— Et tu crois que je ne peux pas te le donner ?

— Je ne me doutais pas que tu en avais envie...

Elle tremblait, mais cette fois, au moins, il gardait son calme. Il devait l'avoir sentie venir, surtout après la dernière nuit.

James Morrison se pencha par la portière d'un camion. Tanu était assise à côté de lui, une sucette à la bouche.

— Vous êtes prêt, monsieur Langeveldt ? On va partir.

— J'arrive tout de suite, lança Joe.

Se tournant vers Sarah, il lui prit la taille.

— Si on se disait au revoir comme il faut ?

Il pencha la tête pour l'embrasser, elle se pendit à son cou, et soudain elle fut soulevée de terre pour atterrir brutalement à l'arrière d'un des camions.

— Tu peux y aller, James ! beugla Langeveldt, et il grimpa à côté d'elle tandis que les camions démarraient.

— Je ne viens pas ! cria Sarah en tentant de s'extirper du monceau de sacs.

Joe la flanqua au fond et la cloua sur place en l'écrasant de tout son poids.

— Tu restes avec moi, murmura-t-il en lui embrassant le cou, sans se soucier de ses bras et ses jambes qui battaient l'air. J'ignore ce que tu mijotes et je m'en fiche. Je ne suis pas gentil ni raisonnable, chère madame Hamilton, vous devriez le savoir, depuis le temps.

Il ouvrit son chemisier en faisant sauter l'un des boutons, et enfouit sa tête dans ses seins. Sarah lui tira les cheveux.

— Arrête, espèce de brute ! haleta-t-elle en essayant de lui donner des coups de pied, mais sa jambe était coincée sous sa cuisse musclée.

Il lui suçait, lui mordillait le bout des seins. Le camion s'arrêta à un feu rouge. Frissonnante, Sarah entendit des gens parler.

— Je veux sortir, dit-elle doucement en lui griffant le dos. Je ne pars pas avec toi.

Il leva la tête et lui rit au nez.

— Je t'aime, Sarah, mais si tu ne te déshabilles pas, je vais tout déchirer. Dépêche-toi, je n'en peux plus.

— Pas ici ! quelqu'un risque de nous voir.

— Grand bien lui fasse. Je lui souhaite autant de plaisir qu'à moi.

Il souleva sa jupe et tira sur son slip. Sarah le laissa faire, trop alanguie pour se soucier du lendemain. Le camion redémarra alors qu'il déboutonnait sa braguette, et elle grogna d'impatience. C'était sans doute mal de l'aimer, sachant qu'elle le quitterait, mais comment résister à ces intimes retrouvailles, aux sensations délicieuses qui la traversaient ? Comment avait-elle pu vivre sans cette extase ?

— Ça ne veut pas dire que je resterai..., murmura-t-elle tandis qu'il se couchait sur elle.

Elle haleta et s'accrocha à lui. Un bref instant, elle songea à Douglas, mais Joe et le douloureux plaisir qu'elle goûtait à le sentir enfin en elle chassèrent bientôt toute pensée de son esprit.

Après un long et paisible moment, Sarah se redressa sur son lit de sacs.

— Même si je t'accompagne au Mandoto, je finirai par rentrer.

Joe se rallongea et la regarda. Ses seins se balançaient au rythme du camion, encore tout humides de ses baisers.

— Pourquoi es-tu venue si tu n'avais pas l'intention de rester ? lança-t-il, et sa voix se cassa.

Sarah se cacha le visage, craignant sa colère et son chagrin.

— Je suis venue... parce que j'ai cru que ça pourrait marcher, répondit-elle lentement. Tu comprends, il fallait que je quitte Douglas. Toi et moi, Joe... tu sais comment c'est. On n'a pas besoin de faire semblant. C'est si rare ! Quand j'ai épousé Douglas, j'étais une enfant, mais, après avoir passé du temps avec toi, j'ai grandi. Douglas voulait toujours l'enfant qu'il connaissait, c'est aussi simple que ça ; et comme elle n'existait plus, il s'en est pris à Emma et à Joanne. Alors je suis partie. Pour te rejoindre. Il fallait que je te voie, Joe.

— Tu dis ça, et l'instant d'après tu m'annonces que tu vas t'en aller ! Sarah, je ne suis pas une station-service où tu peux t'arrêter quand ça te chante pour tirer un coup et te remonter le moral chaque fois que la vie devient déprimante.

— Ce n'est pas moi qui ai voulu faire l'amour !

— Il faut voir comme tu t'es débattue...

Sarah renifla en ravalant ses larmes.

— D'accord, c'était bien ! Mais ce n'est pas parce que tu me baises comme un dieu que cela résout tous les problèmes.

— Vas-y. Je t'écoute.

Croisant les mains derrière sa tête, il attendit, tel un joueur de tennis qui laisse venir un adversaire plus faible pour le démolir.

— J'ai besoin d'un vrai foyer pour les enfants – et pour moi aussi, bon sang ! Je ne peux pas vivre toujours ainsi : je désire une maison, un peu de sécurité. Avec toi, le mieux que je puisse espérer, c'est que nous soyons tous en vie le lendemain matin. Et mes filles ?... Emma est très nerveuse, tu comprends, elle a de l'asthme et, à cause de ces problèmes avec Douglas..., je m'inquiète tellement pour elle ! Joanne a du caractère, vous vous entendriez bien tous les deux, mais les petites filles n'existent pas face à des soldats. Et Tanu, qui est autant ma fille que la tienne, où est son foyer ? Elle n'en a nulle part. Ni moi non plus. Et je veux un endroit où je me sente chez moi. Contrairement à toi.

— C'est là que tu te trompes !

Joe se pencha pour lui attraper la main, il la désirait encore. Dans une minute, ils referaient l'amour, se dit-il.

— Bien sûr tu veux une maison. Tu ne vas pas élever tes enfants sous une tente ! Mon Dieu, si tu savais comme tu m'as manqué, Sarah ! Je t'en construirai une, de maison, une belle, au bord de la rivière, avec un grand lit où nos enfants seront conçus. Je veux un enfant de toi, Sarah. Je veux planter ma semence en toi et voir ton ventre gonfler. Et ne t'inquiète pas pour l'argent ; si je n'en ai pas, c'est parce que je ne m'en suis jamais soucié. Je n'en avais pas besoin, ou si peu. Il me suffisait de chasser. Mais quand nous aurons notre ferme...

Sarah n'y tint plus.

— Quelle ferme ? Où vas-tu construire cette merveilleuse maison ?

Joe la fixa d'un air ébahi.

— Au Mandoto, évidemment. Où veux-tu que ce soit ?

— Non, Joe !

Les camions s'arrêtaient à la frontière. Aveuglée par les larmes, Sarah rattacha son chemisier et le fourra dans sa jupe, poussant son slip déchiré sous un sac. Joe se rhabilla aussi tandis qu'elle se débattait avec les boutons de son pantalon, les mains tremblantes.

— Laisse, je vais le faire. Sarah... pourquoi pas au Mandoto ?

Elle se cacha le visage.

— Parce que rien ne va, au Mandoto : on tue, on viole, les gens meurent de faim ! Comment peux-tu me demander de vivre là, d'y emmener mes enfants et d'en mettre d'autres au monde pour qu'ils puissent souffrir à leur tour ? Je t'aime, Joe, tu dois le savoir... mais, je t'en prie, ne me demande pas de vivre au Mandoto !

Elle faillit tomber de l'arrière du camion dans les bras d'un garde-frontière qu'ils avaient rencontré deux jours plus tôt.

— Madame Hamilton ? Vous repartez pour le Mandoto ? s'exclama-t-il d'un air jovial, sans s'arrêter à son apparence échevelée et débraillée.

— Non ! Non ! je n'irai plus jamais au Mandoto, c'est un enfer. Il veut ma mort et celle de mes enfants, voilà ce qu'il veut...

Joe la saisit par la taille, la prit par les cheveux et la serra contre lui, presque à l'étouffer.

— Là, là, ma chérie, ça va aller... Un peu de fatigue, dit-il au garde avec un sourire complice. Elle est enceinte. Elle s'inquiète de ce qui pourrait arriver au bébé, avec tous ces cahots. Viens, ma chérie, la route n'est pas si mauvaise, et puis tu t'installeras dans la cabine.

Il l'entraîna derrière le camion, à l'abri des regards, et seulement là elle put reprendre son souffle.

— Je ne viens pas, haleta-t-elle, toute congestionnée.

— Encore un mot, et je nous tue l'un et l'autre ! siffla Langeveldt. Tu restes avec moi.

— Tu ne peux pas me faire ça ! Ce n'est pas juste !

— Tu veux que tes enfants aient une mère, n'est-ce pas ? Alors, tiens-toi tranquille.

Il s'aperçut à cet instant que James Morrison les regardait, l'air effaré.

— Ne vous mêlez pas de ça, gronda Langeveldt, sinon tout le monde y passera. Tu es prévenue, Sarah.

Pas une seconde elle ne douta de sa parole. Quand il se mettait dans cet état, Joe était capable de faire sauter la planète sans un regret. Lorsqu'il se serait calmé, ce serait différent, mais d'ici là ils auraient passé la frontière. Elle alla retrouver Tanu à l'avant d'un des camions, et ferma les yeux avec lassitude. Une demi-heure plus tard, Joe sautait à côté d'elle, et le convoi s'ébranlait pour pénétrer lentement en territoire mandotan.

13

Les gens dépêchés par la fondation caritative étaient sympathiques, enthousiastes, et tous animés de vertueux sentiments. Mais Langeveldt était d'une humeur si massacrante qu'il les trouvait horripilants ; même le paradis lui aurait porté sur les nerfs. Le sentant, Tanu l'évitait ; elle allait plutôt vers Sarah, et il restait tout seul à broyer du noir. Ils roulaient la nuit, et se reposaient durant la chaleur de midi. Sarah estimait qu'il leur faudrait deux ou trois jours pour arriver. Joe ne faisait aucun pronostic.

Le soir, l'équipe d'humanitaires monta une ou deux tentes près des véhicules, mais Joe garda Sarah en lieu sûr ; il fit un lit pour deux à l'arrière d'un des camions en s'arrangeant pour lui boucher la sortie.

— Je ne risque pas de m'enfuir en plein Mandoto, se plaignit-elle, mais il ne daigna pas lui répondre.

Elle avait piétiné son rêve, il ne pouvait plus lui adresser la parole. Pendant la nuit, il la prit, silencieux et rageur, en résistant à l'envie de lui faire mal. Elle pleurnicha contre son épaule, et lui murmura plaintivement :

— Où tu voudras, du moment qu'on y est en sécurité.

— Si c'était Douglas que tu désirais, il ne fallait pas le quitter, répliqua Joe en lui tournant le dos.

Il la tuerait, puis se ferait sauter la cervelle. Morrison veillerait sur Tanu. Il se sentait plus calme maintenant qu'il avait pris sa décision. Une fois qu'il se serait occupé de ces gens et qu'il aurait fait tout ce qu'il pouvait pour eux, il serait temps d'en finir. Bien sûr, ce serait triste, de ne plus voir le jour se lever, mais c'était le prix à payer pour être enfin en paix.

Le deuxième soir, ils quittèrent la route assez tard. C'était une nuit sans lune, d'un noir d'encre.

— On est trop à découvert, déclara Joe en regardant autour de lui.

— Personne ne nous verra, dit Morrison. Il fait si noir.

— On devrait chercher un endroit plus sûr, marmonna Sarah.

— Non. On va rester là, affirma Joe avec un sourire de loup et un air enjoué qui firent frissonner Sarah.

Joe flairait le danger, il le sentait venir, et cela l'excitait. Une nuit pareille se prêtait parfaitement à une attaque surprise.

Sarah le maudit entre ses dents en cherchant le pistolet.

Morrison avait l'air perplexe.

— Il y a quelque chose qui ne va pas ?

— Non, pas pour Joe du moins... Tanu chérie, tu vas dormir dans le camion. Tout va bien, je suis là et Joe aussi.

Joe comptait des cartouches à la lumière d'un phare. Sarah chargea le pistolet, le soupesa.

— Vous craignez une attaque ? s'enquit Morrison d'une voix paniquée.

— Non... Enfin si. Demandez à Langeveldt, répondit Sarah, mais Joe s'installait une couche par terre, sous l'avant du camion où se trouvait Tanu. Allez vous allonger, James, lança-t-elle. Mais ne dormez que d'un œil.

Elle prit une couverture et se glissa à côté de Joe.

— Autant avoir chaud, marmonna-t-elle en s'installant pour dormir.

Elle se réveilla dans le noir, à l'heure silencieuse qui précède l'aube.

— Ils arrivent ? murmura-t-elle.

— Oui. Ils ne sont pas nombreux, cinq ou six, je dirais... Et ils ne se doutent pas qu'on les attend. J'ai entendu une Jeep s'arrêter sur la route, un kilomètre plus haut. Tu vois l'ombre là-bas ? C'est le premier : à toi l'honneur.

— Ça va me prendre des heures, répondit Sarah en pouffant.

— Tu n'as pas l'air d'avoir peur.

— Si. Mais moins qu'avant. L'habitude, sans doute.

Elle leva le pistolet, défit le cran de sécurité et visa du mieux qu'elle put. Mais on n'y voyait goutte. Elle avait l'impression de fixer un mur d'un noir compact.

Soudain, Joe pointa son fusil et tira, déchirant le silence. Un cri horrible retentit, puis plus rien. Sarah en eut la chair de poule. L'ombre, son ombre, bougeait. Une rafale de coups de feu éclata.

— Mon Dieu, bredouilla-t-elle.

Elle cala le canon du pistolet sur le pneu avant d'appuyer sur la détente. L'ombre bougea rapidement sur la droite, et elle visa de nouveau. Alors, Joe tira un coup de fusil, l'ombre s'affala, et resta immobile.

— Qu'est-ce qui se passe ?

Leurs camarades s'étaient levés et s'agitaient en tous sens, bruyants et imprudents.

— Baissez-vous et fermez-la, vous tous ! rugit Joe. Morrison, allume les phares de ce camion – sans te faire tuer, si tu peux.

Dans la lumière jaune et vacillante qui transperçait la nuit, ce fut la débandade. Sarah tira sur une silhouette qui s'enfuyait, et Joe visa au-delà, dans le noir. Ils distinguèrent encore de vagues formes qui s'enfonçaient dans les ombres épaisses, ensuite ce fut le silence.

— Sarah, Sarah ? appela une petite voix.

— Tout va bien, Tanu, c'est fini. Ne bouge pas, j'arrive tout de suite.

Elle demeura immobile, sondant l'obscurité.

— Je crois que c'est bon, ils ont eu leur compte, dit Joe.

Il rampa prudemment à découvert en prenant soin d'éviter la zone de lumière.

— Il y a des blessés ? s'enquit Morrison.

— J'espère bien, sinon c'est que je ne vaux plus rien comme tireur. Remets le cran de sécurité sur ce truc, Sarah. Tu sais comment tu es avec les armes à feu.

— Et comment suis-je ? répliqua-t-elle, vexée.

— Distraite et empotée.

Il partit en reconnaissance. Les humanitaires étaient tout émoustillés par cette petite escarmouche.

— Ah, c'est quelqu'un, ce Langeveldt, déclara l'un d'eux à Sarah, qui se contenta de grommeler.

Le petit convoi repartit dès qu'il fit jour, laissant derrière lui trois cadavres dans la poussière.

— Ils reviendront sans doute les chercher, dit Joe. On n'a pas le temps de les enterrer, il faut arriver au camp. On aura des problèmes, si jamais ma petite armée s'est tirée.

— Les types de cette nuit... ils ont attendu qu'on soit loin de la frontière. C'est un peu inquiétant, fit remarquer Sarah.

— Pourvu qu'ils ne se soient pas emparés du camp... Nous devrions y être dans deux heures.

Quel soulagement ce fut de voir apparaître la rangée d'arbres qui marquait la rivière ! Mais Joe demeurait sur ses gardes.

— Trois camions vont rester ici, ordonna-t-il. Sarah et moi, on part en éclaireurs.

— Comme ça on se fera tuer tous les deux, n'est-ce pas, Joe chéri ?

— Exactement, trésor.

Il lui sourit, et soudain elle ne put s'empêcher de sourire aussi. Elle en avait assez d'avoir peur. C'était ennuyeux, à la longue.

— Je viens, lança Tanu.

Sarah haussa les épaules et la mit dans le camion. Décidément, elle devenait très fataliste avec l'âge.

À leur approche, des silhouettes s'éparpillèrent en courant sous les arbres. Sarah s'attendait à des coups de feu, mais rien ne vint. Non loin du camp, Joe arrêta le camion, puis descendit pour s'avancer d'un pas lent et assuré, en tenant son fusil avec une nonchalance trompeuse. Et s'il se faisait tuer ? Si un fou l'abattait là, devant ses yeux ? Le sang de Sarah ne fit qu'un tour. Elle ne supporterait pas de vivre si Joe n'était plus de ce monde. Ouvrant la portière, elle descendit gauchement et courut pour le rattraper.

— Que fais-tu ? demanda-t-il, surpris.

— Je te tiens compagnie.

De la ceinture d'arbres montèrent soudain des cris de bienvenue : on les avait reconnus.

— Merci, mon Dieu, murmura Sarah en retournant chercher le camion.

Il y avait moins de soldats qu'avant. Beaucoup de huttes étaient vides, et les derniers hommes présents avaient l'air très soulagés de les voir arriver ; ils riaient et se tapaient dans le dos. Sarah aperçut le jeune avec qui elle avait discuté la première fois. Il lui souriait timidement.

— Où sont passés les soldats ? demanda-t-elle en écartant les mains.

— Ils ne restent pas sans Langeveldt, expliqua-t-il avec un geste d'excuse. Pas sûr, sans Langeveldt.

Le camp lui-même était toujours aussi bondé, sinon plus ; des gens s'étalaient partout, ils avaient même empiété sur l'enclos des enfants. Joe en fut contrarié. Il y mit bon ordre en distribuant des consignes apparemment aussi judicieuses qu'amusantes, car ceux qui durent quitter l'enclos le firent en riant. Quant à Sarah et aux envoyés de la fondation, qui découvraient la scène pour la première fois, ils n'avaient pas le cœur à plaisanter. Les visages qu'ils contemplaient étaient d'un brun grisâtre, un teint terreux qui n'avait rien de sain. À cause de la dysenterie, inévitable, ces gens étaient tous épuisés, sans forces. Une vieille femme gisait sur une natte, les lèvres entrouvertes. Joe se pencha pour lui parler, il lui caressa la joue, et elle tenta de sourire. Avec un hochement de tête, Joe continua.

— C'est terrible, répétait James Morrison, livide.

Durant la semaine précédente, beaucoup étaient morts. Et certains mourraient encore, car pour eux la nourriture arrivait trop tard.

Accablée par le nombre de malades et de mourants, l'équipe travailla toute la journée à dresser des tentes qui serviraient d'hôpital, monter des postes de ravitaillement, creuser des latrines.

Infatigable, Joe allait de groupe en groupe pour régler les problèmes les uns après les autres. Il était dans son élément, pensa soudain Sarah. Il était fait pour ça. Il comprenait ces gens et avait su s'en faire accepter.

Sarah, quant à elle, s'occupa des bébés. Ça passe mieux, quand on peut s'activer utilement. C'est une vraie torture que d'assister impuissant à un tel désastre, mais cela change beaucoup la vision qu'on en a, de pouvoir y remédier, se disait-elle. Certains mourraient ; en Afrique, il ne fallait pas s'en étonner ; mais d'autres vivraient, et là serait son triomphe.

Cette nuit-là, le camp fut en fête. Tout le monde avait mangé, et le mieux, c'est qu'ils remangeraient le lendemain. Subitement, le calme du désespoir laissait place aux chants, un tambour célébrait leur fragile victoire sur l'adversité.

Sarah monta la colline où Joe avait sa hutte, et regarda les feux de joie qui s'élevaient dans le noir. Soudain, Joe fut près d'elle.

— Que va-t-il leur arriver ? questionna Sarah. Après la guerre et la famine, il y aura peut-être une autre guerre... Quelle vie les attend ici ?

— Aucune, si les gens comme moi les abandonnent, répondit-il avec un soupir. C'est ce que tu veux que je fasse : aller quelque part où ce genre de choses n'arrive pas. Et je ne peux pas, Sarah, je ne peux pas les laisser ! J'ai cru que si j'apportais du ravitaillement, cela suffirait, mais ce n'est qu'un tout petit début. Si je pars maintenant, une armée peut arriver ici demain et leur prendre le peu qu'ils auront, y compris leur misérable vie.

Il se cacha le visage, et Sarah devina qu'il pleurait.

— Tu pourras rentrer avec les camions, reprit-il d'une voix lasse. Et il vaut mieux que tu emmènes Tanu : elle a besoin d'une mère. Écris pour me dire comment elle va. Et envoie-moi une photo !

Sa voix se brisa. Il tourna le dos, et grimpa la colline à travers les fourrés sans rien voir autour de lui.

— Joe ! Attends !

Sarah lui courut après, mais il continuait de gravir la colline à toutes jambes, d'un pas mécanique.

— Joe ! Au nom du ciel, attends-moi ! haleta-t-elle.

Enfin, il s'arrêta pour s'affaler sur une souche d'arbre pourrie.

— Ne t'assieds pas là... les serpents ! souffla Sarah.

— J'espère qu'il y en a toute une nichée. Va-t'en, Sarah, tu me tortures ! Je sais que tu as raison, ce n'est pas un endroit pour tes enfants, ni pour toi.

— Si.

Elle prit sa main dans les siennes, et la colla contre sa joue.

— C'est vrai, c'est dangereux, et j'ai peur la moitié du temps. Mais c'est chez toi, c'est là ta place. Tu m'as dit que j'aurais dû rester avec Douglas, si c'était lui que je voulais, et tu avais raison. Seulement c'est toi que je veux. Et si ça suppose de vivre ici, je vivrai ici.

— Tu ne parles pas sérieusement. Demain, tu le regretteras, tu me diras que je veux ta mort et celle de tes enfants...

— Si jamais cela m'arrive, file-moi une bonne raclée : elle sera méritée. D'ailleurs, tu ne tues pas les enfants, tu les sauves. Mes filles seront en sécurité avec toi, je le sais. Tous ces pauvres gens croient en toi alors qu'ils n'ont rien, et moi qui ai tant je ne te ferais pas confiance ?

— Mais tu n'as rien, rien du tout ! s'exclama Joe. Encore moins que le jour où cet avion s'est écrasé...

Sarah regarda son beau visage anguleux sillonné de larmes, et elle sut que jamais elle n'avait été aussi riche de sa vie.

— Je t'ai, toi, répondit-elle simplement, et elle se blottit dans ses bras en cherchant sa bouche.

"Rattrapée par son passé"

La fille de l'ombre

Elizabeth Walker

À la mort de sa mère, employée comme bonne à tout faire dans une ferme française, la petite Lorie, trois ans, se retrouve seule et sans protection. Elle grandit au milieu des fermiers qui lui font subir les pires humiliations et ne reçoit aucune éducation. Aussi, lorsque Sophie, une jeune femme de la ville, lui propose de la suivre et de l'arracher à ses bourreaux, Lorie y voit l'occasion unique de pouvoir enfin échapper à son destin.

(Pocket n°11330)

"Voyage fatal"

Malgré la douleur
Helen Dunmore

Déprimée suite à son divorce, Louise O'Driscoll sombre dans l'alcoolisme. À l'âge de quarante ans, elle tente quotidiennement d'échapper au présent en ressassant le passé. De nombreux souvenirs refont ainsi surface. Elle se rappelle notamment de Johnnie, le frère de son ex-mari, avec lequel elle a eu une aventure. Et voilà qu'un jour, Johnnie frappe à sa porte en lui demandant de l'aider financièrement. Louise fait tout pour le soutenir et le suit où qu'il aille. Mais elle ignore dans quels problèmes il s'est réellement enfoncé, l'entraînant avec lui...

(Pocket n°11533)

Photocomposition Nord Compo
Villeneuve-d'Ascq

Impression réalisée sur Presse Offset par

BRODARD & TAUPIN

GROUPE CPI

24579 – La Flèche (Sarthe), le 03-06-2004
Dépôt légal : mars 2004
Suite du premier tirage : juin 2004

POCKET – 12, avenue d'Italie - 75627 Paris cedex 13
Tél. : 01.44.16.05.00

Imprimé en France